比较文学与世界文学 研究丛书

主编 曹顺庆

二编 第 4 册

跨文明视野中的生态批评与
生态文学研究（上）

胡志红、何新、胡湉湉 著

花木兰文化事业有限公司

国家图书馆出版品预行编目资料

跨文明视野中的生态批评与生态文学研究（上）／胡志红、何新、胡湉湉 著 —— 初版 —— 新北市：花木兰文化事业有限公司，2023〔民112〕
目 4+182 面；19×26 公分
（比较文学与世界文学研究丛书 二编 第 4 册）
ISBN 978-626-344-315-0（精装）
1.CST：生态文学 2.CST：文学评论
810.8   111022109

ISBN-978-626-344-315-0

比较文学与世界文学研究丛书
二编 第四册   ISBN：978-626-344-315-0

跨文明视野中的生态批评与生态文学研究（上）

作　　者 胡志红、何新、胡湉湉
主　　编 曹顺庆
企　　划 四川大学双一流学科暨比较文学研究基地
总 编 辑 杜洁祥
副总编辑 杨嘉乐
编辑主任 许郁翎
编　　辑 张雅淋、潘玟静　美术编辑 陈逸婷
出　　版 花木兰文化事业有限公司
发 行 人 高小娟
联络地址 台湾 235 新北市中和区中安街七二号十三楼
　　　　 电话：02-2923-1455／传真：02-2923-1452
网　　址 http://www.huamulan.tw 信箱 service@huamulans.com
印　　刷 普罗文化出版广告事业
初　　版 2023 年 3 月
定　　价 二编 28 册（精装）新台币 76,000 元

跨文明视野中的生态批评与生态文学研究（上）

胡志红、何新、胡湉湉 著

作者简介

胡志红，西南交通大学人文学院教授，文学博士，博士生导师，四川省有突出贡献的优秀专家，四川省比较文学学会副会长，美国爱达荷大学访问学者，北京丹曾文化有限公司特聘生态文学教授。主要从事比较文学、生态文学及生态批评理论的教学与研究。曾荣获四川省人民政府颁发的哲学社会科学优秀成果奖多项。先后独立主持3项国家社会科学基金项目，另主持或主研其他社科项目多项，出版专著或教材多部，发表中、英文学术论文100余篇。

何新，西南交通大学人文学院博士生，成都师范学院外国语学院教师，主要从事生态批评、比较文学、英美文学研究与教学。发表与生态议题相关的论文多篇，主持或参研各级社科基金项目多项，曾荣获多项教学成果奖。

胡湉湉，武汉大学新闻与传播学院传播学专业博士生，主要研究领域为环境传播、生态批评，已在CSSCI来源期刊等刊物发表学术论文多篇。先后主研国家社会科学基金项目《美国少数族裔生态批评理论研究》(2013年)和《欧美生态批评文献整理与研究》(2021年，在研)。

提　　要

生态批评经过50来年的发展，现已成为一个名副其实的国际性多元文学、文化批评运动，其影响早已溢出学界并引发主流社会的广泛共鸣。在人类世话语和环境人文话语的强势推动下，其跨学科性得到加强，跨文化和跨文明特征进一步凸显，充分明证了生态批评与比较文学之间存在重要契合。

本著透过比较文学视野，深入探究生态批评的理论内涵及其学术实践。其主体部分共有五章，第一章历时性梳理了西方生态批评"三波"的演进历程及其挑战与前景；第二章探讨了生态批评理论的主要内涵及其跨学科延伸；第三章从跨文化视野考察了美国少数族裔生态批评的发展状况及其主要研究议题；第四章展示了生态批评与异质文明之间的跨文明生态对话，以阐明不同文明中生态智慧的异质性、多元性与互补性；第五章主要透过多元文化视野研讨生态文学文本，以发掘不同文本的生态意蕴。

简言之，本著在比较文学的视野中开展互为异质的文化和文明之间的生态对话与交流，既重视宏观的理论探讨，又关注微观的文本分析，其旨在彰显阐发生态危机文化根源的多元文化视角的独特性及其在应对危机中的独特文化价值，以期为建构兼具中华文化特色和星球生态意识的中国生态批评理论提供有益的启示。

本著为作者主持的 2021 年度国家社会科学基金项目《欧美生态批评文献整理与研究》（批准号：21XWW005）的阶段性成果之一。

比较文学的中国路径

曹顺庆

自德国作家歌德提出"世界文学"观念以来，比较文学已经走过近二百年。比较文学研究也历经欧洲阶段、美洲阶段而至亚洲阶段，并在每一阶段都形成了独具特色学科理论体系、研究方法、研究范围及研究对象。中国比较文学研究面对东西文明之间不断加深的交流和碰撞现况，立足中国之本，辩证吸纳四方之学，而有了如今欣欣向荣之景象，这套丛书可以说是应运而生。本丛书尝试以开放性、包容性分批出版中国比较文学学者研究成果，以观中国比较文学学术脉络、学术理念、学术话语、学术目标之概貌。

一、百年比较文学争讼之端——比较文学的定义

什么是比较文学？常识告诉我们：比较文学就是文学比较。然而当今中国比较文学教学实际情况却并非完全如此。长期以来，中国学术界对"什么是比较文学？"却一直说不清，道不明。这一最基本的问题，几乎成为学术界纠缠不清、莫衷一是的陷阱，存在着各种不同的看法。其中一些看法严重误导了广大学生！如果不辨析这些严重误导了广大学生的观点，是不负责任、问心有愧的。恰如《文心雕龙·序志》说"岂好辩哉，不得已也"，因此我不得不辩。

其中一个极为容易误导学生的说法，就是"比较文学不是文学比较"。目前，一些教科书郑重其事地指出：比较文学不是文学比较。认为把"比较"与"文学"联系在一起，很容易被人们理解为用比较的方法进行文学研究的意思。并进一步强调，比较文学并不等于文学比较，并非任何运用比较方法来进行的比较研究都是比较文学。这种误导学生的说法几乎成为一个定论，

一个基本常识，其实，这个看法是不完全准确的。

让我们来看看一些具体例证，请注意，我列举的例证，对事不对人，因而不提及具体的人名与书名，请大家理解。在 Y 教授主编的教材中，专门设有一节以"比较文学不是文学比较"为题的内容，其中指出"比较文学界面临的最大的困惑就是把'比较文学'误读为'文学比较'"，在高等院校进行比较文学课程教学时需要重点强调"比较文学不是文学比较"。W 教授主编的教材也称"比较文学不是文学的比较"，因为"不是所有用比较的方法来研究文学现象的都是比较文学"。L 教授在其所著教材专门谈到"比较文学不等于文学比较"，因为，"比较"已经远远超出了一般方法论的意义，而具有了跨国家与民族、跨学科的学科性质，认为将比较文学等同于文学比较是以偏概全的。"J 教授在其主编的教材中指出，"比较文学并不等于文学比较"，并以美国学派雷马克的比较文学定义为根据，论证比较文学的"比较"是有前提的，只有在地域观念上跨越打通国家的界限，在学科领域上跨越打通文学与其他学科的界限，进行的比较研究才是比较文学。在 W 教授主编的教材中，作者认为，"若把比较文学精神看作比较精神的话，就是犯了望文生义的错误，一百余年来，比较文学这个名称是名不副实的。"

从列举的以上教材我们可以看出，首先，它们在当下都仍然坚持"比较文学不是文学比较"这一并不完全符合整个比较文学学科发展事实的观点。如果认为一百余年来，比较文学这个名称是名不副实的，所有的比较文学都不是文学比较，那是大错特错！其次，值得注意的是，这些教材在相关叙述中各自的侧重点还并不相同，存在着不同程度、不同方面的分歧。这样一来，错误的观点下多样的谬误解释，加剧了学习者对比较文学学科性质的错误把握，使得学习者对比较文学的理解愈发困惑，十分不利于比较文学方法论的学习、也不利于比较文学学科的传承和发展。当今中国比较文学教材之所以普遍出现以上强作解释，不完全准确的教科书观点，根本原因还是没有仔细研究比较文学学科不同阶段之史实，甚至是根本不清楚比较文学不同阶段的学科史实的体现。

实际上，早期的比较文学"名"与"实"的确不相符合，这主要是指法国学派的学科理论，但是并不包括以后的美国学派及中国学派的学科理论，如果把所有阶段的学科理论一锅煮，是不妥当的。下面，我们就从比较文学学科发展的史实来论证这个问题。"比较文学不是文学比较""comparative literature is not literary comparison"，只是法国学派提出的比较文学口号，只是法国学派一派的主张，而不是整个比较文学学科的基本特征。我们不能够把这个阶段性的比较文学口号扩大化，甚至让其突破时空，用于描述比较文学所有的阶段和学派，更不能够使其"放之四海而皆准"。

法国学派提出"比较文学不是文学比较"，这个"比较"（comparison）是他们坚决反对的！为什么呢，因为他们要的不是文学"比较"（literary comparison），而是文学"关系"（literary relationship），具体而言，他们主张比较文学是实证的国际文学关系，是不同国家文学的影响关系，influences of different literatures，而不是文学比较。

法国学派为什么要反对"比较"（comparison），这与比较文学第一次危机密切相关。比较文学刚刚在欧洲兴起时，难免泥沙俱下，乱比的情形不断出现，暴露了多种隐患和弊端，于是，其合法性遭到了学者们的质疑：究竟比较文学的科学性何在？意大利著名美学大师克罗齐认为，"比较"（comparison）是各个学科都可以应用的方法，所以，"比较"不能成为独立学科的基石。学术界对于比较文学公然的质疑与挑战，引起了欧洲比较文学学者的震撼，到底比较文学如何"比较"才能够避免"乱比"？如何才是科学的比较？

难能可贵的是，法国学者对于比较文学学科的科学性进行了深刻的的反思和探索，并提出了具体的应对的方法：法国学派采取壮士断臂的方式，砍掉"比较"（comparison），提出比较文学不是文学比较（comparative literature is not literary comparison），或者说砍掉了没有影响关系的平行比较，总结出了只注重文学关系（literary relationship）的影响（influences）研究方法论。法国学派的创建者之一基亚指出，比较文学并不是比较。比较不过是一门名字没取好的学科所运用的一种方法……企图对它的性质下一个严格的定义可能是徒劳的。基亚认为：比较文学不是平行比较，而仅仅是文学关系史。以"文学关系"为比较文学研究的正宗。为什么法国学派要反对比较？或者说为什么法国学派要提出"比较文学不是文学比较"，因为法国学派认为"比较"（comparison）实际上是乱比的根源，或者说"比较"是没有可比性的。正如巴登斯佩哲指出："仅仅对两个不同的对象同时看上一眼就作比较，仅仅靠记忆和印象的拼凑，靠一些主观臆想把可能游移不定的东西扯在一起来找点类似点，这样的比较决不可能产生论证的明晰性"。所以必须抛弃"比较"。只承认基于科学的历史实证主义之上的文学影响关系研究（based on scientificity and positivism and literary influences.）。法国学派的代表学者卡雷指出：比较文学是实证性的关系研究："比较文学是文学史的一个分支：它研究拜伦与普希金、歌德与卡莱尔、瓦尔特·司各特与维尼之间，在属于一种以上文学背景的不同作品、不同构思以及不同作家的生平之间所曾存在过的跨国度的精神交往与实际联系。"正因为法国学者善于独辟蹊径，敢于提出"比较文学不是文学比较"，甚至完全抛弃比较（comparison），以防止"乱比"，才形成了一套建立在"科学"实证性为基础的、以影响关系为特征的"不比较"的比较文学学科理论体系，这终于挡住了克罗齐等人对比较文学"乱比"的批判，形成了以"科学"实证为特征的文学影响关系研究，确立了法国学派的学科理论和一整套方法论体系。当然，法国学派悍然砍掉比较研究，又不放弃"比较文学"这个名称，于是不可避免地出现了比较文学名不副实的尴尬现象，出现了打着比较文学名号，而又不比较的法国学派学科理论，这才是问题的关键。

当然，法国学派提出"比较文学不是文学比较"，只注重实证关系而不注重文学比较和文学审美，必然会引起比较文学的危机。这一危机终于由美国著名比较文学家韦勒克（René Wellek）在 1958 年国际比较文学协会第二次大会上明确揭示出来了。在这届年会上，韦勒克作了题为《比较文学的危机》的挑战性发言，对"不比较"的法国学派进行了猛烈批判，宣告了倡导平行比较和注重文学审美的比较文学美国学派的诞生。韦勒克作了题为《比较文学的危机》的挑战性发言，对当时一统天下的法国学派进行了猛烈批判，宣告了比较文学美国学派的诞生。韦勒克说："我认为，内容和方法之间的人为界线，渊源和影响的机械主义概念，以及尽管是十分慷慨的但仍属文化民族主义的动机，是比较文学研究中持久危机的症状。"韦勒克指出："比较也不能仅仅局限在历史上的事实联系中，正如最近语言学家的经验向文学研究者表明的那样，比较的价值既存在于事实联系的影响研究中，也存在于毫无历史关系的语言现象或类型的平等对比中。"很明显，韦勒克提出了比较文学就是要比较（comparison），就是要恢复巴登斯佩哲所讽刺和抛弃的"找点类似点"的平行比较研究。美国著名比较文学家雷马克（Henry Remak）在他的著名论文《比较文学的定义与功用》中深刻地分析了法国学派为什么放弃"比较"（comparison）的原因和本质。他分析说："法国比较文学否定'纯粹'的比较（comparison），它忠实于十九世纪实证主义学术研究的传统，即实证主义所坚持并热切期望的文学研究的'科学性'。按照这种观点，纯粹的类比不会得出任何结论，尤其是不能得出有更大意义的、系统的、概括性的结论。……既然值得尊重的科学必须致力于因果关系的探索，而比较文学必须具有科学性，因此，比较文学应该研究因果关系，即影响、交流、变更等。"雷马克进一步尖锐地指出，"比较文学"不是"影响文学"。只讲影响不要比较的"比较文学"，当然是名不副实的。显然，法国学派抛弃了"比较"（comparison），但是仍然带着一顶"比较文学"的帽子，才造成了比较文学"名"与"实"不相符合，造成比较文学不比较的尴尬，这才是问题的关键。

美国学派最大的贡献，是恢复了被法国学派所抛弃的比较文学应有的本义——"比较"（The American school went back to the original sense of comparative literature ——"comparison"），美国学派提出了标志其学派学科理论体系的平行比较和跨学科比较："比较文学是一国文学与另一国或多国文学的比较，是文学与人类其他表现领域的比较。"显然，自从美国学派倡导比较文学应当比较（comparison）以后，比较文学就不再有名与实不相符合的问题了，我们就不应当再继续笼统地说"比较文学不是文学比较"了，不应当再以"比较文学不是文学比较"来误导学生！更不可以说"一百余年来，比较文学这个名称是名不副实的。"不能够将雷马克的观点也强行解释为"比较文学不是比较"。因为在美国学派看来，比较文学就是要比较（comparison）。比较文学就是要恢复被巴登斯佩哲所讽刺和抛弃的"找点类似点"的平行比较研究。因为平行研究的可比性，正是类同性。正如韦勒克所说，"比较的价值既存在于事实联系的影响研究中，也存在于毫无历史关系的语言现象或类型的平等对比中。"恢复平行比较研究、跨学科研究，形成了以"找点类似点"的平行研究和跨学科研究为特征的比较文学美国学派学科理论和方法论体系。美国学派的学科理论以"类型学"、"比较诗学"、"跨学科比较"为主，并拓展原属于影响研究的"主题学"、"文类学"等领域，大大扩展比较文学研究领域。

二、比较文学的三个阶段

下面，我们从比较文学的三个学科理论阶段，进一步剖析比较文学不同阶段的学科理论特征。现代意义上的比较文学学科发展以"跨越"与"沟通"为目标，形成了类似"层叠"式、"涟漪"式的发展模式，经历了三个重要的学科理论阶段，即：

一、欧洲阶段，比较文学的成形期；二、美洲阶段，比较文学的转型期；三、亚洲阶段，比较文学的拓展期。我们将比较文学三个阶段的发展称之为"涟漪式"结构，实际上是揭示了比较文学学科理论的继承与创新的辩证关系：比较文学学科理论的发展，不是以新的理论否定和取代先前的理论，而是层叠式、累进式地形成"涟漪"式的包容性发展模式，逐步积累推进。比较文学学科理论发展呈现为层叠式、"涟漪"式、包容式的发展模式。我们把这个模式描绘如下：

法国学派主张比较文学是国际文学关系，是不同国家文学的影响关系。形成学科理论第一圈层：比较文学——影响研究；美国学派主张恢复平行比较，形成学科理论第二圈层：比较文学——影响研究＋平行研究＋跨学科研究；中国学派提出跨文明研究和变异研究，形成学科理论第三圈层：比较文学——影响研究＋平行研究＋跨学科研究＋跨文明研究＋变异研究。这三个圈层并不互相排斥和否定，而是继承和包容。我们将比较文学三个阶段的发展称之为层叠式、"涟漪"式、包容式结构，实际上是揭示了比较文学学科理论的继承与创新的辩证关系。

法国学派提出，可比性的第一个立足点是同源性，由关系构成的同源性。同源性主要是针对影响关系研究而言的。法国学派将同源性视作可比性的核心，认为影响研究的可比性是同源性。所谓同源性，指的是通过对不同国家、不同民族和不同语言的文学的文学关系研究，寻求一种有事实联系的同源关系，这种影响的同源关系可以通过直接、具体的材料得以证实。同源性往往建立在一条可追溯关系的三点一线的"影响路线"之上，这条路线由发送者、接受者和传递者三部分构成。如果没有相同的源流，也就不可能有影响关系，也就谈不上可比性，这就是"同源性"。以渊源学、流传学和媒介学作为研究的中心，依靠具体的事实材料在国别文学之间寻求主题、题材、文体、原型、思想渊源等方面的同源影响关系。注重事实性的关联和渊源性的影响，并采用严谨的实证方法，重视对史料的搜集和求证，具有重要的学术价值与学术意义，仍然具有广阔的研究前景。渊源学的例子：杨宪益，《西方十四行诗的渊源》。

比较文学学科理论的第二阶段在美洲，第二阶段是比较文学学科理论的转型期。从 20 世纪 60 年代以来，比较文学研究的主要阵地逐渐从法国转向美国，平行研究的可比性是什么？是类同性。类同性是指是没有文学影响关系的不同国家文学所表现出的相似和契合之处。以类同性为基本立足点的平行研究与影响研究一样都是超出国界的文学研究，但它不涉及影响关系研究的放送、流传、媒介等问题。平行研究强调不同国家的作家、作品、文学现象的类同比较，比较结果是总结出于文学作品的美学价值及文学发展具有规律性的东西。其比较必须具有可比性，这个可比性就是类同性。研究文学中类同的：风格、结构、内容、形式、流派、情节、技巧、手法、情调、形象、主题、文类、文学思潮、文学理论、文学规律。例如钱钟书《通感》认为，中国诗文有一种描写手法，古代批评家和修辞学家似乎都没有拈出。宋祁《玉楼春》词有句名句："红杏枝头春意闹。"这与西方的通感描写手法可以比较。

比较文学的又一次危机：比较文学的死亡

九十年代，欧美学者提出，比较文学作为一门学科已经死亡！最早是英国学者苏珊·巴斯奈特 1993 年她在《比较文学》一书中提出了比较文学的死亡论，认为比较文学作为一门学科，在某种意义上已经死亡。尔后，美国学者斯皮瓦克写了一部比较文学专著，书名就叫《一个学科的死亡》。为什么比较文学会死亡，斯皮瓦克的书中并没有明确回答！为什么西方学者会提出比较文学死亡论？全世界比较文学界都十分困惑。我们认为，20 世纪 90 年代以来，欧美比较文学继"理论热"之后，又出现了大规模的"文化转向"。脱离了比较文学的基本立场。首先是不比较，即不讲比较文学的可比性问题。西方比较文学研究充斥大量的 Culture Studies（文化研究），已经不考虑比较的合理性，不考虑比较文学的可比性问题。第二是不文学，即不关心文学问题。西方学者热衷于文化研究，关注的已经不是文学性，而是精神分析、政治、性别、阶级、结构等等。最根本的原因，是比较文学学科长期囿于西方中心论，有意无意地回避东西方不同文明文学的比较问题，基本上忽略了学科理论的新生长点，比较文学学科理论缺乏创新，严重忽略了比较文学的差异性和变异性。

要克服比较文学的又一次危机，就必须打破西方中心论，克服比较文学学科理论一味求同的比较文学学科理论模式，提出适应当今全球化比较文学研究的新话语。中国学派，正是在此次危机中，提出了比较文学变异学研究，总结出了新的学科理论话语和一套新的方法论。

中国大陆第一部比较文学概论性著作是卢康华、孙景尧所著《比较文学导论》，该书指出："什么是比较文学？现在我们可以借用我国学者季羡林先生的解释来回答了:'顾名思义,比较文学就是把不同国家的文学拿出来比较,这可以说是狭义的比较文学。广义的比较文学是把文学同其他学科来比较,包括人文科学和社会科学'。"[1]这个定义可以说是美国雷马克定义的翻版。不过,该书又接着指出:"我们认为最精炼易记的还是我国学者钱钟书先生的说法:'比较文学作为一门专门学科,则专指跨越国界和语言界限的文学比较'。更具体地说,就是把不同国家不同语言的文学现象放在一起进行比较,研究他们在文艺理论、文学思潮,具体作家、作品之间的互相影响。"[2]这个定义似乎更接近法国学派的定义,没有强调平行比较与跨学科比较。紧接该书之后的教材是陈挺的《比较文学简编》,该书仍旧以"广义"与"狭义"来解释比较文学的定义,指出:"我们认为,通常说的比较文学是狭义的,即指超越国家、民族和语言界限的文学研究……广义的比较文学还可以包括文学与其他艺术(音乐、绘画等)与其他意识形态(历史、哲学、政治、宗教等)之间的相互关系的研究。"[3]中国比较文学早期对于比较文学的定义中凸显了很强的不确定性。

由乐黛云主编,高等教育出版社 1988 年的《中西比较文学教程》,则对比较文学定义有了较为深入的认识,该书在详细考查了中外不同的定义之后,该书指出:"比较文学不应受到语言、民族、国家、学科等限制,而要走向一种开放性,力图寻求世界文学发展的共同规律。"[4]"世界文学"概念的纳入极大拓宽了比较文学的内涵,为"跨文化"定义特征的提出做好了铺垫。

随着时间的推移,学界的认识逐步深化。1997 年,陈惇、孙景尧、谢天振主编的《比较文学》提出了自己的定义:"把比较文学看作跨民族、跨语言、跨文化、跨学科的文学研究,更符合比较文学的实质,更能反映现阶段人们对于比较文学的认识。"[5]2000 年北京师范大学出版社出版了《比较文学概论》修订本,提出:"什么是比较文学呢?比较文学是一种开放式的文学研究,它具有宏观的视野和国际的角度,以跨民族、跨语言、跨文化、跨学科界限的各种文学关系为研究对象,在理论和方法上,具有比较的自觉意识和兼容并包的特色。"[6]这是我们目前所看到的国内较有特色的一个定义。

---

1 卢康华、孙景尧著《比较文学导论》,黑龙江人民出版社 1984,第 15 页。
2 卢康华、孙景尧著《比较文学导论》,黑龙江人民出版社 1984 年版。
3 陈挺《比较文学简编》,华东师范大学出版社 1986 年版。
4 乐黛云主编《中西比较文学教程》,高等教育出版社 1988 年版。
5 陈惇、孙景尧、谢天振主编《比较文学》,高等教育出版社 1997 年版。
6 陈惇、刘象愚《比较文学概论》,北京师范大学出版社 2000 年版。

具有代表性的比较文学定义是 2002 年出版的杨乃乔主编的《比较文学概论》一书，该书的定义如下："比较文学是以跨民族、跨语言、跨文化与跨学科为比较视域而展开的研究，在学科的成立上以研究主体的比较视域为安身立命的本体，因此强调研究主体的定位，同时比较文学把学科的研究客体定位于民族文学之间与文学及其他学科之间的三种关系：材料事实关系、美学价值关系与学科交叉关系，并在开放与多元的文学研究中追寻体系化的汇通。"[7]方汉文则认为："比较文学作为文学研究的一个分支学科，它以理解不同文化体系和不同学科间的同一性和差异性的辩证思维为主导，对那些跨越了民族、语言、文化体系和学科界限的文学现象进行比较研究，以寻求人类文学发生和发展的相似性和规律性。"[8]由此而引申出的"跨文化"成为中国比较文学学者对于比较文学定义所做出的历史性贡献。

我在《比较文学教程》中对比较文学定义表述如下："比较文学是以世界性眼光和胸怀来从事不同国家、不同文明和不同学科之间的跨越式文学比较研究。它主要研究各种跨越中文学的同源性、变异性、类同性、异质性和互补性，以影响研究、变异研究、平行研究、跨学科研究、总体文学研究为基本方法论，其目的在于以世界性眼光来总结文学规律和文学特性，加强世界文学的相互了解与整合，推动世界文学的发展。"[9]在这一定义中，我再次重申"跨国""跨学科""跨文明"三大特征，以"变异性""异质性"突破东西文明之间的"第三堵墙"。

"首在审己，亦必知人"。中国比较文学学者在前人定义的不断论争中反观自身，立足中国经验、学术传统，以中国学者之言为比较文学的危机处境贡献学科转机之道。

三、两岸共建比较文学话语——比较文学中国学派

中国学者对于比较文学定义的不断明确也促成了"比较文学中国学派"的生发。得益于两岸几代学者的垦拓耕耘，这一议题成为近五十年来中国比较文学发展中竖起的最鲜明、最具争议性的一杆大旗，同时也是中国比较文学学科理论研究最有创新性，最亮丽的一道风景线。

---

7 杨乃乔主编《比较文学概论》，北京大学出版社 2002 年版。

8 方汉文《比较文学基本原理》，苏州大学出版社 2002 年版。

9 曹顺庆《比较文学教程》，高等教育出版社 2006 年版。

比较文学"中国学派"这一概念所蕴含的理论的自觉意识最早出现的时间大约是 20 世纪 70 年代。当时的台湾由于派出学生留洋学习，接触到大量的比较文学学术动态，率先掀起了中外文学比较的热潮。1971 年 7 月在台湾淡江大学召开的第一届"国际比较文学会议"上，朱立元、颜元叔、叶维廉、胡辉恒等学者在会议期间提出了比较文学的"中国学派"这一学术构想。同时，李达三、陈鹏翔（陈慧桦）、古添洪等致力于比较文学中国学派早期的理论催生。如 1976 年，古添洪、陈慧桦出版了台湾比较文学论文集《比较文学的垦拓在台湾》。编者在该书的序言中明确提出："我们不妨大胆宣言说，这援用西方文学理论与方法并加以考验、调整以用之于中国文学的研究，是比较文学中的中国派"[10]。这是关于比较文学中国学派较早的说明性文字，尽管其中提到的研究方法过于强调西方理论的普世性，而遭到美国和中国大陆比较文学学者的批评和否定；但这毕竟是第一次从定义和研究方法上对中国学派的本质进行了系统论述，具有开拓和启明的作用。后来，陈鹏翔又在台湾《中外文学》杂志上连续发表相关文章，对自己提出的观点作了进一步的阐释和补充。

在"中国学派"刚刚起步之际，美国学者李达三起到了启蒙、催生的作用。李达三于 60 年代来华在台湾任教，为中国比较文学培养了一批朝气蓬勃的生力军。1977 年 10 月，李达三在《中外文学》6 卷 5 期上发表了一篇宣言式的文章《比较文学中国学派》，宣告了比较文学的中国学派的建立，并认为比较文学中国学派旨在"与比较文学中早已定于一尊的西方思想模式分庭抗礼。由于这些观念是源自对中国文学及比较文学有兴趣的学者，我们就将含有这些观念的学者统称为比较文学的'中国'学派。"并指出中国学派的三个目标：1、在自己本国的文学中，无论是理论方面或实践方面，找出特具"民族性"的东西，加以发扬光大，以充实世界文学；2、推展非西方国家"地区性"的文学运动，同时认为西方文学仅是众多文学表达方式之一而已；3、做一个非西方国家的发言人，同时并不自诩能代表所有其他非西方的国家。李达三后来又撰文对比较文学研究状况进行了分析研究，积极推动中国学派的理论建设。[11]

继中国台湾学者垦拓之功，在 20 世纪 70 年代末复苏的大陆比较文学研

---

10 古添洪、陈慧桦《比较文学的垦拓在台湾》，台湾东大图书公司 1976 年版。
11 李达三《比较文学研究之新方向》，台湾联经事业出版公司 1978 年版。

究亦积极参与了"比较文学中国学派"的理论建设和学科建设。

季羡林先生 1982 年在《比较文学译文集》的序言中指出:"以我们东方文学基础之雄厚,历史之悠久,我们中国文学在其中更占有独特的地位,只要我们肯努力学习,认真钻研,比较文学中国学派必然能建立起来,而且日益发扬光大"[12]。1983 年 6 月,在天津召开的新中国第一次比较文学学术会议上,朱维之先生作了题为《比较文学中国学派的回顾与展望》的报告,在报告中他旗帜鲜明地说:"比较文学中国学派的形成(不是建立)已经有了长远的源流,前人已经做出了很多成绩,颇具特色,而且兼有法、美、苏学派的特点。因此,中国学派绝不是欧美学派的尾巴或补充"[13]。1984 年,卢康华、孙景尧在《比较文学导论》中对如何建立比较文学中国学派提出了自己的看法,认为应当以马克思主义作为自己的理论基础,以我国的优秀传统与民族特色为立足点与出发点,汲取古今中外一切有用的营养,去努力发展中国的比较文学研究。同年在《中国比较文学》创刊号上,朱维之、方重、唐弢、杨周翰等人认为中国的比较文学研究应该保持不同于西方的民族特点和独立风貌。1985 年,黄宝生发表《建立比较文学的中国学派:读〈中国比较文学〉创刊号》,认为《中国比较文学》创刊号上多篇讨论比较文学中国学派的论文标志着大陆对比较文学中国学派的探讨进入了实际操作阶段。[14]1988 年,远浩一提出"比较文学是跨文化的文学研究"(载《中国比较文学》1988 年第 3 期)。这是对比较文学中国学派在理论特征和方法论体系上的一次前瞻。同年,杨周翰先生发表题为"比较文学:界定'中国学派',危机与前提"(载《中国比较文学通讯》1988 年第 2 期),认为东方文学之间的比较研究应当成为"中国学派"的特色。这不仅打破比较文学中的欧洲中心论,而且也是东方比较学者责无旁贷的任务。此外,国内少数民族文学的比较研究,也应该成为"中国学派"的一个组成部分。所以,杨先生认为比较文学中的大量问题和学派问题并不矛盾,相反有助于理论的讨论。1990 年,远浩一发表"关于'中国学派'"(载《中国比较文学》1990 年第 1 期),进一步推进了"中国学派"的研究。此后直到 20 世纪 90 年代末,中国学者就比较文学中国学派的建立、理论与方法以及相应的学科理论等诸多问题进行了积极而富有成效的探讨。

---

12 张隆溪《比较文学译文集》,北京大学出版社 1984 年版。
13 朱维之《比较文学论文集》,南开大学出版社 1984 年版。
14 参见《世界文学》1985 年第 5 期。

刘介民、远浩一、孙景尧、谢天振、陈淳、刘象愚、杜卫等人都对这些问题付出过不少努力。《暨南学报》1991 年第 3 期发表了一组笔谈，大家就这个问题提出了意见，认为必须打破比较文学研究中长期存在的法美研究模式，建立比较文学中国学派的任务已经迫在眉睫。王富仁在《学术月刊》1991 年第 4 期上发表"论比较文学的中国学派问题"，论述中国学派兴起的必然性。而后，以谢天振等学者为代表的比较文学研究界展开了对"X+Y"模式的批判。比较文学在大陆复兴之后，一些研究者采取了"X+Y"式的比附研究的模式，在发现了"惊人的相似"之后便万事大吉，而不注意中西巨大的文化差异性，成为了浅度的比附性研究。这种情况的出现，不仅是中国学者对比较文学的理解上出了问题，也是由于法美学派研究理论中长期存在的研究模式的影响，一些学者并没有深思中国与西方文学背后巨大的文明差异性，因而形成"X+Y"的研究模式，这更促使一些学者思考比较文学中国学派的问题。

经过学者们的共同努力，比较文学中国学派一些初步的特征和方法论体系逐渐凸显出来。1995 年，我在《中国比较文学》第 1 期上发表《比较文学中国学派基本理论特征及其方法论体系初探》一文，对比较文学在中国复兴十余年来的发展成果作了总结，并在此基础上总结出中国学派的理论特征和方法论体系，对比较文学中国学派作了全方位的阐述。继该文之后，我又发表了《跨越第三堵'墙'创建比较文学中国学派理论体系》等系列论文，论述了以跨文化研究为核心的"中国学派"的基本理论特征及其方法论体系。这些学术论文发表之后在国内外比较文学界引起了较大的反响。台湾著名比较文学学者古添洪认为该文"体大思精，可谓已综合了台湾与大陆两地比较文学中国学派的策略与指归，实可作为'中国学派'在大陆再出发与实践的蓝图"[15]。

在我撰文提出比较文学中国学派的基本特征及方法论体系之后，关于中国学派的论争热潮日益高涨。反对者如前国际比较文学学会会长佛克马（Douwe Fokkema）1987 年在中国比较文学学会第二届学术讨论会上就从所谓的国际观点出发对比较文学中国学派的合法性提出了质疑，并坚定地反对建立比较文学中国学派。来自国际的观点并没有让中国学者失去建立比较文学中国学派的热忱。很快中国学者智量先生就在《文艺理论研究》1988 年第

---

15 古添洪《中国学派与台湾比较文学界的当前走向》，参见黄维梁编《中国比较文学理论的垦拓》167 页，北京大学出版社 1998 年版。

1 期上发表题为《比较文学在中国》一文，文中援引中国比较文学研究取得的成就，为中国学派辩护，认为中国比较文学研究成绩和特色显著，尤其在研究方法上足以与比较文学研究历史上的其他学派相提并论，建立中国学派只会是一个有益的举动。1991 年，孙景尧先生在《文学评论》第 2 期上发表《为"中国学派"一辩》，孙先生认为佛克马所谓的国际主义观点实质上是"欧洲中心主义"的观点，而"中国学派"的提出，正是为了清除东西方文学与比较文学学科史中形成的"欧洲中心主义"。在 1993 年美国印第安纳大学举行的全美比较文学会议上，李达三仍然坚定地认为建立中国学派是有益的。二十年之后，佛克马教授修正了自己的看法，在 2007 年 4 月的"跨文明对话——国际学术研讨会（成都）"上，佛克马教授公开表示欣赏建立比较文学中国学派的想法[16]。即使学派争议一派繁荣景象，但最终仍旧需要落点于学术创见与成果之上。

比较文学变异学便是中国学派的一个重要理论创获。2005 年，我正式在《比较文学学》[17]中提出比较文学变异学，提出比较文学研究应该从"求同"思维中走出来，从"变异"的角度出发，拓宽比较文学的研究。通过前述的法、美学派学科理论的梳理，我们也可以发现前期比较文学学科是缺乏"变异性"研究的。我便从建构中国比较文学学科理论话语体系入手，立足《周易》的"变异"思想，建构起"比较文学变异学"新话语，力图以中国学者的视角为全世界比较文学学科理论提供一个新视角、新方法和新理论。

比较文学变异学的提出根植于中国哲学的深层内涵，如《周易》之"易之三名"所构建的"变易、简易、不易"三位一体的思辨意蕴与意义生成系统。具体而言，"变易"乃四时更替、五行运转、气象畅通、生生不息；"不易"乃天上地下、君南臣北、纲举目张、尊卑有位；"简易"则是乾以易知、坤以简能、易则易知、简则易从。显然，在这个意义结构系统中，变易强调"变"，不易强调"不变"，简易强调变与不变之间的基本关联。万物有所变，有所不变，且变与不变之间存在简单易从之规律，这是一种思辨式的变异模式，这种变异思维的理论特征就是：天人合一、物我不分、对立转化、整体关联。这是中国古代哲学最重要的认识论，也是与西方哲学所不同的"变异"思想。

---

16 见《比较文学报》2007 年 5 月 30 日，总第 43 期。
17 曹顺庆《比较文学学》，四川大学出版社 2005 年版。

由哲学思想衍生于学科理论，比较文学变异学是"指对不同国家、不同文明的文学现象在影响交流中呈现出的变异状态的研究，以及对不同国家、不同文明的文学相互阐发中出现的变异状态的研究。通过研究文学现象在影响交流以及相互阐发中呈现的变异，探究比较文学变异的规律。"[18]变异学理论的重点在求"异"的可比性，研究范围包含跨国变异研究、跨语际变异研究、跨文化变异研究、跨文明变异研究、文学的他国化研究等方面。比较文学变异学所发现的文化创新规律、文学创新路径是基于中国所特有的术语、概念和言说体系之上探索出的"中国话语"，作为比较文学第三阶段中国学派的代表性理论已经受到了国际学界的广泛关注与高度评价，中国学术话语产生了世界性影响。

四、国际视野中的中国比较文学

文明之墙让中国比较文学学者所提出的标识性概念获得国际视野的接纳、理解、认同以及运用，经历了跨语言、跨文化、跨文明的多重关卡，国际视野下的中国比较文学书写亦经历了一个从"遍寻无迹""只言片语"而"专篇专论"，从最初的"话语乌托邦"至"阶段性贡献"的过程。

二十世纪六十年代以来港台学者致力于从课程教学、学术平台、人才培养，国内外学术合作等方面巩固比较文学这一新兴学科的建立基石，如淡江文理学院英文系开设的"比较文学"（1966），香港大学开设的"中西文学关系"（1966）等课程；台湾大学外文系主编出版之《中外文学》月刊、淡江大学出版之《淡江评论》季刊等比较文学研究专刊；后又有台湾比较文学学会（1973 年）、香港比较文学学会（1978）的成立。在这一系列的学术环境构建下，学者前贤以"中国学派"为中国比较文学话语核心在国际比较文学学科理论、方法论中持续探讨，率先启声。例如李达三在 1980 年香港举办的东西方比较文学学术研讨会成果中选取了七篇代表性文章，以 *Chinese-Western Comparative Literature: Theory and Strategy* 为题集结出版，[19]并在其结语中附上那篇"中国学派"宣言文章以申明中国比较文学建立之必要。

学科开山之际，艰难险阻之巨难以想象，但从国际学者相关言论中可见西方对于中国比较文学学科的发展抱有的希望渺小。厄尔·迈纳（Earl Miner）

---

18 曹顺庆主编《比较文学概论》，高等教育出版社 2015 年版。
19 *Chinese-Western Comparative Literature：Theory & Strategy*, Chinese Univ Pr.1980-6

在 1987 年发表的 *Some Theoretical and Methodological Topics for Comparative Literature* 一文中谈到当时西方的比较文学鲜有学者试图将非西方材料纳入西方的比较文学研究中。（until recently there has been little effort to incorporate non-Western evidence into Western com- parative study.）1992 年，斯坦福大学教授 David Palumbo-Liu 直接以《话语的乌托邦：论中国比较文学的不可能性》为题（*The Utopias of Discourse: On the Impossibility of Chinese Comparative Literature*）直言中国比较文学本质上是一项"乌托邦"工程。（My main goal will be to show how and why the task of Chinese comparative literature, particularly of pre-modern literature, is essentially a *utopian* project.）这些对于中国比较文学的诘难与质疑，今美国加州大学圣地亚哥分校文学系主任张英进教授在其 1998 编著的 *China in a polycentric world: essays in Chinese comparative literature* 前言中也不得不承认中国比较文学研究在国际学术界中仍然处于边缘地位（The fact is, however, that Chinese comparative literature remained marginal in academia, even though it has developed closely with the rest of literary studies in the United Stated and even though China has gained increasing importance in the geopolitical world order over the past decades.）。[20]但张英进教授也展望了下一个千年中国比较文学研究的蓝景。

新的千年新的气象，"世界文学""全球化"等概念的冲击下，让西方学者开始注意到东方，注意到中国。如普渡大学教授斯蒂文·托托西（Tötösy de Zepetnek, Steven）1999 年发长文 *From Comparative Literature Today Toward Comparative Cultural Studies* 阐明比较文学研究更应该注重文化的全球性、多元性、平等性而杜绝等级划分的参与。托托西教授注意到了在法德美所谓传统的比较文学研究重镇之外，例如中国、日本、巴西、阿根廷、墨西哥、西班牙、葡萄牙、意大利、希腊等地区，比较文学学科得到了出乎意料的发展（emerging and developing strongly）。在这篇文章中，托托西教授列举了世界各地比较文学研究成果的著作，其中中国地区便是北京大学乐黛云先生出版的代表作品。托托西教授精通多国语言，研究视野也常具跨越性，新世纪以来也致力于以跨越性的视野关注世界各地比较文学研究的动向。[21]

20 Moran T．Yingjin Zhang, Ed. China in a Polycentric World: Essays in Chinese Comparative Literature[J].现代中文文学学报,2000,4(1):161-165.

21 Tötösy de Zepetnek, Steven. "From Comparative Literature Today Toward Comparative Cultural Studies." CLCWeb: Comparative Literature and Culture 1.3 (1999):

以上这些国际上不同学者的声音一则质疑中国比较文学建设的可能性，一则观望着这一学科在非西方国家的复兴样态。争议的声音不仅在国际学界，国内学界对于这一新兴学科的全局框架中涉及的理论、方法以及学科本身的立足点，例如前文所说的比较文学的定义，中国学派等等都处于持久论辩的漩涡。我们也通晓如果一直处于争议的漩涡中，便会被漩涡所吞噬，只有将论辩化为成果，才能转漩涡为涟漪，一圈一圈向外辐射，国际学人也在等待中国学者自己的声音。

上海交通大学王宁教授作为中国比较文学学者的国际发声者自 20 世纪末至今已撰文百余篇，他直言，全球化给西方学者带来了学科死亡论，但是中国比较文学必将在这全球化语境中更为兴盛，中国的比较文学学者一定会对国际文学研究做出更大的贡献。新世纪以来中国学者也不断地将自身的学科思考成果呈现在世界之前。2000 年，北京大学周小仪教授发文（*Comparative Literature in China*）[22]率先从学科史角度构建了中国比较文学在两个时期（20 世纪 20 年代至 50 年代，70 年代至 90 年代）的发展概貌，此文关于中国比较文学的复兴崛起是源自中国文学现代性的产生这一观点对美国芝加哥大学教授苏源熙（Haun Saussy）影响较深。苏源熙在 2006 年的专著 *Comparative Literature in an Age of Globalization* 中对于中国比较文学的讨论篇幅极少，其中心便是重申比较文学与中国文学现代性的联系。这篇文章也被哈佛大学教授大卫·达姆罗什（David Damrosch）收录于《普林斯顿比较文学资料手册》（*The Princeton Sourcebook in Comparative Literature*，2009[23]）。类似的学科史介绍在英语世界与法语世界都接续出现，以上大致反映了中国学者对于中国比较文学研究的大概描述在西学界的接受情况。学科史的构架对于国际学术对中国比较文学发展脉络的把握很有必要，但是在此基础上的学科理论实践才是关系于中国比较文学学科国际性发展的根本方向。

我在 20 世纪 80 年代以来 40 余年间便一直思考比较文学研究的理论构建问题，从以西方理论阐释中国文学而造成的中国文艺理论"失语症"思考

---

22 Zhou, Xiaoyi and Q.S. Tong, "Comparative Literature in China", Comparative Literature and Comparative Cultural Studies, ed., Totosy de Zepetnek, West Lafayette, Indiana: Purdue University Press, 2003, 268-283.

23 Damrosch, David (EDT)*The Princeton Sourcebook in Comparative Literature*: Princeton University Press

属于中国比较文学自身的学科方法论，从跨异质文化中产生的"文学误读""文化过滤""文学他国化"提出"比较文学变异学"理论。历经 10 年的不断思考，2013 年，我的英文著作：*The Variation Theory of Comparative Literature*（《比较文学变异学》），由全球著名的出版社之一斯普林格（Springer）出版社出版，并在美国纽约、英国伦敦、德国海德堡出版同时发行。*The Variation Theory of Comparative Literature*（《比较文学变异学》）系统地梳理了比较文学法国学派与美国学派研究范式的特点及局限，首次以全球通用的英语语言提出了中国比较文学学科理论新话语："比较文学变异学"。这一新概念、新范畴和新表述，引导国际学术界展开了对变异学的专刊研究（如普渡大学创办刊物《比较文学与文化》2017 年 19 期）和讨论。

欧洲科学院院士、西班牙圣地亚哥联合大学让·莫内讲席教授、比较文学系教授塞萨尔·多明戈斯教授（Cesar Dominguez），及美国科学院院士、芝加哥大学比较文学教授苏源熙（Haun Saussy）等学者合著的比较文学专著（Introducing Comparative literature: New Trends and Applications[24]）高度评价了比较文学变异学。苏源熙引用了《比较文学变异学》（英文版）中的部分内容，阐明比较文学变异学是十分重要的成果。与比较文学法国学派和美国学派形成对比，曹顺庆教授倡导第三阶段理论，即，新奇的、科学的中国学派的模式，以及具有中国学派本身的研究方法的理论创新与中国学派"（《比较文学变异学》（英文版）第 43 页）。通过对"中西文化异质性的"跨文明研究"，曹顺庆教授的看法会更进一步的发展与进步（《比较文学变异学》（英文版）第 43 页），这对于中国文学理论的转化和西方文学理论的意义具有十分重要的价值。（"Another important contribution in the direction of an imparative comparative literature-at least as procedure-is Cao Shunqing's 2013 *The Variation Theory of Comparative Literature*. In contrast to the "French School" and "American School" of comparative Literature, Cao advocates a "third-phrase theory", namely, "a novel and scientific mode of the Chinese school," a "theoretical innovation and systematization of the Chinese school by relying on our *own* methods" (*Variation Theory* 43; emphasis added). From this etic beginning, his proposal moves forward emically by developing a "cross-civilizaional study on the heterogeneity between

---

24 Cesar Dominguez,Haun Saussy,Dario Villanueva Introducing Comparative literature: New Trends and Applications，Routledge,2015

Chinese and Western culture"(43), which results in both the foreignization of Chinese literary theories and the Signification of Western literary theories.）

　　法国索邦大学（Sorbonne University）比较文学系主任伯纳德·弗朗科（Bernard Franco）教授在他出版的专著（《比较文学：历史、范畴与方法》）*La littératurecomparée: Histoire, domaines, méthodes* 中以专节引述变异学理论，他认为曹顺庆教授提出了区别于影响研究与平行研究的"第三条路"，即"变异理论"，这对应于观点的转变，从"跨文化研究"到"跨文明研究"。变异理论基于不同文明的文学体系相互碰撞为形式的交流过程中以产生新的文学元素，曹顺庆将其定义为"研究不同国家的文学现象所经历的变化"。因此曹顺庆教授提出的变异学理论概述了一个新的方向，并展示了比较文学在不同语言和文化领域之间建立多种可能的桥梁。（Il évoque l'hypothèse d'une troisième voie, la « théorie de la variation », qui correspond à un déplacement du point de vue, de celui des « études interculturelles » vers celui des « études transcivilisationnelles . » Cao Shunqing la définit comme « l'étude des variations subies par des phénomènes littéraires issus de différents pays, avec ou sans contact factuel, en même temps que l'étude comparative de l'hétérogénéité et de la variabilité de différentes expressions littéraires dans le même domaine ».Cette hypothèse esquisse une nouvelle orientation et montre la multiplicité des passerelles possibles que la littérature comparée établit entre domaines linguistiques et culturels différents.）[25]。

　　美国哈佛大学（Harvard University）厄内斯特·伯恩鲍姆讲席教授、比较文学教授大卫·达姆罗什（David Damrosch）对该专著尤为关注。他认为《比较文学变异学》（英文版）以中国视角呈现了比较文学学科话语的全球传播的有益尝试。曹顺庆教授对变异的关注提供了较为适用的视角，一方面超越了亨廷顿式简单的文化冲突模式，另一方面也跨越了同质性的普遍化。[26]国际学界对于变异学理论的关注已经逐渐从其创新性价值探讨延伸至文学研究，例如斯蒂文·托托西近日在 *Cultura* 发表的（Peripheralities: "Minor" Literatures, Women's Literature, and Adrienne Orosz de Csicser's Novels）一文中便成功地将变异学理论运用于阿德里安·奥罗兹的小说研究中。

25　Bernard Franco La littératurecomparée: Histoire, domaines, méthodes，Armand Colin 2016.

26　David Damrosch Comparing the Literatures,Literary Studies in a Global Age,Princeton University Press,2020.

　　国际学界对于比较文学变异学的认可也证实了变异学作为一种普遍性理论提出的初衷，其合法性与适用性将在不同文化的学者实践中巩固、拓展与深化。它不仅仅是跨文明研究的方法，而是一种具有超越影响研究和平行研究，超越西方视角或东方视角的宏大视野、一种建立在文化异质性和变异性基础之上的融汇创生、一种追求世界文学和总体问题最终理想的哲学关怀。

　　以如此篇幅展现中国比较文学之况，是因为中国比较文学研究本就是在各种危机论、唱衰论的压力下，各种质疑论、概念论中艰难前行，不探源溯流难以体察今日中国比较文学研究成果之不易。文明的多样性发展离不开文明之间的交流互鉴。最具"跨文明"特征的比较文学学科更需要文明之间成果的共享、共识、共析与共赏，这是我们致力于比较文学研究领域的学术理想。

　　千里之行，不积跬步无以至，江海之阔，不积细流无以成！如此宏大的一套比较文学研究丛书得承花木兰总编辑杜洁祥先生之宏志，以及该公司同仁之辛劳，中国比较文学学者之鼎力相助，才可顺利集结出版，在此我要衷心向诸君表达感谢！中国比较文学研究仍有一条长远之途需跋涉，期以系列丛书一展全貌，愿读者诸君敬赐高见！

曹顺庆

二零二一年十月二十三日于成都锦丽园

绪　论

　　生态批评是当代非人类中心主义生态思潮和日益恶化的全球生态危机催生的绿色文学和文化批评，其大约在 20 世纪 70 年代前期诞生于英美学界，经过近 50 来年漫长的摸索和学术积累，终于在 20 世纪 90 年代前期宛如一棵果树花儿突然绽放并很快结出累累硕果，在 90 年代中期已发展成为一个颇具影响的批评学派或思潮，并逐渐波及到英美以外的国家和地区。在其 50 来年的演进历程中，生态批评尽管饱受争议，路途坎坷，可如今它已成为一个名副其实的国际性多元文化批评运动，还凭借成熟的思想基础、创新性的理论建构、扎实的学术业绩和广泛的学术影响，不仅牢固确立了自己的学术地位，重新规划了学术版图，而且成为了人类世语境下诊断诸如气候变化、生物多样性危机等全球性环境问题之文化根源，传播生态理念，重塑人的生态意识，培育人的生态情怀，探寻应对全球环境危机文化策略，推动世界文化绿色转型的一支重要文化力量。

　　生态批评繁茂芜杂、坎坷曲折的发展历程大体可分为三波或三个阶段：第一波可称为"生态中心主义型生态批评"（1972 年-）。学界大多赞同将美国比较文学学者约瑟夫·米克（Joseph W.Meeker）1972 年出版的专著《生存的喜剧：文学生态学研究》（*The Comedy of Survival: Studies in Literary Ecology*）称为生态批评的开山之作，故西方生态批评学术的开端也从该著的出版算起。其倡导透过生态中心主义哲学的视野，尤其深层生态学的视野，探讨环境议题，固守人类中心主义是导致环境退化的形而上思想基础，抽象地谈论文学与环境之间的关系。然而，由于第一波生态批评主要是"白人男性批评家探讨白人男性作家的非虚构生态作品的生态内涵"[1]，故它忽视了文类的多样性，因种族、阶级、性别的不同而产生的生态诉求的差异性和文化的异质性，泛化生态危机实质和均质化生态危机责任等不足，这为第二波"环境公正生态批评"的诞生准备了条件。1997 年，少数族裔生态批评学者 T.V.里德（T.V.Reed）首次提出了环境公正生态批评术语，学界一般将其看作第二波生态批评的开端。具言之，环境公正生态批评主张站在环境公正的立场上，透过各少数族裔的文化视野，结合他们各自独特的环境经验，研究文学、文化甚至艺术与环境之间错综复杂的关系，将自然生态与社会生态相结合，从而使生态批评具有了强烈的社会诉求和政治属性，极大地拓宽了生态批评的研究领域和学术疆界。与此同时，环境公正生态批评还与主流白人生态批评开展多角度、多层面的对话，一方面是为了揭露主流强势文化针对少数族裔等弱势群体所施加的形形色色的环境种族主义和环境殖民主义等环境暴力；另一方面也是为了发掘、阐发被人忽视的边缘化的各少数族裔文学、文化及生存范式中所蕴含的深刻生态智慧，以此凸显主流文学、文化中的生态偏颇和盲点。2000 年，美国著名生态批评家帕特里克·默菲（Patrick D.Murphy）在其专著《自然取向的文学研究之广阔天地》（*Farther Afield in the Study of Nature-Oriented Literature*）中主张生态批评研究应超越西方文化中心主义的藩篱，将生态批评发展成为跨文化、跨文明的国际性多元文化批评运动，并提出了跨文化、跨文明生态批评研究的相关理论以指导生态批评的跨文化、跨文明研究，我们可将生态批评的国际化延伸称之为第三波"跨越性生态批评"（2000-）。这里的"跨越"既指生态批评对更多学科边界的跨越，更强调其对文化或文明边界的跨越，其跨学科、跨文化、尤其是跨文明特征进一步增强，以更能彰显生态批评的综合性和全球性特征。就其内容来看，这里的"跨文化、跨文明"既指英美生态批评跨越其地理边界，并运用比较文学的方法对其他国家的文学进行生态研究，也指英美国家以外的其他国家，像德国、法国、意大利、加拿大、澳大利亚等西方国家学界以及像中国、印度、韩国及日本等非西方国家学界对英美生态批评的回应、在比较中建构自己的生态批评理论及开展的相关学术研究。跨文明生态批评特别强调文化模子的差异性或异质性，所以非西方生态批评，比如中国生态批评、印度生态批评等一开始就试图立足本土文化传统，发掘自身的生态思想文化资源，在借鉴、对话、修正、批评甚至否定西方生态批评的过程中开展生态

1　胡志红：《西方生态批评史》，北京：人民出版社，2015 年，第 69 页。

批评学术并建构富有自己文化特色的生态批评理论。另外，跨越性生态批评并非对前一波生态批评完全否定，而是与其展开对话、修正、甚至颠覆，具有强烈的比较文学学科意识，拓展跨学科、跨文化、跨文明生态研究的范围和彰显因跨越而生发的生态文化多样性和生态变异性，在与被边缘化的少数族裔文化和互为异质的他国文明相互对话、交流与互鉴的过程中，形成"百花齐放"、"众声喧哗"的局面。

生态批评的蓬勃发展也促进了具有自觉生态意识的文学文类——自然取向的文学或生态文学的繁荣。生态文学是一个伞状术语，包括多种多样的文学体裁，例如传记体生态书写、生态散文、生态诗歌、生态小说、生态戏剧及生态报告文学等[2]。随着生态批评不断跨越文化与文明的疆界，在多元化的生态批评理论观照之下，生态文学的内容不断深化和丰富，所涉议题也不断拓宽和延展，生态文学也不仅限于英美"白人男性作家"的非虚构自然书写，也涵盖非西方生态文学家，甚至少数族裔生态文学家、女性作家等被边缘化的作家的生态文学创作，进而彰显迥异的生态文化内涵，凸显异质文化与文明的生态智慧。

进入 21 世纪以来，人类活动对于地球的影响范围更广，程度更深，生态批评的兴起，尤其是环境人文学的兴起与成熟，让人们充分认识到生态问题远不仅仅是科学问题，也是人文学问题。伴随人类世话语的强势介入，生态批评的跨学科性、甚至超学科性进一步增强，跨文化和跨文明特征也随之凸显。由此可见，比较文学和生态批评之间存在重要契合，为此，本著立足生态本底，联系生态批评的发展历程，结合理论与文本研究，以深入挖掘不同文化和文明中生态内涵的多样性与独特性，以探寻解决日益严峻的生态危机的多元文化路径。具体而言，本著主要由绪论、主体和余论组成。绪论简述了西方生态批评三个阶段的发展演进历程及本著的主要研究内容和研究意义。主体由五章构成。第一章将生态批评的缘起、演进、挑战与前景，及其三个阶段的主要研究内容与特征作简要梳理，为西方生态批评 50 来年的发展状况提供概览式全景。第二章主要从跨学科的维度对生态批评进行理论探讨，透过生态中心主义哲学思想对生态危机及人文危机的文化根源——人类中心主义思想及其物理表现进行了多维度多层面的拷问，并论述了生态批评与其他学科、其他理论的交叉整合，产生了蕴含丰富生态内涵的新学科或新批评话语，重点论述了其中

---

2 胡志红：《生态文学讲读》，北京：北京大学出版社，2021 年，第 1 页。

的生态女性主义批评、电影生态批评、生态转向的身体美学及生态批评对巴赫金文艺理论的绿化。第三章透过美国少数族裔文化的多元文化视野，对第一波主流白人生态批评进行了多维批判，简要梳理了在此背景之下应运而生的美国少数族裔生态批评发展简况，并透过美国印第安生态批评和黑人生态批评的视角对经典人物形象及主流美学范畴进行了颠覆和重构。第四章主要探究西方生态批评突破英美主流文化的藩篱，与曾经被边缘化的异质文明进行跨文明生态对话，探究道家、儒家、佛家等所蕴含的独特的生态智慧，以揭示生态模式的多元性与互补性。第五章从生态批评的理论探讨转向自然取向文学的文本研究，将理论与文本有机结合，宏观概述了生态文学的缘起、界定、创作原则及其前景，探讨了生态文学中的季节框架作用、检视了环境启示录与环境乌托邦书写的特征及本质，并透过少数族裔的文化视野，生态重释了美国少数族裔生态文学经典文本，挖掘文本中独特的生态内涵。余论简要论述了生态批评跨文化、跨文明研究与比较文学之间存在的诸多重要契合。

本著旨在充分揭示环境问题的严峻性、复杂性与多元性，因为"自然"绝不是独立于人文世界的客观物理存在，而是与人文世界有着千丝万缕勾连的文化建构，在人类世话语下，"人类"已不再是一个单纯的生物物种，已成为一支深刻影响地球生态系统的地质力量，不同种族、不同性别、不同阶级、不同信仰、不同文化等也与非人类世界形成"剪不断、理还乱"的复杂纠葛。所以要解决日益严峻的环境问题，必须超越英美主流生态话语的单一性与同质性，拒斥西方主导环境议题的一元化老路，深入挖掘并借鉴异质文化与文明中特有的生态智慧与生态模式，促进各种文化与文明之间的生态对话与交流，以期探寻多文化、多文明共同参与和合作应对世界性环境危机的可行性形而上和形而下路径。

第一章　生态批评：缘起、演进及其前景

　　作为以大地为中心的文学、文化批评范式，生态批评在 20 世纪 70 年代前期发轫于美国，成熟于 90 年代中期，并建构了较为完善而开放的批评理论体系，具有坚实的哲学基础、宽广的学术视野和丰富的学术实践，对生态危机文化根源的诊断较为全面深入，所提出的问题发人深省。随着全球生态形势的日益恶化和范围的扩大，西方生态批评迅速发展成了生机勃勃的国际文学、文化绿色批评潮流，跨学科、跨文化、甚至跨文明是其显著特征。生态批评的兴起一方面是由于诸如气候变化、全球生物多样性丧失等现实环境危机的催逼，另一方面是由于走向成熟的生态哲学为文艺批评的新发展提供了新的思想路径。另外，回避严峻现实环境议题、痴想封闭自足、追精逐致的当代文艺批评理论已四面楚歌，陷入山穷水尽之窘境，客观上，这为生态批评的萌生提供了难得的学术契机。

　　关于生态批评的演进历程，1996 年美国生态批评的开拓者彻丽尔·格罗特费尔蒂（Cheryll Glotfelty）就在《生态批评读本：文学生态学的里程碑》（*The Ecocriticism Reader: Landmarks in Literary Ecology*）一著的"导言"（Introduction）中提议可参照美国著名女性主义理论家和文学评论家伊莱恩·肖瓦尔特（Elaine Showalter）对女性主义批评发展历程的三个阶段划分模式，将生态文学批评的发展划分为三个阶段。第一阶段主要研究文学再现自然的方式，旨在激发人的环境意识。生态批评家质疑文学中描写自然的一类陈旧模式：自然要么被描绘成伊甸园、阿卡狄亚般的世外桃源或处女地，要么是乌烟

瘴气的沼泽地或冷酷无情的荒野。当然,自然本身并非生态批评研究再现的唯一重心,其他自然存在,诸如边疆、动物、城市、山川、河流、湖泊、沙漠、某些特别的地区、印第安人、技术、垃圾、甚至人之身体的文学再现也被纳入其研究视野中。生态文学批评的第二阶段重点放在发掘长期被忽视的自然书写文类,对美国自然文学的历史、发展、成就及其风格体裁等做深入的研讨。美国拥有悠久的自然取向的非虚构作品创作传统。它有着硕果累累的过去、充满活力的今天和满怀希望的未来。从 80 年代末到 90 年代初,美国出版的描写自然的作品选集有二十多部。生态文学批评的第三阶段是其理论建构阶段,有学者甚至试图建构一种生态诗学。具而言之,就是运用生态学概念范畴和激进生态哲学,像深层生态学和生态女性主义等,重审文学话语关于人的概念,检视对物种的象征性文化建构,解构西方思想传统中根深蒂固的精神／物质、心灵／身体、男人／女人及人／自然对立的二元论思维。[1]然而,生态批评后来的发展证明,其内容要比格罗特费尔蒂所预测的要丰富得多,其过程也要复杂得多,并且其所涉及的内容或过程也都融入到后来的发展过程中。

2005 年,美国生态批评学者哈佛大学教授劳伦斯·布伊尔(Lawrence Buell)在《环境批评的未来:环境危机与文学想象》(*The Future of Environmental Criticism: Environmental Crisis and Literary Imagination*)一著中,对西方生态批评的发展做了简要的回顾,并将其发展历程大致划分两个阶段或两次生态"波"。第一波生态批评主要以生态中心主义哲学,尤其是深层生态学为基础,探讨文学与环境之间的关系,大体可归为生态中心主义型生态批评,第二波可称为环境公正生态批评,并对两波生态批评的主要特征做了简明扼要的描述,对其内容也做了一定程度的探讨。由此可见,布伊尔划分生态批评两个阶段的主要依据是其思想基础或理论视野转变。[2]

此后,大致在 2009 年到 2017 年间,美国著名生态批评学者斯科特·斯洛维克(Scott Slovic)又基于布伊尔关于生态批评的"波"理论,将生态批评的发展划分为"三波"或曰三个阶段、甚至"四波"或曰四个阶段,并指出了它们各自的主要特征,但由于第三波与第四波之间没有质的区别。故笔者综合布伊尔和斯科特的理论并结合生态批评的世界发展现状将生态批评的发展界定

1　Cheryll Glotfelty and Harold Fromm, Eds. *The Ecocriticism Reader: Landmarks in Literary Ecology*. Athens, Georgia: The University of Georgia Press, 1996, pp.xxiii-xxiv.

2　Lawrence Buell. *The Future of Environmental Criticism: Environmental Crisis and Literary Imagination*. Malden, MA: Black Well Publishing Ltd, 2005, pp.8-13.

为三波，并根据第三波的突出特征暂且将其界定为"跨越性生态批评"。至于生态批评学者们为何偏爱用"波"（wave）而不是用"阶段"（stage）来描绘生态批评的发展，主要是因为"波意象"意味着新一波生态批评与其前一波之间绝非泾渭分明，或者说后一波的兴起绝非表明前一波戛然而止或就此宣告结束，而主要是因为生态批评的主导思想基础发生了激变或地理空间发生了大的延伸，其前一波已开始衰退，但前一波依然在自我修正、并在与新一波开展对话、协调的过程中继续往前发展、深化。

在此，本章将分别对生态批评"三波"的演进历程及其特征进行梳理，并对其面临的挑战及前景进行简要论述，以期呈现50来年西方生态批评的发展全貌。

第一节　生态中心主义型生态批评

1978 年，美国生态批评学者威廉·鲁克尔特（William Rueckert）在其《文学与生态学：一次生态批评实践》（Literature and Ecology: An Experiment in Ecocriticism）一文中首次提出了"生态批评"（ecocriticism）这个术语并用它来描述他的学术实践。在该文中鲁克尔特明确主张文学研究要自觉地"发掘文学生态的生态内涵"，释放文学（诗歌）所蕴藏的取之不尽、用之不竭、可再生的生态能量，并让它支撑生命和人类共同体。具而言之，就是整合文学与生态学，发现文学在生物圈运作的方式，强调批评家"必须培育生态学视野，并将这种视野转化为社会、经济、政治及个体行动的纲领"，"必须让生态学视野渗透到我们时代的经济、政治、社会和技术观念中，并对它们进行根本性的变革"，因为"没有生态学视野，人类将会消亡"。他甚至疾呼文艺理论家必须建构一个生态诗学体系，借此将生态学概念应用到文学阅读、教学、写作及批评话语中。[3] 由此可见，鲁克尔特已明确地提出了文学批评生态学转向的主张，并自觉地践行了生态批评学术实践。然而，学术界并未将 1978 年界定为生态批评的起点，因为具有自觉生态学意识的文学批评活动实际上早就开始了。

1972 年，美国比较文学学者约瑟夫·米克（Joseph W.Meeker）出版了专

3　William Rueckert. "Literature and Ecology: An Experiment in Ecocriticism." In *The Ecocriticism Reader: Landmarks in Literary Ecology.* Ed. Cheryll Glotfelty and Harold Fromm. Athens, Georgia: The University of Georgia Press, pp.107-114.

著《生存的喜剧：文学生态学研究》（*The Comedy of Survival: Studies in Literary Ecology*）。在该著中，米克不仅提出了"文学生态学"术语而且还将其视为文学研究的新方向，其主张透过生态学视野，运用跨学科的方法，研究文学著作中的生物学主题及其相互关系。尤其具有开创性意义的是，米克运用文学生态学方法，结合具体的文学经典，深刻检视了西方经典文学文类，诸如悲剧、喜剧、田园文学传统及流浪汉小说等的生态学内涵，颇具启发性并对后来的生态批评学术产生了深远影响。[4]1973 年，英国著名文化批评家雷蒙德·威廉斯（Raymond Williams）出版了专著《乡村与城市》（*The Country and the City*）。在该著中，威廉斯透过生态中心主义视野分析了自古希腊以来西方田园文学传统的演变及其文化意义，重点探讨英国文学中所再现的乡村与城市之间的对立互动关系，学界一般将该著看成英国具有自觉生态意识的生态批评学术的开端[5]。2001 年，美国学者戴维·麦泽尔（David Mazel）编辑出版了《早期生态批评一世纪》（*A Century of Early Ecocriticism*）。在该著中，麦泽尔认为利奥·马克斯（Leo Marx）于 1964 年出版的专著《花园中的机器》（*The Machine in the Garden*）是他对美国文学和文化中田园主义所做的里程碑似的研究，充分揭示了美国是孕育生态批评学术的丰饶土壤，因此该著是推动美国生态批评发展的"奠基之作"，他甚至将生态批评产生的时间往前推了 100 年，即 1864 年，认为亨利·西奥多·塔克曼（Henry Theodore Tuckerman, 1813-71）在该年出版的著作《美国和她的评论者》（*America and Her Commentators*）是生态批评的开端。[6]当然，关于生态批评的源头问题还有其他多种说法，可谓众说纷纭。尽管如此，学界大多赞同《生存的喜剧》是生态批评的开山之作，也赞同将 1972 年视为生态批评学术的开局之年。此后的 20 多年，生态批评的发展可谓步履蹒跚，但其学术能量也在渐渐积累，终于在 20 世纪 90 年代中期迅速演变成一场颇具声势的英美生态批评运动，甚至形成了一个赢得学界广泛认可的批评学派，其影响逐渐波及到英美疆界以外的国家和地区。当然，中国学界也开始受到其影响，尽管这种影响在当时看起来还非常微弱。这一时期也出现一些标志性学术事件和出版了大量有学术影响的成果，比如，1992 年

4　Joseph Meeker. *The Comedy of Survival: Studies in Literary Ecology*. New York: Charles Scribner's Sons, 1972, pp.3-18.
5　Peter Barry. *Beginning Theory: An Introduction to Literary and Cultural Theory*. 2nd. edition. Manchester: The Manchester University Press, 2002, pp.250-51.
6　David Mazel. *American Literary Environmentalism*. Athens, Georgia: The University of Georgia Press, 2000, pp.1-8.

在美国成立了国际性生态批评学术组织"文学与环境研究学会"（ASLE），每两年举行一次年会，在近 20 个国家和地区都有分会；1993 年，美国生态批评学者帕特里克·D.默菲（Patrick D.Murphy）创办了第一家生态批评刊物《文学与环境的跨学科研究》（*Interdisciplinary Studies in Literature and Environment*）。学界大多认为，该刊的问世标志着生态批评学派的正式确立，该刊每年发行两期，从 2009 年起一年发行四期，1995 年《文学与环境的跨学科研究》正式成为文学与环境研究学会的官方刊物，也成了世界生态批评学者进行学术交流和学术资源共享的重要平台。1995 年，哈佛大学英文系教授劳伦斯·布伊尔出版了专著《环境想象：梭罗、自然书写和美国文化的形成》（*The Environmental Imagination: Thoreau, Nature Writing, and the Formation of American Culture*）[7]；1996 年，格罗特费尔蒂（Cheryll Glotfelty）和弗罗姆（Harold Fromm）共同主编出版了第一本生态批评文集《生态批评读本：文学生态学的里程碑》（*The Ecocriticism Reader: Landmarks in Literary Ecology*）[8]。两部里程碑式的作品问世，昭示生态批评开始受到学术界广泛认真的关注，开启了声势浩大的英美生态批评运动，并波及到欧美以外的其他国家和地区。前者主要透过生态中心主义视野探究了美国文学的生态演进历程，对因种族、阶级及性别的差异而产生的不同的环境经验几乎避而不谈，试图将人从其所处的历史文化语境中抽取出来，抽象地、泛泛地探讨生态问题，甚至倡导在矮化人类的前提下建构文学生态中心主义诗学，而后者被看成是初学者进入生态批评领域的入门教材，在该领域的学术地位可谓无与伦比，其开篇《我们生态危机的历史根源》（The Historical Roots of Our Ecologic Crisis）[9]一文为该著定下了基调——犹太基督教所蕴藏的人类中心是导致生态危机的思想文化根源，走出危机的出路是以基督教少数派所倡导的生态中心主义文化范式取而代之，其他论文则着重透过生态中心主义视野解析美国文学、文化现象，一方面旨在深挖文学、文化文本中潜藏的生态内涵，另一方面也试图揭示其中隐藏的根深蒂固的人类中心主义元素，即使在分析美国土著文学文本，论文作者也只是发掘其与生态中心

---

7 Lawrence Buell. *The Environmental Imagination: Thoreau, Nature Writing, and the Formation of American Culture*. Cambridge: The Harvard University Press, 1995.

8 Cheryll Glotfelty and Harold Fromm, Eds. *The Ecocriticism Reader: Landmarks in Literary Ecology*. Athens, Georgia: The University of Georgia Press, 1996.

9 Lynn White. "The Historical Roots of Our Ecologic Crisis." In *The Ecocriticism Reader: Landmarks in Literary Ecology*. Eds. Cheryll Glotfelty and Harold Fromm. Athens, Georgia: The University of Georgia Press, 1996, pp.3-14.

主义契合的生态智慧，而未提及其与种族紧密相关的独特的环境经验。《在自然女杰：四位女性对美国风景的反映》（The Heroines of Nature: Four Women Respond to the American Landscape）[10]一文中，作者诺伍德（Vera L.Norwood）在分析伊莎贝拉·伯德（Isabella Bird）、玛丽·奥斯汀（Mary Austin）、蕾切尔·卡逊（Rachel Carson）及安妮·迪拉德（Annie Dillard）等四位著名女性自然书写作家对待自然的态度时，也未从女性或生态女性主义的独特视角探讨性别与环境之间特有的关联，淡化性别因素，因而其分析就不够深刻全面，得出的结论也就难以令人置信。由此看见，这两部著作进一步确立并强化了第一波生态批评的基本批评范式，也即从生态中心主义／人类中心主义二元对立模式阐释生态危机的根源及探寻走出危机的文化路径。然而，这种范式将生态问题与现实社会问题进行简单二分，从而将生态议题与基于种族、阶级及性别等范畴的社会公正议题剥离出去，即使涉及到这些范畴，也试图单纯地考虑其生态因素，这种对社会公正议题加以回避抑或忽视，试图将生态问题简单化的学术探讨实际上为生态批评埋下了危机。这一时期还有许多有着重要影响的生态批评学者，像斯科特·斯洛维克、卡洛琳·麦茜特（Carolyn Merchant）、乔纳森·贝特（Jonathan Bate）及卡尔·克鲁伯（Karl Kroeber）等，都出版了他们的生态批评著作，并积极推动生态批评运动的发展和壮大。

总体上看，第一波生态批评主要以生态中心主义哲学，尤其是其激进派深层生态学为思想基础。深层生态伦理学是一种生态中心论世界观，它的理论基础是两条根本性原则，即大写的"自我实现"原则和"生态中心主义平等"原则。所谓大写的"自我实现"是对现代西方流行的"自我实现"概念的超越。现代西方流行的"自我实现"是一种与自然分离的自我，追求享乐主义的满足感。实际上，人不是与自然分离的个体，而是自然整体的一部分。自我实现的"自我"是形而上的"自我"，又可称为"生态自我"，它不仅包括"我"，一个个体的人，而且包括全人类，包括所有的动植物，甚至还包括热带雨林、山川、河流和土壤中的微生物等。它必定是在与人类共同体、与大地共同体的关系中实现的。自我实现的过程就是人不断扩大自我认同对象范围、超越整个人类而达到一种包括非人类世界的整体认识的过程，随着自我认同

---

10 Vera L.Norwood. "The Heroines of Nature: Four Women Respond to the American Landscape." In *The Ecocriticism Reader: Landmarks in Literary Ecology*. Eds. Cheryll Glotfelty and Harold Fromm. Athens, Georgia: The University of Georgia Press, 1996, pp.323-50.

对象范围的扩大和加深，人与自然其他存在物的疏离感就会逐渐缩小，便能感知自己在自然之中。当人们达到"生态自我"阶段时，就能在所有存在物中看到自我，也能在自我中看到所有存在物。所谓生态中心主义平等，是指生物圈中的一切存在物都有生存、繁衍和充分体现个体自身以及在"自我实现"中实现自我的权利。即是说，在生态系统中，一切生命体都具有内在目的性，都具有内在价值，都处于平等的地位，没有等级差别，人类不过是众多物种中的一种，在自然的整体生态关系中，既不比其他物种高贵，也不比其他物种更坏。由此可见，第一波生态批评从形而上层面探寻生态危机产生的思想根源，并在锁定人类中心主义是导致生态危机终极元凶的大前提下探讨文学与环境之间关系并探寻应对危机的文化策略，这里的"环境"基本上是个恒定的、物理的、纯粹的物质存在，或曰"纯自然"。在学术实践中，批评家往往总是偏爱那些凸显自然中心地位和单向度地思考人与自然之间关系的作品。再由于深受每况愈下的现实生态形势的催逼及其所引发的普遍环境焦虑的摧折，生态批评圈可谓群情激愤，学者们主张采取激进的方式，促使文化变革，构建生态中心主义型人类文化，以之对抗或消解根深蒂固的人类中心主义文化传统，希冀急速调整人与自然间的关系，扭转生态形势，进而引导人类最终走出生态困局，由此我们完全可以想象，在这样一种历史语境下运作的生态批评必然表现出不少偏激之处，并浸染浓郁的生态乌托邦色彩，甚至透露出不少学究式的天真，因而其学理性当然就难以经得起冷静、缜密的推敲。

大而言之，第一波生态批评主要表现出以下特征：

（1）文类特征：以非虚构自然书写作品作为其主要研究对象，尤以梭罗所开创的传记体生态文学传统作为其研究重心，其中，大卫·梭罗（Henry David Thoreau）的《瓦尔登湖》（*Walden*）、玛丽·奥斯汀（Mary Austin）的《少雨的土地》（*The Land of Little Rain*）、奥尔多·利奥波德（Aldo Leopold）的《沙乡年鉴》（*A Sand County Almanac*）及阿比（Edward Abbey）的《孤独的沙漠》（*Desert Solitaire*）等都是该传统的典范文本。[11]其次，生态或曰自然诗歌，尤其是英美浪漫主义诗歌和荒野小说也是其研究的重要内容；（2）生态批评家群体大多是白人男性，所研讨的作家大多也是白人男性作家，即使有少数女性作家及其作品进入生态批评视野，但大多也只考虑其生态内涵，往往过滤掉其"性别"因素。换言之，就是淡化、甚至忽视性别特征与自然之间的复杂纠葛，

---

11 胡志红：《生态文学讲读》，北京：北京大学出版社，2021年，第37-174页。

因而几乎不考虑因性别差异而导致的环境经验的差异性和独特性;(3)比较文学学科意义上的跨文化、跨文明视野几乎缺位,甚至美国国内有色族作家及其作品进入生态批评视野的也不多见,即使有极个别有色族作家的作品"有幸"入围,但关注的却是被白人主流文化过滤过的生态中心主义取向的内涵,而种族与自然之间的纠葛往往被忽视,环境经验的多种族性,或者说,因种族、文化的差异而导致的环境经验的多元性几乎没有被纳入生态批评的讨论;(4)跨学科性也远未充分展开。尽管跨学科是生态批评的基本特征,但第一波生态批评所跨越的学科显然不多,甚至可以这样说,跨学科性严重偏弱。(5)在探讨建构文学生态中心主义诗学的过程中,生态批评学者常常偏爱那些矮化或边缘化、甚至一般地排斥"人类"的文学作品;(6)在探讨生态退化的深层文化根源时,专注于抽象地、笼而统之地追查导致危机的文化原因,往往将生态问题非语境化、非政治化、非历史化,其结果往往是将"所有人"都推向生态的对立面;(7)经典的颠覆也是第一波生态批评的重要议题。其主要透过生态学或深层生态学的视野重审和解构经典,可往往矫枉过正,贬低经典的人文维度,从而失去了发掘生态问题的动力之源。

根据以上分析,我们可看出,第一波生态批评大体可以这样界定:白人男性批评家探讨白人男性作家的非小说环境作品的生态内涵,以揭示作品中所反映的人与荒野之间的关系,这里的"人"主要指脱离了具体社会历史文化语境、被抽象化了的人,"荒野"是白人男性所圈定"渺无人烟的自然存在",因而生态批评就是让文学研究走向荒野,由此可窥视出它的一些主要不足或局限,也即是文类偏见、性别偏见、种族偏见、非历史化和非政治化倾向、抽象化及泛化生态危机的实质等,这些不足为生态批评的第一波带来了严重危机,从而为生态批评的环境公正转型准备了条件。

第二节　环境公正生态批评

作为一种与人类中心主义思想主导下的主流文学批评截然对立的崭新的文学文化批评范式,生态批评由于具有强烈的现实针对性,因而其发展势头强劲。然而,由于其第一阶段主要以深层生态学为思想基础,因而也基本上承袭了美国环境主义固有的缺陷——在探讨环境议题时,严重忽视种族问题,淡化性别问题与阶级问题,专注于荒野保护、野生动植物保护及自然资源保护等,将少数族裔社群排除在环境保护运动之外,甚至认为他们生性对环境问题缺乏兴趣。惟其如此，主流环境主义遭到了多方的严厉批判。其生态中心主义哲学思想基础，尤其是深层生态学遭到了社会生态学学者、生态女性主义学者、动物伦理学派及环境公正理论学者等多方的严厉批评，它们都指责深层生态学专注于伦理修补，脱离社会语境，缺乏政治权利理论，因而软弱无力，有乌托邦之嫌。社会生态学代表人物布克钦（Murray Bookchin, 1921-2006）指责深层生态学是"软弱的唯心论""半生不熟、畸形怪状，犹如思想观念的一个黑洞""一堆意识形态的有毒废物"。他还批评深层生态学很少关注"人对人的操纵"。在他看来，深层生态学最大的不足之处是"没有下决心将生态失衡置于社会失衡的背景之中"，尤其没能"分析、探究与抨击作为社会现实的等级制"[12]。生态女性主义学者批评深层生态学无的放矢，没有清楚认识到文化中根深蒂固的男性偏见或曰父权制是各种社会统治形式之根源，统治自然只是其所导致的必然恶果之一。动物伦理学派甚至将生态中心主义哲学界定为"环境法西斯主义"[13]，因为生态中心主义者支持社群、团体或民族国家的利益取代个体利益的制度，在迫不得已的时候，环境法西斯主义要求牺牲个体的利益、甚至生命以服从生态系统、星球或宇宙的需要。环境公正理论学者站在有色族人民和第三世界人民的立场，质疑深层生态学用人类中心主义／生态中心主义这种二分模式阐释当前所面临的全球环境退化的合理性，并认为生态危机的根源不能简单地被还原成"对待自然所采取的更深层次的人类中心主义态度"，当然，也就顺理成章地怀疑深层生态学所倡导的应对当下危机的种种文化策略。比如，以美国著名公民权利领导人本雅明·夏维斯（Rev.Benjamin Chavis Jr）为代表的环境公正人士强烈谴责回避、甚至忽视被边缘化的少数族裔人民基本生存问题的美国主流社会和专注于荒野保护的主流环境组织和针对前者所施行的形形色色的"环境种族主义"行径。夏维斯于 1987 发表了环境公正运动史上里程碑式的研究报告"在美国有毒废物和种族"，在该报告中他直言不讳地宣称："种族是全美居民社群与有害物质压力相关的主要因素"，并首次提出了"环境种族主义"（Environmental Racism）这个术语，以凸显环境压迫与种族的关系[14]。

---

12 Peter Hay. *Main Currents in Western Environmental Thought*. Bloomington: The Indiana University Press, 2002, p.69.

13 Roderick F.Nash. *The Rights of Nature: A History of Environmental Ethics*. Madison: The University of Wisconsin Press, 1996, p.159.

14 Mark Dowie. *Losing Ground: American Environmentalism at the Close of the Twentieth Century*. Mass: The MIT Press, 1995, p.284-285.

从国际层面来看，深层生态学遭到了第三世界学者的严厉的批判，其中最有名的批评者是印度生态学家罗摩占陀罗·古哈（Ramachandra Guha）。在其影响广泛且极富争议性的《美国激进环境主义与荒野保护：来自第三世界的批评》一文中，古哈首先总结了深层生态学的主要特征，并逐一予以批判[15]。在他看来，如果将深层生态学的生态实践推广到世界范围内，将会产生严重的社会后果，尤其对不发达国家贫穷的农业人口更是如此。古哈认为，深层生态学所倡导的人类中心主义/生态中心主义二分并将其作为理解当前面临的全球环境退化机制是没用的。实际上，生态问题是两个更为基本的问题所引起的：一个是工业化国家和第三世界城市精英过度消费的问题；另一个是不断增长的军事化，包括短期的（如不间断的区域战争）和长远的（如军备竞赛和可能的核毁灭）。而这类问题是相当世俗的，与人类中心/生态中心的界限没有明显的关系，因此，无论在哪个分析层次，生态危机的根源都不能还原成为"对待自然所采取的更深层次的人类中心主义态度"。

如果这种界限的区分与基本问题无关的话，那么，强调荒野保护的主张用于第三世界肯定是有害的，它实质上是把资源从穷人手里直接转嫁给富人。在古哈看来，非西方环境运动首先要考虑的是弱势群体——贫穷的无地农民、妇女和部落——的绝对的生存问题，而不是提高生活质量；其次，环境问题的解决涉及公平、经济和政治的再分配问题。把专注于荒野保护的深层生态学应用于第三世界带有浓厚的西方帝国主义色彩。

古哈还指责深层生态学肆意曲解东方宗教哲学——印度教、佛教和道教——与文化传统，它透过生态中心主义来阐释这些东方传统文化的做法"相当粗暴地歪曲了历史"，是对东方的"生态他者化"，将东方文化纳入西方思想轨道，其目的是为了论证深层生态学的"普适性"，这种歪曲明显带有浓厚的生态东方主义色彩。

古哈的分析等于是说，人类中心主义成了在近现代以来靠大规模地掠夺、征服自然而发展起来的西方强国推卸、转嫁环境责任的形而上的借口，美丽的托词。专注于荒野保护的深层生态学在理论上充满了赤裸裸的生态帝国主义话语，文化上带有浓烈的东方主义色彩，实践上是建立在对第三世界生态剥削的基础之上的。从历史与现实视角来看，第一世界既能拥有良好的自然环境，

---

15 Ramachandra Guha. "Radical American Environmentalism and Wilderness Preservation: A Third World Critique". In *Contemporary Moral Problem*. Ed. James E.White. Belmont: Wadsworth/Thomas Learning, 2003, pp.553-559.

享有高消费的生活方式，又能保持持续的经济繁荣，是建立在对少数族群、有色人种以及非西方发展中国家生态剥削、生态殖民的基础之上的，因此全球环境的恶化与不公正的经济秩序密切相关。在他看来，如果将专注于荒野保护的深层生态学应用于第三世界不仅对解决环境危机于事无补，而且还将导致严重的人道主义灾难，甚至认为深层生态学的国际化延伸带有浓厚生态殖民主义或生态帝国主义色彩。

甚至美国学者汤姆·克努森（Tom Knudson）在《转嫁痛苦：世界资源供养加州不断膨胀的胃口》（Shifting the Pain: World's Resources Feed California's Growing appetite）一文中也对这种国际生态殖民主义给予了深刻的揭露与严厉的批判。他指出：以美国加州为代表的西方发达经济体宣称自己是生态保护的楷模，它们固执地保护自己的自然资源和生态环境，然而却破纪录地向别的地方进口，可谓"疯狂地保护"，同时也"疯狂地消费"。它们将"生产自然资源的痛苦（水污染、燃气事故、人与森林的冲突）输出到远离美国的各个角落，输出到眼不见心不烦的地方"。它们这样做不仅转嫁痛苦，而且还放大痛苦，因为输出国无严厉的环境控制手段和先进的环保技术，因而给输出国的自然环境、文化以及人们的生计造成了毁灭性的打击[16]，从某种角度上看，加州等西方发达经济体所反映出的保护与消费之间的矛盾充分暴露了它们痴迷的环境保护运动的虚伪；社会生态学家指责深层生态学无视现实世界中无处不在的人统治人的等级制度与生态危机之间的密切关联，正是前者拓展与强化了对自然的无度盘剥，才造成了全球环境危机的失控。生态女性主义者则谴责深层生态在阐释生态问题时，忽视性别歧视与自然歧视之间的内在联系，从而进一步恶化了这两种歧视，斩断了女性与自然之间互为盟友的天然纽带，从而削减了形成更为广泛的生态-社会联盟的动力之源。由此可见，以生态中心主义为基础的生态批评似乎也因此陷入了多面受敌的境地。

1991年，来自美国、加拿大、中美洲、南美洲以及马绍尔群岛等国家和地区的有色族领导人在美国首都华盛顿召开了"首届有色族人民环境保护领导人峰会"，峰会上代表们议定并通过了17条"环境公正原则"[17]。这些原则坚定

16 Tom Knudson. *Shifting the Pain: World's Resources Feed California's Growing Appetite*. Annual Editions: Global Issues 2004/2005. McGraw-Hill/Dushkin, 2005, pp.42-43.

17 17条"环境公正原则"的具体内容请参见 Mark Dowie. *Losing Ground: American Environmentalism at the Close of the Twentieth Century*. Cambridge, MA: The MIT Press, 1995, pp.284-285.

拒斥环境种族主义和环境殖民主义，捍卫文化多元性，疾呼重建人之精神与大地母亲之间和谐、神圣的关系，因而实际上也成了有色族人民的环境公正宣言，正式宣告了"环境公正"人士与主流环境主义者们不同的立场。简言之，环境公正理论学者质疑主流环境运动的一系列主张和实践，谴责其专注于荒野保护、公地保护、自然资源保护以及野生动植物保护而忽视以有色族人民、穷人及第三世界为主体的弱势群体的基本生存条件的主流环境组织和主流环境主义意识形态，揭露主流社会和主流环境主义组织中广泛存在的形形色色、或隐或现的环境种族主义歧视和国际环境殖民主义、甚至环境帝国主义行径。[18]总的来看，环境公正运动及其理论主张是以关注人的生存为出发点，是人类导向的，但绝非人类中心主义的。

面对以上种种批评和责难，不少主流生态批评学者深感迷茫、困惑，甚至产生了普遍的学术焦虑。为有效应对危机，生态批评学者们不得不严肃评估这些批评，认真反思自己的学术立场，重审生态批评的思想基础，总结前期学术研究的成败得失，而后进行了学术战略调整。部分学者率先于 20 世纪 90 年代中后期便顺应学术圈内外对环境公正诉求的强烈呼声，将环境公正理论引入生态批评学术并将其作为重要的理论支柱，进而推动了生态批评的转向。1997年，少数族裔生态批评学者 T.V.里德（T.V.Reed）首先提出了"环境公正生态批评"[19]术语，并力荐其作为生态批评的新范式。具而言之，环境公正生态批评主张将环境公正作为基本的学术立场，将种族作为生态批评的核心范畴，并透过多元文化视野，结合性别和阶级的视野，研究文学、文化、甚至艺术与环境之间的关系，疾呼生态批评从荒野归来。[20]生态批评环境公正转型后，其研究视野更为宽广，研究空间也得到了极大拓展，故学术成果也宛如雨后春笋般涌现，其中，美国学者迈克尔·贝内特（Michael Bennett）与戴维·W.蒂格（David W.Teague）共同编辑的《城市自然：生态批评与城市环境》（*The Nature of Cities: Ecocriticism and Urban Environments*, 1999）、英国学者劳伦斯·库普（Laurence Coupe）主编的生态批评文集《绿色研究读本：从浪漫主义到生态批评》（*The*

18 胡志红：《西方生态批评史》，北京：人民出版社，2015 年，第 27-35 页。

19 Joni Adamson, Mei Mei Evans and Rachel Stein, Eds. *The Environmental Justice Reader: Politics, Poetics and Pedagogy*. Tucson: The University of Arizona Press, 2002, p.160.

20 Joni Adamson, Mei Mei Evans and Rachel Stein, Eds. *The Environmental Justice Reader: Politics, Poetics and Pedagogy*. Tucson: The University of Arizona Press, 2002, pp.4-5.

Green Studies Reader: From Romanticism to Ecocriticism, 2000)、美国乔尼·亚当森（Joni Adamson）的专著《美国印第安文学、环境公正和生态批评：中间地带》（*American Indian Literature, Environmental Justice, and Ecocriticism: The Middle Place*, 2001）及她与他人共同主编的《环境公正读本：政治、诗学和教育》（*The Environmental Justice Reader: Politics, Poetics and Pedagogy*, 2002)、美国学者保罗·奥特卡（Paul Outka）的专著《从超验主义到哈勒姆文艺复兴的种族与自然》（*Race and Nature from Transcendentalism to the Harlem Renaissance*, 2008）等都是些有影响的著作。亚当森的专著《美国印第安文学、环境公正和生态批评：中间地带》[21]立足环境公正的立场，透过印第安文化视野就"自然"、"荒野"、"环境"等概念及"拯救自然"、"保护土著民族"等议题与主流生态批评开展对话，指出其盲点，并提出建构更具理论性、更富生态智慧的多元文化生态批评构想。2002 年，她与其他学者合作编辑出版的文集《环境公正读本：政治、诗学和教育》[22]广受生态批评界的关注，并被看成是最具代表性的环境公正取向著作，编者们明确提出了将 17 条"环境公正原则"作为环境公正生态批评或少数族裔生态批评的理论基础，这些原则坚决反对环境种族主义和环境殖民主义，力主尊重文化多元性，确保环境公正，表达了重建人之精神与神圣大地母亲相互依存、和谐共生的强烈愿望，该著的问世充分显示了生态批评的范式转变，标志着多元文化生态批评或曰少数族裔生态批评范式框架的雏形已经形成，正式宣布了环境公正取向生态批评或少数族裔生态批评与生态中心主义型生态批评不同的学术立场，开启了社会公正、多元文化视野、环境政治、环境诗学及环境教育等有机结合的新范式。

总体上看，环境公正生态批评不是简单扬弃前一波批评理论和实践，而是守正创新，通过匡正其偏激之处，拓宽其理论基础，深化其研究内容，从而使得生态研究既能憧憬绿色乌托邦理想，而且也能立足当下危机四伏的生态现实，探寻在与自然的深度接触中通达普遍社会公正的绿色路径。与第一波生态中心主义型生态批评相比，环境公正生态批评表现出以下一些显著特征：

（1）环境公正生态批评突破了以非虚构传记体生态文学作为研究重心的藩篱，扩展为多文类生态文学文本和非文学文本的"绿色文化研究"，甚至几

21 Joni Adamson. *American Indian Literature, Environmental Justice, and Ecocriticism: The Middle Place*. Tucson: The University of Arizona Press, 2001.

22 Joni Adamson, Mei Mei Evans and Rachel Stein, Eds. *The Environmental Justice Reader: Politics, Poetics and Pedagogy*. Tucson: The University of Arizona Press, 2002.

乎不再受制于文类的限制，因而其研究空间得到了多维度的拓展；（2）"环境"内涵的巨变。环境公正生态批评重新界定了"环境"，并认为"环境"不在别处，就指人们的现实生存之地，是"人们生活、工作和娱乐的地方，也是他们祷告的地方"[23]。由此看来，一切环境，无论是自然的还是人工的，有形的还是无形的，像城市或互联网虚拟空间，也都被纳入生态批评视野，生态批评就由此从"荒野"或"纯自然"返归人与自然交汇的中间地带、甚至回到城市；（3）因为种族是环境公正理论的核心范畴，所以多元文化视野显然成了环境公正生态批评的基本观察点；（4）在环境公正议题的强力推动下，美国少数族裔生态批评应运而生，并成了第二波生态批评丰饶的学术场域。迄今为止，美国黑人生态批评是其最大的亮点，其次是美国印第安生态批评，再次是奇卡诺（墨西哥裔美国人）生态批评，而其他少数族裔生态批评则似"小荷才露尖尖角"。少数族裔生态批评注重彰显各自族群独特的环境经验，探寻走出危机的多元文化路径；（5）生态经典的重构。环境公正生态批评倡导修订生态经典标准，拓展生态经典文类的范围，甚至认为任何文本都具有"生态或环境特性"，即便是传统生态经典，也应运用环境公正理论给予重释；（6）跨学科性进一步增强。由于生态批评的绿色文化转向，生态批评学者更加关注非文学文本的研究，重视探究学术研究与生态政治、生态教育及环境公正运动等之间的纠葛，以便更好地协调城市与乡村、环境公正与生态保护之间的关系。（7）批评手段更加丰富多元。生态批评的"回家"和"文化转向"不断为其创生新的学术增长点，比如，环境公正理论与城市研究理论的结合形成城市生态批评。

简而言之，环境公正生态批评不是对其前一阶段批评理论的简单抛弃，而是推陈出新，也即在不排斥生态中心主义视野的基础上，与其开展对话，对其或修正或拓展，或与其他批评手法交叉整合，深化对生态议题的探讨。其所涉猎的范围极为广泛，其研究文类远超自然书写文类的藩篱，其学术场域绝非由某个单一的理论视野或议题主导，而往往透过比较文学的视野，在坚守环境公正诉求的大前提下，与前期生态批评开展对话，凸显种族视野，融合阶级和性别视野，接纳生态中心主义视野，让多种文化视野与多种社会诉求在生态批评的学术场域中不断冲突、对话、协调，探寻它们之间可能的契合点。在多元文化视野中研究文学、文化及艺术与环境之间的关系，以揭示环境经验的多样性

---

23 Joni Adamson, Mei Mei Evans and Rachel Stein, Eds. *The Environmental Justice Reader: Politics, Poetics and Pedagogy*. Tucson: The University of Arizona Press, 2002, p.20.

与环境问题的艰巨性与复杂性，探寻走出环境困局的多元文化路径，不同生态批评派别之间的差异主要表现在其关注重心不同罢了。

第三节　跨越性生态批评

尽管第二波生态批评无论在研究内容、研究文类还是在学科交叉或在研究视角等方面都有了较大的发展，但依然存在诸多局限，这主要是其狭隘的文化视阈所致。为此，在 2000 年著名批评家默菲批评指出：

> 生态批评的发展因其过分狭隘地关注非虚构散文和非虚构性小说而受到制约，也因以英美文学研究重心而受到限制。为扩大读者与批评家的阐释视野，有必要反思偏爱某些文类、某些民族文学及某些民族文学内某些族群的做法，这种反思将在自然取向文学概念的范围内囊括更多来自世界各地的文学，从而能够让像我一样重点关注美国文学的读者和批评家将自然取向文学置入国际比较视野的框架内。我认为这种反思是提升批评意识与扩大生态批评领域的途径之一。[24]

换言之，生态批评将自己限定在英美的疆域内拓展研究文类、深化研究内容和扩大研究范围的做法还远远不够，要真正将其发展为名副其实的国际性多元文化运动，必须走跨文化、跨文明之路。为此，默菲还提出了生态文化多元性研究和跨文化或跨文明生态批评研究的理论。[25]

事实上，第二波生态批评起步不久，该领域内一种比较文学意义上的跨文化、跨文明研究的方法也初露端倪，并逐渐于新千年之交发展成新一波生态批评，美国著名生态批评学者斯洛维克（Scott Slovic）称之为生态批评的第三波。笔者认为，斯洛维克的"第三波"所指称的大体可界定为以跨文化、跨文明为导向的跨越性生态批评研究。相较于布伊尔的"两波"生态批评理论，斯洛维克的"第三波"尽管有所发展，但其所涉的研究内容实际上主要限于北美地区，依然属于西方同质文化圈。

2010 年，斯洛维克在《生态批评第三波：北美对该学科现阶段的思考》（The Third Wave of Ecocriticism: North American Reflections on the Current

---

24 Patrick D.Murphy. *Farther Afield in the Study of Nature-Oriented Literature*. Charlottesville: The University Press of Virginia, 2000, p.58.

25 胡志红：《西方生态批评史》，北京：人民出版社，2015 年，第 284-92 页。

Phase of the Discipline）一文中正式提出了生态批评第三波理论，并对其主要特征进行了界定。[26]该文是他和乔尼·亚当森于 2009 年为《多种族美国文学》（*MELUS: Multiethnic Literature of the United States*）期刊生态批评特辑《种族性与生态批评》（Ethnicity and Ecocriticism）[27]共同撰写的导言《我们站在别人的肩上：种族性与生态批评导言》（The Shoulders We Stand on: An Introduction to Ethnicity and Ecocriticism）的进一步发展，该特辑由亚当森与斯洛维克客座编辑，他们在该"导言"中这样写道：

> 该特辑基于这样的前提：长期以来在美国及世界其他地区，多元化的声音有助于人们理解人与星球之间的关系。当然，像其他写作文类一样，文学对环境经验的表达也是多种多样的。然而，直到最近，生态批评界相对而言就不那么多元，也许是由于受到过分狭隘地建构"白种人"与"非白种人"两个主要族裔范畴的制约所造成的。有鉴于此，该特辑将探讨似乎可称为新的第三波生态批评，它将承认族裔和民族特征，同时也超越族裔和民族的边界，第三波将从环境的视角探讨人类经验的所有方面。[28]

在该导言中，亚当森和斯洛维克已提及第三波生态批评，并特别强调新一波生态批评研究的多种族性（多族裔性）与跨种族性问题。当然，要真正"从环境的视角探讨人类经验的所有方面"，生态批评就得跨越文化和文明的边界。

2012 年，斯科特又在该年度《文学与环境跨学科研究》秋季一期的"编者按"中提出了"生态批评第四波"的说法。在他看来，催生第四波生态批评的主要动因在于生态批评的物质转向及其进一步发展。这一波重在突出环境存在物、地方、过程、力量及经验等要素的基本的物质性（物理特性和关联性），其范围包括从气候变化文学的研究到生态诗歌语言物质性的研讨，生态批评实践变得越来越讲求实用，甚至可以这样说，"学术性的生态批评"正在催生

---

26 Scott Slovic. "The Third Wave of Ecocriticism: North American Reflections on the Current Phase of the Discipline." *Econzon@1.1*, 2010, pp.4-10.

27 Joni Adamson and Scott Slovic. "Guest Editors' Introducton: The Shoulders We Stand on: An Introduction to Ethnicity and Ecocriticism", *MELUS: Multiethnic Literature of the United States*, Volume 34.2, (Summer 2009), pp.5-24.

28 Joni Adamson and Scott Slovic. "Guest Editors' Introducton: The Shoulders We Stand on: An Introduction to Ethnicity and Ecocriticism", *MELUS: Multiethnic Literature of the United States*, Volume 34.2, (Summer 2009), pp.6-7.

一种新的、可称之为"应用生态批评"或"物质生态批评"，从而与人的基本
行为、生活方式的选择，诸如衣食住行都关联起来。[29]实际上，斯洛维克的第
四波理论是对第三波理论中已出现物质转向加以突出和强调，没有质的区别。
2017 年，斯科特在《生态批评波涛令人头晕目眩》（Seasick among the Waves of
Ecocriticism）[30]一文中较为详细地梳理了西方生态批评的演进，仍然将生态批评
的发展历程描绘为四波并简介了各"波"的主要研究议题。根据笔者分析，
斯科特的第三波与第四波之间实际上没有质的区别，只是所涉议题重心有所
变化。有鉴于此，笔者在综合布伊尔和斯科特的生态批评波理论的基础上，结
合世界其他地区，尤其亚洲和拉美地区生态批评的发展现状，大体将生态批评
发展历程的第三波界定为"跨越性生态批评"。

当然，由于来自英美以外其他西方学者，诸如来自德国、法国、意大利、
西班牙、葡萄牙、加拿大、澳大利亚等国学者，以及许多来自非西方国家和地
区的学者，诸如来自中国、中国台湾、印度、日本、拉美及非洲等国家和地区
学者的积极参与，第三波生态批评无论从学术成果的数量和质量，还是从探讨
生态议题的深度与广度来看，都极为庞杂繁多，令人咋舌，由于篇幅所限，仅
从以下几部著作中也略见一斑。比如，英国学者格莱汉姆·哈根（Graham
Huggan）与澳大利亚学者海伦·提芬（Helen Tiffin）的专著《后殖民生态批评：
文学、动物与环境》（Postcolonial Ecocriticism: Literature, Animals, and
Environment, 2010），该著于 2015 年修订、完善后又再版；美国学者罗布·尼
克松（Rob Nixon）的专著《慢暴力与穷人的环境主义》（Slow Violence and the
Environmentalism of the Poor, 2011）；斯科特·斯洛维克与印度学者合作编辑的
文集《全球南方生态批》（Ecocriticism of the Global South, 2015）；西班牙学者
费尔南多·比达尔（Fernando Vidal）与葡萄牙学者涅利尔·迪亚斯（Nélia Dias）
编辑出版的《濒危，生物多样性和文化》（Endangerment, Biodiversity and Culture,
2016）；美国学者卡罗琳·绍曼（Caroline Schaumann）与希瑟·I.沙利文（Heather
I.Sullivan）合作编辑的《人类世德语生态批评》（German Ecocriticism in the
Anthropocene, 2017）；土耳其生态批评学者瑟皮尔·奥伯曼（Serpil Oppermann）

---

29 Scott Slovic. "Editor's Note." *Interdisciplinary Studies in Literature and Environment*
19.4 (Autumn 2012), pp.619-21.

30 Scott Slovic. "Seasick among the Waves of Ecocriticism". In *Environmental Humanities:*
Voices from the Anthropocene. Ed. Serpil Oppermann and Serenella Iovino. London:
Rowman & Littlefield International Ltd, 2017, pp.99-111.

与意大利学者塞雷丽娜·约维诺（Serenella Iovino）合作编辑的《环境人文学：来自人类世的声音》（*Environmental Humanities: Voices from the Anthropocene*, 2017）；英国学者迈克尔·尼布利特（Michael Niblett）的专著《世界文学与生态学：商品边疆美学》（*World Literature and Ecology: The Aesthetics of Commodity Frontiers, 1890-1950*, 2020）；加拿大学者胡斯大蒂娜·波雷-维布兰韦斯卡（Justyna Poray-Wybranowska）的专著《气候变化、生态灾难和当代后殖民小说》（*Climate Change, Ecological Catastrophe, and the Contemporary Postcolonial Novel*, 2021）。当然，在世界生态批评的学术版图上，中国学者的学术贡献也有许多可圈可点之处。比如，鲁枢元教授的《生态文艺学》（2000 年）和《陶渊明的幽灵》（2012 年）、曾永成教授的《文艺的绿色之思》（2000 年），曾繁仁教授的《生态美学导论》（2010 年），胡志红教授的《西方生态批评史》（2015 年），韦清琦教授的《生态女性主义》（2019 年）等等。以上谈及的著述都是第三波中有一定影响的，但与整体学术成果相比，可谓冰山一角。

总体上看，第三波生态批评主要呈现出以下一些明显特征：

（1）具有强烈的比较文学学科意识，尤其是意欲拓展跨文化、跨文明生态研究的范围和彰显因跨越而生发的生态文化多样性和生态变异性。以默菲为代表的生态批评学者强烈呼吁超越美国中心主义、跨越英美主流文化边界、甚至超越西方中心主义，承认世界范围内自然取向文学的多样性并呼吁从比较文学的角度对其进行研究，与此同时，还应该将生态批评看成国际性多元文化运动，从而能具体落实生态批评的跨文化、跨文明比较研究。蓬勃兴起的亚洲生态批评、欧洲生态批评、加拿大生态批评、澳大利亚生态批评及非洲生态批评等除了深挖各自文学、文化的生态内涵，还与主流英美生态批评，尤其是主流美国生态批评开展多层面、多角度的对话协商，对其研究方法或基本概念、基础范畴或矫正、或拓展、或颠覆、或重构，旨在从差异和多元性的角度开展生态批评研究；（2）第三波的另一个重要特征是"内部批评"，这在前两波中都未曾出现过的现象，主要是自我批评、自我反思，加强学科理论建构，重视方法论的探讨，以避免生态批评沦为大而无当、漫无边际或主观随意、伤感煽情的生态政治宣传；（3）美国少数族裔生态批对英美主流生态批评的挑战与重构，并助推国际少数族裔生态批评和土著生态批评的产生和发展，既凸显各自文化的"土著性"，也力促跨土著性（Tans-indigeneity）研究，拒斥边缘性；（4）全球性的地方概念与前期生态批评中基于本土的、区域性的、甚至国家的地方概念开展对话，倡导超越传统地方意识和地方身份建构，"地方"（place）已与全球北方或南方或星球关联起来，呼吁构建"生态世界主义"或"植根土地的生态世界主义"、生态世界公民身份，培育跨地方性，拥抱星球意识，等等；（5）对早期生态女性主义批评理论的反思与纠偏，比如，对种族范畴的驾驭不当、对女性与自然之间关系的本质主义化处理等，建构国际性或多元文化主义生态女性主义、"物质"生态女性主义及新的性别生态观，诸如生态男性主义（Eco-masculinism）、绿色酷儿理论（Green Queer Theory）或酷儿生态女性主义等；（6）生态批评的跨学科进一步凸显。跨学科性的强化还催生了能整合社会科学、人文学和自然科学的"环境人文学"（The Environmental Humanities），进而能从跨越更多学科的视野，合作应对当下危机。与此同时，生态批评学者积极借鉴其他理论并加以整合以形成新的理论，因而致使带有"生态"前缀的理论迭出，真有点让人眼花缭乱。比如，与后殖民理论结合形成后殖民生态批评理论，与动物研究交叉形成动物生态批评，与植物研究交叉形成植物生态批评，与符号学理论整合形成生态符号学，与语言学理论交叉形成生态语言学，与翻译学理论的融合产生了生态翻译学理论，与心理学和进化论交叉形成生态心理学，与电影研究的结合产生了电影生态批评，与美学理论的结合形成生态美学，等等。这些都足以说明，作为一门学科，生态批评具有强大的生命活力和整合力，因而总是表现出让"生态"重塑或重构其他人文学科的强烈冲动；（7）第三波呈现出生态行动主义形态的多样性。由于生态学者的职业大多是教师和学者，他们往往有更多的机会主动走出自己的圈子，与文艺界、科技界、企业界、政界或其他各行行业的人士沟通、对话、交流，倾听各方的生态之声，竭力在"生态"的大旗下达成共识，找到社会变革契合点，实现跨行业、跨职业的大联盟，从而极大扩展了生态变革的动力之源；（8）作为环境行动主义的生态文学。生态学者不再满足于对文学生态内涵的发掘，而将文学看成发起社会运动和促进生态变革的动力之源，让文学成为变革社会政治体制、变革生活方式的工具，这也许就是文学的政治属性。

总而言之，跨越性（跨学科、跨文化、甚至跨文明视野）是第三波生态批评最为显著的特征，故笔者可将其界定为"跨越性生态批评"。当然，跨越性生态批评还特别重视与生态女性运动和环境公正运动所固有的行动主义宗旨的结合，是生态乌托邦主义与生态现实主义的结合，其视野更宽广、现实基础更扎实、行动主义热情更强烈，因而更能激发和凝聚多层次、多种族、多文化的潜力，并成了创造性应对生态问题的一支综合文化力量。

第四节　生态批评：挑战与前景

笔者认为，生态批评经历了 50 多年的发展，当下面临的重大挑战之一是学科自我泛化危机。这种学科危机与其 20 世纪 90 年代前后所遭遇的学科地位和定位的不确定而产生的自我迷茫、遭人怀疑而引发的学科危机有着质的区别。彼时的学科危机主要是因为学科理论薄弱，学科方法论不明确，研究范围太窄，研究内容太少，探究问题不够深入，能让学界广泛认可的扎实研究成果不多，其所产生的影响也因此非常有限，故作为一门新兴学科的生态批评难以得到人文学界的广泛认可，甚至到了本世纪头十年，在许多文艺批评的文集或教材中也难觅生态批评的踪影。

然而，当下的学科自我泛化危机也许主要是由于生态批评学者对生态危机根源的界定所致。从生态批评兴起之初，生态学者们就认定生态危机是规模空前的人类文化危机的反映或客观对应物，因而也确定解决危机的根本性策略是文化策略，人类文化生态的普遍绿化是根治生态危机和维护人与非人类世界永续和谐共生的必由之路。尽管在后来的发展过程，生态批评的思想基础有所纠偏，也逐渐拓宽，研究文类范围也从自然书写文学走向文化，乌托邦色彩也有所褪色，现实针对性也明显增强，甚至带有生态实用主义的色彩。然而，生态学者，主要是西方学者偏好宏大叙事的思维惯性一直在发挥作用，他们在做学术研究或进行理论建构时，往往"生态优先"，希冀借生态批评"生态学化"整个人类文化，为此，他们老是有一种强烈的冲动让生态批评与其他学科交叉整合产生新学科。笔者认为，在当下学术界，生态批评不只是"时髦"，而且真的算得上"热闹"，不只是要重新规划学术版图，争得自己的一席之地，简直想主导学术版图，似乎总想与许多学科搭上关系，然后"绿化"它，让它成为"生态批评"的分支，这样生态批评在滔滔的"生态洪流"中就不断稀释、耗散自己，甚至面临消亡的危险，因为当一个学科无所不包时，也许它什么都不是。

生态批评还面临的另一个挑战就是生态本土主义（ecolocalism）的淡化和生态世界主义的强化。生态学者，尤其西方学者强调互联网、全球化、全球商品流通、全球人员流动、人类世概念、气候变化、甚至全球流行性疾病等因素将世界联成一个不可分割的生态整体，从而也凸显个体身体、本土或地方、区域、国家、世界或星球之间的紧密关联，由此，生态学者应率先放飞环境想象，"从本土意识走向全球想象"[31]，借助生态学术推动人们从生态自我意识走向生态世界意识，以构建世界生态公民身份。对此，布伊尔在《环境批评的未来》，尤其厄休拉·K.海泽在《地方意识和星球意识：全球环境想象》（*Sense of Place and Sense of Planet: The Environmental Imagination of the Global*, 2008）中，都给予了充分论述。这些高大上的概念或范畴乍一看诱人，听上去动人，但仔细品味，却有点吓人，因为事实真相远没有那样简单。当然，许多生态问题确实是全球性的，但更是国家的、区域的、本土的，最终还要落实到个体生命上，因为人的生命延续首先是基于本土性的个体存在，所以，对于第三世界学者和第一世界内的少数族裔生态学者来说，他们应该保持清醒的头脑，对这些宏大的新概念和新范畴保留几分警惕，在不抵触的情况下，保持开放的心态。从已在全球肆虐了几年的新冠疫情及各国应对疫情的策略来看，迄今为止，世界未能形成抗疫共识，也未能制定出有效抗疫的共同策略。更糟糕的是，针对"疫情和抗疫"，国家之间还一直在互相撕扯，有的国家还企图以邻为壑，嫁祸于人，甩锅他人。几年的全球疫情史有力证明，本土主义、区域主义、甚至中国古代哲人老子所倡导的"小国寡民"社会等这些带有强烈地方色彩概念不但没有"死去"，没有被遗忘，反而被人们重新提起，被推上前台，得到强化，并被有效推行，因为一个人的健康和生命安全除了加强自我保护以外，归根结底还必须依赖你的社区、你的本土和你的国家，让人深切体会到"地球村"并非真正意味着我们都生活在"同一个村"，实际上它是由无数实实在在的"小村庄"构成，它们也都有自己的文化传统和不可让渡的利益诉求，并总是践行"自己优先"。反过来看，在全球性灾难和疾病面前，星球意识、生态世界主义及生态世界公民身份等概念常常显得苍白无力。更为可怕的是，不管是有意还是无意，这些带有"生态世界性"前缀的概念范畴有时还可能，或者说，正在被第一世界用于谋取私利和文化资本的工具。

此外，生态学术中的其他关键范畴，诸如"自然""生态""环境""荒野""环境主义""种族／族裔""性别"等范畴的内涵都是可塑的、变化

---

31 Lawrence Buell. *The Future of Environmental Criticism: Environmental Crisis and Literary Imagination*. Malden, MA: Black Well Publishing, 2005, pp.76-96.

的，或者说，它们都是"复数"而不是"单数"名词，因为在不同文化语境中人们会有不同甚至对立的理解，也因此产生了应对环境危机的不同文化策略，针对不同的策略有时可以通过对话、协商、妥协勉强达成一致，有时却南辕北辙，不可调和甚至对立，故只能"我行我素"或"各自为政"，这本身也符合生态文化多元性原则，然而，这些对于习惯了宏大叙事思维、动辄以我为主的西方学者来说，常常不可想象，难以接受，可这些都是生态批评在跨文化、跨文明语境中必须面对的棘手问题。

有鉴于此，在笔者看来，生态批评要确保自己的学科地位，一方面应固守生态底色，另一方面要坚持文学研究阵地不动摇，在此基础上，还要不扩大自己的跨学科性，并在跨文化和跨文明的研究语境中深化和拓展对生态议题的研讨，探寻应对地方性和全球性环境危机的文化策略。惟其如此，方能充分彰显生态批评的多元性、包容性、深刻性、综合性和世界性，进而成为与人类世同行，以化解危机为己任，推动世界文化生态转型的一支重要文化力量。

简而言之，当下的生态批评版图可谓"百花齐放，百家争鸣"，其学术业绩令整个人文学界刮目相看。作为一个批评学派或批评思潮，其早已赢得了学界的普遍认可，其影响也早已溢出学术的边界，并对整个人文学科、社会科学、甚至整个社会人文生态产生了广泛深远的影响。

当然，其发展也面临诸多挑战，并伴随颇多隐忧。为此，来自不同文化语境的生态批评学者必须"立足本土，放眼世界"，对待"生态"术语及其相关的新概念和新范畴，既要秉持公心，保持开放，又要冷静辨析，周详考量，去伪存真，以协调不同文化和不同文明在有效应对人类世最为紧迫的世界性环境难题，诸如气候变化、生物多样性的丧失、海洋酸化等发挥更具建设性的作用。与此同时，作为生态批评学者，我们还应力促生态批评更加跨学科化、更加跨文化化和更加国际化，切实推动生态批评在构建人与人之间、人与非人类世界之间及人之精神世界与非人类万物生灵之间永续的、非压制性的、和谐共生的关系中发挥更大的作用。

第二章　生态批评理论研究

　　作为一种新的文艺批评理论体系，生态批评内容庞杂，体系开放，兼有文学批评和文化批评的特征，它立足生态哲学整体的观点、联系的观点，将文化与自然联系在一起，雄辩地揭示了生态危机本质上是人类文明的危机、体制的危机、生存范式的危机、想象力的危机。因此，要从根源上解决生态危机，仅靠自然科学是远远不够的，必须有人文社会科学积极广泛的参与、引导，必须突破人类中心主义思想的束缚，打破基于机械论、二元论、还原论的传统学科的界限。生态批评跨越学科界限，一方面深入挖掘文化的生态内涵、凸显人与自然之间不可割裂的亲缘关系，另一方面从多视角透视生态危机产生的复杂原因，进行综合的文化诊断、文化治疗，旨在建构生态诗学体系，倡导生态学视野，甚至让它渗透到人文社会科学、技术领域，以便从根本上变革人类文化，推动人类文化的绿色转型，从跨学科、跨文化、甚至跨文明的视角去探寻解决生态危机的根本性对策。

　　文学批评要想超越感悟式的评点而达到一定的理论高度，通常需要借助理论工具来展开分析，生态批评当然也不例外。在生态批评过去五十来年的发展历程中，生态批评学者"借用"了许多其他批评理论的方法、策略，或将生态批评与其他理论交叉、整合以进一步深化、拓展生态批评。之所以称为"借用"，是因为这些理论并非狭义的"文学理论"，而是借自哲学、人类学、宗教学、社会学、地理学、文化学、环境科学等不同学科，充分体现了生态批评的"跨学科"（interdisciplinary）或"超学科"（transdisciplinary）的特性。例如，生态批评借鉴后现代主义批评策略，解构人类中心主义，颠覆和重构传统经典等。与解构白人中心主义的种族修正主义批评、解构男权中心主义的女性主义批评、解构西方中心主义的后殖民批评等当代批评一样，生态批评同属对逻各斯中心主义的宣战；生态批评与女性主义批评结合形成生态女性主义文学批评理论，揭示父权制对女性的压迫与人类对自然的压迫在逻辑上的一致性；生态批评与后殖民理论结合，揭示了殖民者对殖民地的土地的蹂躏与对殖民地人民的奴役及对殖民地文化的压制和替换之间内在逻辑的一致性；生态批评与电影研究结合，一方面挖掘电影的生态内涵，另一方面揭示其反生态、反自然的生态偏执与困惑，绿化电影生态。

有鉴于此，本章首先透过生态中心主义的视野对导致生态危机的文化根源——人类中心主义及其物理表现形式进行多角度、多层面的批判，同时也简析了文学生态中心主义的几种表现形式；其次，本章也探讨了生态女性主义的丰富内涵，并将其与以深层生态学为代表的环境哲学进行深度对话，以此探寻女性解放与自然解放的多元文化路径；再次，本章也探讨生态批评的拓展与延伸——电影生态批评的界定、发展及其主要研究内容；最后，本章也通过探讨生态批评与身体美学之间的勾连及对巴赫金文学理论的绿化，论述了生态批评与其他批评理论的交叉和整合，其旨在彰显生态批评的创生能力，进而也更深入全面的探讨走出生态危机与人文危机的文化路径。

第一节　对人类中心主义的多维拷问

生态批评学者认为，生态危机是人类中心主义思想主导下的人类主宰地位的危机、人类文化的危机，因为人类中心主义所蕴涵的超越自然、贬低自然、统治自然的观点，鼓励人对自然的掠夺、征服与占有，因而是生态危机的根源。要从根源上消除生态危机，人类必须走出人类中心主义观念主导下的生存范式，向以生态为中心的生存范式转变。在文学批评实践中，生态批评学者主张用生态中心主义文学观取代人类中心主义文学观，其目的在于建构生态诗学体系，唤醒人的生态良知，培养人的生态思维，提升人的生态视野，并让它们渗透到人文科学、社会科学及技术领域，以便从根本上变革人类文化。

文学生态中心主义把关怀自然作为自己的神圣使命，拒斥人类中心主义的片面主体论，迫使人从宰制地位退位，成为万物的一支，成为大地共同体中平等的一员。它主张将以人为中心的文学研究扩展到整个生态系统中，把从自然中抽取出来的傲慢、孤立的人的概念重新放归自然，研究他与生态整体系统中诸因素之间的关系。为此，它力荐生态文学中激进的"放弃的美学"[1]（The Aesthetics of Relinquishment），即：放弃人的中心性、主体性，放弃人在精神上和肉体上与自然的疏离感，同时也主张赋予非人类世界以主体性，让生态整体成为文学艺术再现的中心。用生态中心主义意识重塑人类生态观、价值观，促使人类在观念上的根本转变，这预示着未来人类以生态为中心的生存状态的可能性。在此，笔者将简要阐释人类中心主义的主要内涵并对文学生态中心主义的几种表现形式作简要探析。

一、人类中心主义：人类的独白与自然的沉默

不少生态哲学家、生态批评家将人类正面临的生态危机归咎于西方人类中心主义观念，尤其归咎于近代西方文艺复兴和启蒙运动极度张扬人性的人文主义思潮，因为它将人类中心主义思想发展到极致，这不仅导致了人与自然的进一步疏离，而且还将人推上了惟一言说主体的至尊地位，人成了"宇宙之精华，万物之灵长"[2]，成了"擅理智，役自然"的统治者。从此，自然不仅沉默了，而且简直沉沦了，成了被人掠夺、征服、蹂躏的对象，可以这样说，我们所说的生态危机只不过是人类中心主义主导下的人类文化危机的物理表现形式，其本质上是人类统治地位的危机的反映。所以，生态批评家认为，要真正彻底地根除生态危机，必须从多视角、深层次对人类中心主义的各种表现形式予以彻底的清理与批判。没有对它进行全面的、彻底的批判，就事论事地谈论生态康复，无异于缘木求鱼。至于人类中心主义的具体内涵，生态哲学家的看法尽管有所不同，但是其实质却是非常明确，在西方文化传统中可谓源远流长。可以这样说，整个西方文化的核心就是人类中心主义。在此，笔者不打算对人类中心主义的演变的历史作详细的探讨，主要就人类中心主义如何使得自然沉默、沉沦的原因作简要的分析。

人类中心主义是一种以人为宇宙中心的观点，它把人看成是自然界惟一具有内在价值的存在物，是一切价值的尺度，自然及其存在物不具有内在价值而只有工具价值。因此，人类实践活动的出发点和归宿只能是，也应当是人的利益。从伦理的角度来看，人对自然没有直接的道德义务，如果说人对自然有

1　Lawrence Buell. *The Environmental Imagination: Thoreau, Nature Writing, and the Formation of American Culture*. Cambridge: Harvard University Press, 1995, p.143.

2　William Shakespeare, *Hamlet*, act2, sc.2, lines306-10.

义务，那么这种义务被视为只是对人的义务的间接表达。这样，人类中心主义就将自然排除在人的道德关怀的范围之外，人类中心主义与生态中心主义和生命伦理截然对。[3]

西方文化传统中的基督教是人类中心主义形成的重要因素之一，故生态批评学者对它予以无情的批判。林恩·怀特（Lynn White）就是西方基督教批评的有名学者，他的《我们生态危机的历史根源》是西方生态批评的名篇。在此文中，怀特将人类破坏地球生态环境的根源怪罪于犹太-基督教，因为它不仅确立了人与自然的二元对立，而且还赋予了人为了自己的目的掠夺、统治自然的神圣权力。怀特认为，从教义上看，基督教把人看成是上帝创造的最高产物。人虽然是用泥土做的，但是他是按照上帝的形象造的，所以"在很大程度上，人分享了上帝对自然的超越"[4]。人通过命名所有的动物而建立了对它们的统治，其他存在物的创造除了服务于人以外，就没有别的意义，所以，怀特认为"西方的基督教是世界上人类中心主义思想最严重的宗教"[5]，基督教的人类中心主义思想深深地影响了成为现代科学基础的笛卡尔（René Descartes, 1596-1650）哲学。笛卡尔认为，人与其他存在的区别在于人具有理性和语言能力；动物由于缺乏这些品质，它们充其量只能被看作是自动机器；人对自然没有义务，除非这种处理影响到人类自身。笛卡尔凸显人与自然的区别，人对自然的优越，其目的在于为人对自然的绝对统治提供哲学上的依据，其思想与人类中心主义思想一脉相承。其次，基督教通过摧毁异教的万物有灵论，达到在掠夺自然的时候，可肆无忌惮，而不顾及自然物的感受。在古代，每一棵树、一眼泉水、一条小溪、一座山，都有自己的"地方神"（genius loci）保护，人们在砍伐、开采、筑坝时，都要祈求神灵的息怒。但是，基督教由于反对偶像崇拜，禁止将自然赋予神性，摧毁了古代宗教的万有灵论。因受基督教的打击，曾经栖居在自然物中，保护自然免遭人类破坏的精灵蒸发了，人对精灵的绝对控制确立了，从而消除了剥削自然的禁令。[6]

此外，怀特还指出了仅仅依靠科学技术解决生态危机的片面与浅薄。在怀

3 雷毅：《深层生态学思想研究》，北京：清华大学出版社，2001年，第15页。
4 Gottlieb, Roger S. *This Sacred Earth: Religion, Nature, Environment*. New York: Routledge, 1996, p.189.
5 Gottlieb, Roger S. *This Sacred Earth: Religion, Nature, Environment*. New York: Routledge, 1996, p.189.
6 Gottlieb, Roger S. *This Sacred Earth: Religion, Nature, Environment*. New York: Routledge, 1996, p.189.

特看来，西方现代科学技术源于基督教，它进一步拓展与强化了人对自然的统治，因此，在怀特看来，浸透了基督教对自然的"超越"、"统治"观念的现代科学不仅不能从根源上解决人类面临的生态危机，相反，赋予了人类主宰自然的无穷力量。譬如，培根的著名的论断，"科学就是力量"，其实质是，科学的目的是提供人类统治自然的必要知识，所以，"基督教对生态危机负有沉重的罪责"[7]。

最后，怀特还从宗教的视角提出了解决生态危机的办法。"我们对生态问题是否有所作为取决于我们对人类-自然之间关系的理念，更多的科学技术并不能使我们摆脱当前的生态危机，除非我们找到新的宗教、反思原有的宗教"[8]，为此，怀特认为，要从根本上解决生态危机，人必须从主宰地位退位，赋予自然万物主体性，用包括人在内的万物平等的观念取代人对自然的无度统治的思想。如果我们不拒斥基督教的座右铭——"自然除了满足人的目的以外，就没有别的理由存在"[9]，生态形式将会继续恶化。

另一位生态批评学者马内斯（Christopher Manes）在《自然与沉默》（Nature and Silence）[10]一文中也指出，西方文艺复兴和启蒙运动时期盛行的人文主义在极度张扬人性、确立人的惟一言说主体地位的同时，却野蛮地剥夺了自然的主体性，并且凭借暴力迫使它沉默，这是导致当代生态危机的根本原因。马内斯运用福科（Michel Foucault）的理论分析了人的惟一言说主体性的确立、自然沉默产生的社会历史文化原因。他认为，自从西方文艺复兴以来，"自然从一个有灵的存在变成了象征的存在，从一个滔滔不绝的言说主体变成了无言的客体，以至于只有人才享有言说主体的地位"[11]。狂傲的人文主义和启蒙理性将自然打入"沉默和工具理性的深渊"[12]，制造了"一个宽广、沉默的领地，一个被称为自然的、无言的世界，它被淹没在所谓的具有普世性的关于人的独特

7　Gottlieb, Roger S. *This Sacred Earth: Religion, Nature, Environment*. New York: Routledge, 1996, p.191.

8　Gottlieb, Roger S. *This Sacred Earth: Religion, Nature, Environment*. New York: Routledge, 1996, p.191.

9　Gottlieb, Roger S. *This Sacred Earth: Religion, Nature, Environment*. New York: Routledge, 1996, p.193.

10　Cheryll Glotfelty and Harold Fromm, Eds. *The Ecocriticism Reader: Landmarks in Literary Ecology*. Athens, Georgia: The University of Georgia Press, 1996. pp.15-29.

11　Cheryll Glotfelty and Harold Fromm, Eds. *The Ecocriticism Reader: Landmarks in Literary Ecology*. Athens, Georgia: The University of Georgia Press, 1996. p.17.

12　Cheryll Glotfelty and Harold Fromm, Eds. *The Ecocriticism Reader: Landmarks in Literary Ecology*. Athens, Georgia: The University of Georgia Press, 1996. p.17.

性、理性和超自然性的永恒真理之中"[13]。正是启蒙运动的工具理性，"产生了一个人类主体，他在一个非理性的沉默世界中独白"[14]，这个大写的"人"是文艺复兴和启蒙运动虚构的主要产品之一，我们必须揭开这个大写的"人"的面纱，这是我们试图重建人与自然沟通的起点，也是自然解放的起点，是人类摆脱全球生态危机的前提，因为"如果自然能与人交流，人将不会掠夺它"[15]。

几百年以来，大写的"人"（Man）一直是西方话题的中心，这个虚构的人物一直压制自然世界，使它失去声音，失去身份。为此，要拯救自然，让它重新成为言说主体，任何有生命力的环境话语必须懂得如何挑战、拆解创造大写的"人"的人文主义话语语境，传播生态谦卑的美德，恢复"小写"的人昔日谦卑的地位："人只是成千上万美丽的、可怕的、有魅力的——象征的——存在物中的一个物种"[16]。文学生态中心主义正是致力于在文学领域解构人类中心主义，颠覆人的惟一主体性地位，凸显自然主体的中心性，为此，它力荐生态文学中蕴涵的"放弃的美学"，因为"放弃的美学"将傲慢的人放归自然，让他重新体验万化万变的自然中普通、平等一员的情感，认识自己的局限，尊重他者性（othernness）。

二、对主流科学技术的绿色批判

当代科学技术不仅成了统治自然的工具，而且也成了统治社会和人的工具，科学技术的进一步发展不仅引发了严重的生态危机，而且也引发严重的人文危机、社会危机。主要表现在技术导致自然异化、人与自然之间的关系异化，人性异化，人与人的关系以及人与社会的关系全面异化，从而导致世界的整体败落。因此，生态批评立足生态哲学整体的观点、联系的观点，致力于诊断生态危机、社会危机、人文生态危机的技术根源。

科学技术曾经解放了人类。现代技术使人摆脱饥饿、疾病、贫困，所以它常常被人看成是人类的解放者而一直受到疯狂的吹捧，它被誉为物质进步和人类完善的动力，对技术持乐观的态度在 20 世纪上半叶之前普遍存在，尤其

---

13 Cheryll Glotfelty and Harold Fromm, Eds. *The Ecocriticism Reader: Landmarks in Literary Ecology*. Athens, Georgia: The University of Georgia Press, 1996, p.17.

14 Cheryll Glotfelty and Harold Fromm, Eds. *The Ecocriticism Reader: Landmarks in Literary Ecology*. Athens, Georgia: The University of Georgia Press, 1996, p.25.

15 Cheryll Glotfelty and Harold Fromm, Eds. *The Ecocriticism Reader: Landmarks in Literary Ecology*. Athens, Georgia: The University of Georgia Press, 1996, p.16.

16 Cheryll Glotfelty and Harold Fromm, Eds. *The Ecocriticism Reader: Landmarks in Literary Ecology*. Athens, Georgia: The University of Georgia Press, 1996, p.26.

在 18 世纪的英国工业革命时期和美国的工业化时期。但技术的发展已经走到了人为预设目标的反面。在工业革命开始之初就有人对它予以警惕，甚至提出批判，认为技术是人类自我完善的威胁。随着技术的进一步发展，批评家认识到，技术威胁人与环境的价值，技术导致人的异化，以及技术心态有渗透到整个人类生活的危险。随着人类环境的恶化，技术的负面影响更加明显，它不仅威胁人的生态环境，而且也威胁人自身的环境，成了控制人的工具。

当代生态批评家指出，科学不仅进一步加剧了人与自然的进一步疏离，强化了人对自然的统治，导致了人与自然的剧烈冲突，造成了空前的生态危机，严重威胁了自身的生存，而且科学技术也成了统治人、压迫人的工具，造成了严重的社会问题，人忘却了存在，成了无家可归的浪子（海德格尔），成了单面人（马尔库塞）。为此，生态批评家们对现代科学技术予以猛烈的抨击。

然而，批评家们对现代科学技术的谴责并非意味着一概拒斥科学本身，而是拒斥自文艺复兴以来由培根（Francis Bacon, 1561-1626）、笛卡尔和牛顿（Sir Isaac Newton, 1642-1727）所开创的机械论、还原论的实验科学范式及其技术形式，倡导基于生态学及当代新物理科学的生态学范式取而代之。伴随绿色批评思潮的深化与发展和科学生态学理念的传播而兴起的科学生态批评则主张建构基于生态学的文学批评理论——科学生态批评或曰生态诗学，借以提高人的生态意识，培养人的生态情感，唤醒沉睡的人类生态良知，从而绿化、重构人类文化，让文化的绿色革命引导人类走出日益严峻的环境困局。

西方文化对主流科学技术的绿色批判可追溯到兴起于 18 世纪末、19 世纪初的西方浪漫主义思潮，西方思想文化界借助这次文学、文化思潮既对现代科学技术所发起了第一次广泛、强劲的绿色批判，也明晰地表达了西方文化的第一次"生态冲动"，这种生态冲动是对 18 世纪启蒙运动最为激烈、令人震惊的反叛，因为在工业革命的初期，启蒙运动所释放的政治、经济及社会整体力量的负面效应已初露端倪，导致了自然生态的破坏，人之精神生态的不安与困惑，从而引发了广泛的社会动荡。在当代美国哲学学者彼得·海（Peter Hay）看来，浪漫主义对启蒙运动的反叛最好被看成是"对具体科学的反叛——应用型技术科学"，因为拥有了它，全知全能的人就超越了自然，并为了自己的利益而操纵、掠夺自然，浪漫主义也借此试探着走向"鲜活自然是人类不能脱离的一个统一体的主张"。当然，与其说浪漫主义反科学，不如说其呼吁一个不同基础的科学，一种基于生态学视野的科学，尽管浪漫主义具有生态学的取向，但并没有成熟的生态学视野。[17]

自从工业革命以来，西方思想文化界抗拒工业技术之声就一直不绝于耳，只不过这种"抗拒"之声更多地被追求发展、进步和民主的喧哗声淹没了，甚至被误解为社会的不和谐之声，受到奚落或打压，但有一个人的声音就没有被淹没，更没有消逝，并一直就在敲击着痴迷于"直线进步"的现代社会的紧绷的弦，这就是19世纪美国著名超验主义哲学家、作家亨利·戴维·梭罗的声音。他对工业技术的批判依然深情触动、激励着今天的环境主义者。在他的名篇《瓦尔登湖》中，梭罗站在生态整体的立场上，透析了物质主义对人之灵魂的侵蚀、工业文明对人的奴役、工业技术对自然的催逼与宰割。在他看来，物质文明的进步似乎总是伴随着人性的堕落，工业文明并没有提升人的生活品质，反而导致本真的人文价值被虚假、表象的东西所代替，因而梭罗气愤地说："我不认为工厂是人类获得衣物的最好方式"[18]，甚至更糟糕的是，人成了技术的奴隶，"人已经成了他们的工具的工具"[19]。梭罗在评价现代工业的奇迹——铁路——时候说："不是我们骑铁路，而是铁路骑我们…如果有人快乐地座火车，其他人则不幸被火车骑"[20]，并警告我们当心技术的负面影响，即："少数人座火车，其余的人被火车辗"的惨剧[21]。但是，他并不完全拒斥技术文明，他所要的是技术进步与智慧的结合，真正反对的是人类对技术的误用。他对工业社会的评价是："手段改进了，但其目的并没有提升"[22]。现代社会因技术的发展而退化、甚至堕落，对此他深感痛惜。

---

17 Peter Hay. *Main Currents in Western Environmental Thought*. Bloomington: Indiana University Press, 2002, p.6.

18 Henry David Thoreau. "Walden". In *Walden and Other Writings by Henry David Thoreau and with An Introduction*. 3rd edition. Ed. Joseph Wood Krutch. New York: Bantam Books, 1982, p.124.

19 Henry David Thoreau. "Walden". In *Walden and Other Writings by Henry David Thoreau and with An Introduction*. 3rd edition. Ed. Joseph Wood Krutch. New York: Bantam Books, 1982, p.132.

20 Henry David Thoreau. "Walden". In *Walden and Other Writings by Henry David Thoreau and with An Introduction*. 3rd edition. Ed. Joseph Wood Krutch. New York: Bantam Books, 1982, p.174.

21 Henry David Thoreau. "Walden". In *Walden and Other Writings by Henry David Thoreau and with An Introduction*. 3rd edition. Ed. Joseph Wood Krutch. New York: Bantam Books, 1982, p.145.

22 Henry David Thoreau. "Walden". In *Walden and Other Writings by Henry David Thoreau and with An Introduction*. 3rd edition. Ed. Joseph Wood Krutch. New York: Bantam Books, 1982, p.144.

　　进入 20 世纪以来，疯狂的科学暴力给人类带来难以言状的苦难，科学的滥用已经将昔日美好的自然搞得支离破碎，摧残得满目疮痍，并直接威胁着人类的现实生存与精神生态，从而激起了思想文化界更为强烈的不满，掀起了新一轮科学技术绿色批判思潮。从某种角度上说，这一轮绿色批判思潮，包括当代环境主义运动，一定程度上也受到 19 世纪浪漫主义生态情怀的影响，传承了其对工业技术革命的批判，但由于时代的不同，其批判的范围更为广泛，程度也更为深入，其批判的笔触不仅延伸到自然生态、社会生态，而且还延伸到人之精神生态。

　　当代环境主义运动中的激进派要求彻底否定现代机械论实验科学范式，并主张以生态学范式取而代之。在这些环境主义批评家看来，实验科学的实质是"对非人类自然施暴"，笛卡尔哲学的功能是让这种暴力合法化，并为这种行为扫清思想上的障碍，以不再受到"思想疑虑和道德过错的约束"[23]，牛顿的机械自然观则剥夺了自然的整体性特征和生命特征。这些激进环境主义思想家给培根-笛卡尔-牛顿所开创的现代科学范式定了三重罪：一、它是"原子主义的或还原论的"，因为它将整体自然减缩成为可认识的碎片；二、现代科学是"机械论的"，因为它将整个存在，包括有生命的存在，看成是自动机械，依照一成不变的规律或原则而运动；三、它是"工具主义的"，因为不是将追求知识看成目的，甚至不考虑被研究对象的福祉，而将人类的福祉看成终极目的，由此导致了碎片化的世界观，它仅理解了现实的某些易操纵的方面，而系统忽视或牺牲了现实的其他方面，这些被忽视的方面可能对生态理解自然最为重要，这种碎片化的认识最终破坏了自然整体，这正是导致今天环境危机的思想结症。

　　生态女性主义思想家也从多视角、多层面对现代科学发起了猛烈的批判，其中，最严厉、最深刻、最全面的批判来自于杰出的生态女性主义学者卡洛琳·麦茜特（Carolyn Merchant, 1936-），其批判集中体现在其生态女性主义的经典名篇《自然之死》（*The Death of Nature*, 1980）一著中。在该著中，麦茜特分析指出，自然统治和女性统治是一对孪生统治形式，近现代科学革命以来，西方科学开始原子化、客体化、肢解自然，并最终导致将有机自然看成是无生命的物质而肆意掠夺，进而导致自然的整体败落，这种历史过程或实事被麦茜特界

---

23 Peter Hay. *Main Currents in Western Environmental Thought*. Bloomington: Indiana University Press, 2002, p.126.

定为"自然之死",伴随这种自然衰退的过程也是女性受辱的过程,是女性特征日益遭鄙视、遭否定的过程,姑且被称为"女性之死"。

当代著名哲学家海德格尔认为,技术座架是当代生态危机的根源。他认为,人类进入近现代以后,人与自然就不得不顺命于近现代技术的本质——座架的奴役[24]。技术座架是命定式的展现方式,人是命中注定要投入——把一切东西作为可计算的持存物、常备物而被揭示和存在的。这种揭示方式中,人催逼自然界,千篇一律地把它纳入技术需要、技术程序中,使得万物不再自由,即不再让万物存在,而使之丧失独立的性,成了持存物。"周围的一切的存在都只是人的制作品","人所到之处,所照面的还是自身而已"。正是这种所向披靡的表象化过程中,人"膨胀开来,神气活现地成为地球的主人的角色"。然而,人并不是自由的,人又被处于其背后更大的、更深刻的技术"座架"所框定,于是,一切物(包括人)被板结(冻结),平板化成某个方面,失去本应有的鲜活、灵动、饱满和丰富性。也就是说,技术成了压迫人、控制人的工具,"技术座架规则的最大威胁是,它有可能剥夺人进入一个更原始的敞亮和体验终结真理的召唤。"[25]所以,人和自然都是不自由的,受到工业技术的压榨、盘剥,这就是生态危机和人文危机的根源。

总之,生态批评家批评的不仅仅是技术本身,而是完全依赖技术的心态以及对物质进步和技术目标的痴迷。反对情感和理性的二元对立思想,反对理性对情感的压制。主张恢复人的生存经验的丰富与完整、理性与情感的结合、思想与情感的交融、批评性的探索与创造性想象的并存。

三、文学生态中心主义:放弃人的中心性,赋予自然的主体性

生态批评学者认为,人类中心主义思想主导下的文学研究所关注的中心仅仅是丰富多彩的现实世界的片断,它不仅是残缺的,而且是压制性的,是对万物生灵的忽视、压制,其最终不仅殃及其他,而且必然给自己带来灾难。生态文学的"放弃的美学"主张人从主宰地位退位,赋予万物主体性,让自然万物成为文学表现主体,只有这样,环境关怀才会找到声音,自然才会表演。

生态批评家认为环境非虚构文学是生态文学中"放弃的美学"的一种寓

---

24 Jonathan Bate. *The Song of the Earth.* Massachusetts: Harvard University Press, 2000, p.255.

25 Jonathan Bate. *The Song of the Earth.* Massachusetts: Harvard University Press, 2000, p.258.

言[26]，它主要以表现非人类世界为其出发点，往往拒斥人类中心主义文学中最基本的审美快乐：情节，人物刻画，哀婉的抒情，对话，社会大事件等等。环境非虚构文学也常常通过使得人物徘徊于文本边缘而直接表现对人的排斥，有时也通过让人物成为呆滞的旁观者或无能的捕食者，而将他们边缘化，因此，它集中体现了文学生态中心主义思想。当然，最富生态中心主义意蕴的生态文本并不是只专注于修正文学中描写人与非人类世界的比例，而是让他们之间处于不稳定状态，以便让人明白放弃人类主体性、中心性仍然是一个严重的问题，而不是一蹴而就之事。以下笔者主要以三部生态文学名著为例来具体说明"放弃的美学"是如何处理人与自然的关系。

1. 绿色圣人梭罗：放弃自我，融入自然

首先，我们来看一看安贫乐道的绿色圣经《瓦尔登湖》是如何表现人与自然的关系的。《瓦尔登湖》突出地表现了角色的不断转换。也许因为在该书的开端，梭罗特意强调要保留大写的"我"（I）[27]，再由于我们习惯于将《瓦尔登湖》看着是作者的自传，或者也许别的原因，我们往往认为梭罗设定的角色功能是一个恒定的因素，而不是一个不断变换的机制。事实上，《瓦尔登湖》不断地在一系列角色功能中转换，如"我做"，"我正在做"，"我记得"，"我相信"，"有"（There is），"曾经有"（There was）——根据不同的情况，这些功能以不同的方式，或者突出了人物角色，或者抹去了人物角色。在这些转换过程中，最明显的是此书部分地背离了自我中心主义（egocentrism）。在布伊尔看来，"这种角色的转换标志着一个放弃的过程，在个人主义日益成为富有争议的问题的今天，这种角色的摇摆不定应该被解读成对存在方式中个性自我张扬的合理性的思考"[28]。

在此，就以文学专家们常常忽视的《瓦尔登湖》中的一章《冬天的动物》（Winter Animals）[29]来说明角色功能转换对人类中心主义的背离。在本章中叙

---

26 Lawrence Buell. *The Environmental Imagination: Thoreau, Nature Writing, and the Formation of American Culture*. Massachusetts: Harvard University Press, 1995, p.168.

27 Henry David Thoreau. "Walden". In *Walden and Other Writings by Henry David Thoreau and with An Introduction.* 3rd edition. Ed. Joseph Wood Krutch. New York: Bantam Books, 1982, p.107.

28 Lawrence Buell. *The Environmental Imagination: Thoreau, Nature Writing, and the Formation of American Culture*, Harvard University Press, 1995, p.168.

29 Henry David Thoreau. "Walden". In *Walden and Other Writings by Henry David Thoreau and with An Introduction.* 3rd edition. Ed. Joseph Wood Krutch. New York: Bantam Books, 1982, pp.305-313.

述者告诉我们，他准备去附近的林肯镇演讲，穿过弗林特湖，因为天气雾蒙蒙，打鱼的人"看起来有点像传说中的生物，我不知道他们是巨人还是小妖精"[30]。当叙述者想象他仿佛徜徉于"长满了被雪压弯的橡树、松树和布满冰块的宽广的鹿园时"[31]，自我中心让位于自我反思，同类的人变成了神秘的动物，本章的其余部分，叙述者大多处于消极被动的地位，如"我看"，"我听"，"我被叫醒"等等。本章的后半部分，他直接的观察被一位经验丰富的老猎人的趣闻轶事所取代，然后又过渡到对各种动物的介绍（诸如松鼠、老鼠、兔子等等）而结束，其间叙述者的作用是用他的食物无意地吸引各种小动物，以便凸显他们的可见性、主体性。不像本章的第一段，在此叙述者无任何目的性的行为，没有长时间的议论，几乎没有任何思考，他更倾向于让他的讨论话题，甚至他本人由环境来界定。本章感情上的高潮是一段富有情趣的回忆："当自己在村子的花园里挖地的时候，一只麻雀飞落在自己的肩上，我顿时感觉到，因为它我显得更耀眼，甚至胜过戴上任何军功章"[32]。在此，叙述者认为人的地位的提升不是靠人世间所谓的"英勇"的举动，恰好相反，靠的是抹去人的个性，借助移情，其他动物与人建立一种亲密的伙伴关系。本章中人物不断放弃对他的印象控制权，就是模仿这种抹去人的特征。

梭罗研究学者卡梅伦（Sharon Cameron）就此种情况与梭罗后来的日记联系起来解释道"自我不是由自然授权，而是转变成自然"[33]。这种向自然转变的追求不仅大量存在于他的日记之中，也以非常规的、冲突的形式存在于《瓦尔登湖》之中，但是有一个明显的倾向是，这个言说的自我已开始将他的权利及主体性让予他日益熟悉的自然环境。这种人与自然权利、主体性的冲突也许反映出言说者态度有些暧昧、胆怯，然而实际上丰富了《瓦尔登湖》，为它"提

---

30 Henry David Thoreau. "Walden". In *Walden and Other Writings by Henry David Thoreau and with An Introduction.* 3rd edition. Ed. Joseph Wood Krutch. New York: Bantam Books, 1982, p.305.

31 Henry David Thoreau. "Walden". In *Walden and Other Writings by Henry David Thoreau and with An Introduction.* 3rd edition. Ed. Joseph Wood Krutch. New York: Bantam Books, 1982, p.305.

32 Henry David Thoreau. "Walden". In *Walden and Other Writings by Henry David Thoreau and with An Introduction.* 3rd edition. Ed. Joseph Wood Krutch. New York: Bantam Books, 1982, p.309.

33 Lawrence Buell. *The Environmental Imagination: Thoreau, Nature Writing, and the Formation of American Culture.* Cambridge: Harvard University Press, 1995, p.169.

供了广阔的想象空间，使它成了一面从这儿（人的世界）到那儿（自然世界）的更有用的镜子、一个出色的范例"[34]。

可以这样说，在《瓦尔登湖》一书中，梭罗的自我已经到达那儿（自然世界），到达点也许就在《春天》（Spring）一章中描写沙岸的著名的精彩片段，他仔细地刻画了流动的泥浆不断变换的形状，肆意挥洒它们的象征意义。流动的泥浆"真是一株奇怪的植物"[35]，使他联想到了"珊瑚、豹掌、鸟爪、人脑、脏腑以及任何的分泌"[36]。梭罗精心描写、肆意想象，其用意是为了说明人的躯体与"无生命"的地球之间是相互交融的，没有本质的区别。《瓦尔登湖》依据圣经的模式将生命吹进人类的发源地大地："人是什么，只不过是一堆融化的泥土？"[37]在此，我们可以看出，梭罗不仅将人的躯体放归环境，而且还将人的主体性交予自然。

2. 生态先知利奥波德：自我的隐去，生态整体的凸显

接着我们来看看利奥波德的《沙乡年鉴》怎样实现另外一种自我放弃。如果说梭罗的问题是如何避免因对主人公言行的专注而遮蔽环境的主题，那么，对利奥波德来说，他必须成功地将自我塞进环境主题之中，同时又不张扬自我，以凸显包括人在内的大地共同体权利的主旨。在写《沙乡年鉴》之前，出版商要求利奥波德为普通人写一本关于"野生动植物"[38]的书，一本"讲述个人田野历险"[39]的书。他的出版商和同仁鼓励他这位教授级的护林人尽可能多地将他的经历写进书中，尤其他对自然环境的态度转变的过程，也就是他怎样修正他的捕食动物保护的观点。作为一种回应，利奥波德撰写了本书中最有名

34 Lawrence Buell. *The Environmental Imagination: Thoreau, Nature Writing, and the Formation of American Culture*. Cambridge: Harvard University Press, 1995, p.170.

35 Henry David Thoreau. "Walden". In *Walden and Other Writings by Henry David Thoreau and with An Introduction*. 3rd edition. Ed. Joseph Wood Krutch. New York: Bantam Books, 1982, p.330.

36 Henry David Thoreau. "Walden". In *Walden and Other Writings by Henry David Thoreau and with An Introduction*. 3rd edition. Ed. Joseph Wood Krutch. New York: Bantam Books, 1982, p.330.

37 Henry David Thoreau. "Walden". In *Walden and Other Writings by Henry David Thoreau and with An Introduction*. 3rd edition. Ed. Joseph Wood Krutch. New York: Bantam Books, 1982, p.331.

38 Kurt Meine. *Aldo Leopold: His Life and Work*. Madison: University of Wisconsin Press, 1988, p.419.

39 Kurt Meine. *Aldo Leopold: His Life and Work*. Madison: University of Wisconsin Press, 1988, p.419.

的一部分之一,《像山那样思考》[40],本章是关于鹿和狼的权利的思考,同时也蕴涵了他个人对自然环境态度的转变。

按照出版要求,全书分为三个部分,第一部分是对利奥波德全家住处沙乡农场一年四季不同景象的系列描述,尤其是他全家在这个农场上如何进行恢复生态完整性的探索;第二部分是一系列随笔,记述了利奥波德在美国其他地区的经历,而且进一步讨论资源保护主义方面的问题;第三部分由四篇文章组成,是有关环境伦理的议论文。利奥波德经过深思熟虑,达到了这个以生态教育为目的的要求。书的第一部分"年鉴"是最具个人化的记述,这不是利奥波德的初衷,只是在第一个出版商克诺夫(Knopf)拒绝他 1944 年的手稿之后,要求他突出叙述因素和限定在一个地方,他才这样做的,他的一位学生甚至建议他将全书集中在沙乡。利奥波德最终妥协了,全部满足了出版商的要求,但是他的书是由牛津出版社而不是由克诺夫出版的。在书中他仍然保留他原来的以教育为宗旨的目的,只是予以低调处理。牛津出版社接受他的手稿后两周,利奥波德去世,手稿最终由几个朋友和家人共同来修订,几乎每页都有所改动,虽然修改规模不大,但是很重要。最明显的是修订者将最后一部分四篇散文中的第一篇《大地伦理》放到最后一篇,作为全书的总结,这样全书以最富有生态智慧的论点——所有物种都享有生存的权利而结束。

也就是说,《沙乡年鉴》从写作到出版是一个不断修订、演进的过程,是由个人发起,集体创作的过程,不断地受到来自各方面的压力,他不断从各个方面征求建议,不断地修正自己的观点。其间利奥波德既试图将个人融入其中,但又不能张扬自我,既要放弃自我,但又保留自我,保持"放弃"与"保留"之间的张力,这恰恰是个生态创生的过程。实际上,克诺夫的市场导向特征决定了它们需要的是传记特色且具有叙述线索的作品,而不是以教育的、或记录片式的作品。本来,这些出版社希望利奥波德写出近乎自传体式的小说,而不是他最初设想的。也许想到自我导向的记述使他感到难受,但是,作为一位生态学家和个性很强的人,他的哲理思考已经训练他学会接受谦逊。正如一位生态女性主义者说"利奥波德的大地伦理的观念好像应该被看成是对受内进攻性力量驱动的自我的必要限制"[41],应该说,利奥波德首先起了表率作用。

---

40 奥尔多·利奥波德:《沙乡年鉴》,侯蕙文译,长春:吉林人民出版社,1997 年,第 121-124 页。

41 Lawrence Buell. *The Environmental Imagination: Thoreau, Nature Writing, and the*

利奥波德在《沙乡年鉴》中淡化了自我，凸显了自然万物存在的权利，他的沙乡实践成了重审人与自然关系的深层思索，人类伦理的大幅度拓展，提出了大地共同体的概念。人从万物的主宰、中心转变成了生物共同体中一位普通的公民，他必须约束自我，与其他万物平等和谐共存。同时，他的义务也随之转变成了维护生物共同体的"完整、稳定和美丽"[42]。

由于受各方面的压力，利奥波德创作了带有自传性的作品，为作品中的人物设定了两个面孔：一个是退休的专家，当他讲述有关森林、鸟学、草原知识的时候，他隐退在各个观点和自然历史的后面，另一个是好奇的自然爱好者，书中到处都有他的身影，他作无明确目的的考察，对大自然的秘密感到困惑不解。总体而言，如何安排人物，如何运用他的权利，或隐蔽或凸显，都非常策略。显而易见，利奥波德情愿让书中人物徘徊在边缘，消解了人类唯一的主体性地位。

3. 生态文学家奥斯丁：自我的抹去，视角中心的扩散

虽然环境对利奥波德来说是重要的，但是当我们去阅读玛丽·奥斯丁的《少雨的土地》[43]时，就会发现并非所有的生态文学家对待自然环境的态度都是如此。对利奥波德来说，《沙乡年鉴》中的自我再现、环境再现最终只是一种获得生态伦理的手段。利奥波德的福音只有从具体的地方才可获得，《沙乡年鉴》的伦理思想是通过描写、自传式的口吻来传达的。但是对于奥斯丁而言，再现环境是最重要的，当然，她也隐讳地传达了环境教育的维度（如呼吁保护西部、印地安文化等等）和表现出了一定的自传性特征。奥斯丁在《少雨的土地》之中运用了去除文本中心化和叙述视角扩散的写作技巧，她不时地对小说人物作简要的勾勒，让其他人的故事占据书的篇幅，她的叙述者似乎是从鸟儿和其他动物的视角来想象荒野。为了让意识中心扩散和不对视角中心施加控制，奥斯丁坚持大地（place）设限的伦理，即："不是人的法律而是大地来设定伦理的界限"[44]。奥斯丁强调的不是大地的脆弱，而是对征服的反抗，外来者对新地方的不适应令她高兴，因为"该地方所有居住

Formation of American Culture. Cambridge: Harvard University Press, 1995, p.173.

42 Aldo Leopold. *A Sand County Almanac*. New York: Oxford University Press,1947, pp.124-125.

43 Mary Austin. *The Land of Little Rain*. New York: Dover Publications,1996.

44 Lawrence Buell. *The Environmental Imagination: Thoreau, Nature Writing, and the Formation of American Culture*. Cambridge: Harvard University Press, 1995, p.176.

者之中，它最不关心的是人"[45]。

在此，奥斯丁点燃了环境文学对荒野地区所独有的"冷酷神秘主义"[46]学说的热情，后来，生态文学家爱德华·阿比用它来戳穿温情的浪漫主义。同时，奥斯丁也与许多荒野生态学的文学先驱们分道扬镳。奥斯丁用她那铿锵有力的声音述说着"对人毫不友善"[47]的环境，它对荒野的那种深不可测的迷人的神话不屑一顾，也对导游贩卖的死亡神话嗤之以鼻。她的富有荒野智慧的叙述人就喜欢荒野所特有的乖张以及有关它的传说。

总之，克制而不露声色的叙述与视角中心的扩散的结合是奥斯丁作品的一个显著特征，在一定意义上说，这个特征不只是对梭罗的修订，她从环境的立场而不是人类中心主义的立场出发强调走进环境的必要性，她让"贫瘠"的地方变成丰富的想象。作为女性作家，抹去自我能让她避免自我导向的叙述，从而能够以更具有"环境敏感性"的方式写作。一定意义上说，她这样做是为了超越令人生厌的文化成规，她设法培植非自我主义的、生态中心主义的情感。对于这种情感，瓦尔登湖畔的梭罗还在追寻之中，使得瓦尔登湖的实践不只是一个经济上自足的生活实践，还得思索自然与人的关系。所以，如果说考虑奥斯丁有别于梭罗是有启发意义的，那么，认为梭罗在写作《瓦尔登湖》时的风格演替是越来越像她一样写作，也别有一番情致。

由此可见，文学生态中心主义质疑人的中心性和惟我独尊的合法性，反对把自然当成人间戏剧的舞台、人类征服的对象，对人类中心主义构成了严峻的挑战。当然，对这些环境作家来说，放弃并不意味着完全消除自我，放弃的美学只是暗示悬置自我，以便使人感觉到环境至少应该与自己一样值得关注，体验自己处于许多相互作用的存在之中。因此，将环境非虚构作品理解成要么是人物的完全消失，要么是人物的独白，都是不恰当的。文学生态中心主义所倡导环境意识，不是完全认同自我、否定自我或使它复杂化，虽然这些在生态文学中都出现过，但它主要质疑作为作者和读者主要控制中心的自我的有效性：它让人反思自我是否真的就像我们认为的那样，是如此富有情趣的研究对象？假如我们能够从狼、麻雀、河流、石头的角度看世界，

---

45 Lawrence Buell. *The Environmental Imagination: Thoreau, Nature Writing, and the Formation of American Culture*. Cambridge: Harvard University Press, 1995, p.176.

46 Edward Abbey. *Desert Solitaire*. New York: Ballantine, 1968, p.6.

47 Thoreau. "Ktahdn". In *The Maine Woods*. Ed. Joseph J.Moldenhauer. New Jersey: Princeton University Press, 1972, p.70.

世界会变得更有趣吗?

如果采取这样的观点对待主体性,那么人,与其他动物相比,就没有资格声称自己是惟一值得关注的中心或题材,其实人与其他存在本身就以某种方式交织在一起的,都是大地共同体之中的一员。

第二节　生态女性主义批评

1974 年,法国女性主义思想家弗朗索瓦兹·德奥波妮(Françoise D'Eaubonne, 1920-2005)首次提出了生态女性主义(ecofeminism)的概念,其旨在论证女性主义运动与生态运动之间的紧密关联,号召广大妇女发动一场拯救地球的生态革命。后来,生态女性主义作为一种激进的文化思潮逐渐发展成熟,并延伸到哲学、文学、艺术等领域,成了一种批评立场、批评方法。作为一种思想运动,生态女性主义被卡伦·J.沃伦(Karen J.Warren)、瓦尔·普鲁姆德(Val Plumwood)及伊内斯特·金(Ynestra King)等生态女性主义哲学家称为女性主义的第三次浪潮。在其发展过程中,生态女性主义继承了传统女性主义对父权制的批判,特别强调父权制或男性中心主义与自然统治之间的关联,彰显生态女性主义对生态问题文化根源阐释的独特视角。其既有对传统女性主义的继承与超越,也有与社会生态学和深层生态学之间的冲突与对话,更有对自身理论与实践的不断修正与完善。由此可见,生态女性主义是在充满对立与冲突的过程中逐渐发展成熟的,绝非是对其他理论进行"剪刀加浆糊"式的简单拼凑,相反,其透射出与其他环境哲学伦理迥然不同的批判锋芒,显示出其独特的环境伦理建构力量。在此,笔者主要就生态女性主义的界定、内涵、主要特征、其对女性主义的解构与重构以及与环境哲学中影响最大的激进派别深层生态学之间的冲突与对话、甚至合作进行简要的探讨,以明证其独特、深沉、周全的视角,彰显其丰富内涵及其生态阐释力。

一、生态女性主义的界定、内涵及其主要特征

要给生态女性主义下一个普遍接受的定义实属困难,甚至是不可能的,但生态女性主义学者卡伦·J.沃伦对它的界定似乎得到较为广泛的认同,在她看来,生态女性主义是一个伞状的术语,其包括认识对处于从属地位的人们——尤其是妇女——的各种统治制度,与对非人类自然的统治之间关联的本质的

各种多元文化视角。[48]也即生态女性主义旨在探讨男人统治妇女与人类统治自然之间内在的联系及其实质,主要揭示西方文化中占主导地位的等级思维、价值二元论和统治逻辑等所编织的压迫性观念框架对妇女和自然进行压制的内在文化机制,明证任何不把这两种统治形式联系起来的女性主义理论和环境伦理既不全面,也不深刻,因而无论在理论上还是在实践上,都不可能有效、彻底地解决性别歧视和自然歧视问题,甚至有可能进一步恶化妇女的境遇和环境形势。

自从 1974 年"生态女性主义"这一术语的诞生到 20 世纪 80 年代初这一段时间内,世界上发生了一系列严重、甚至骇人听闻的人为生态灾难,激起了世界各地妇女们的强烈不满和抗议,迫使部分具有环境意识的女性主义者开始积极地关注环境灾难与女性压迫之间的内在关联,推动了自觉的生态女性主义意识的发展,因而从 20 世纪 80 年代在西方世界掀起了一场主要由妇女发起、组织、领导的生态女性主义运动,生态女性主义者们也着手进行理论的探索与建构,在实践上大胆践行生态女性主义理念。卡伦·J.沃伦通过梳理生态女性主义与其它女性主义流派的关系,总结了女性与自然之间的紧密联系,并已概括出二者在十个方面的联系:"历史的、经验的、概念的、宗教的、文学的、政治的、伦理的、认识论的、方法论的以及理论的"[49]。生态女性主义对妇女和自然统治的分析也涵盖对有色人种、儿童和下层人的统治的关注。

"生态女性主义"与传统"女性主义"相比,其表现出以下两个最为显著的特征:(1)在探求解决女性问题和环境问题的文化路径时,生态女性主义主张"生态"或曰"自然"与"女性"的一体化建构。有鉴于此,生态女性主义不仅明确指出父权制是女性歧视和自然歧视的共同的文化根源,而且还致力于探寻二者解放的共同文化路径。这不仅具体落实了生态学相互联系的基本观点,而且还纠正、深化与拓展了传统女性主义的内容,并为其注入了新的活力。具体来说,生态女性主义将父权制看作导致性别歧视和自然歧视,甚至人类文化中所存在的形形色色的歧视——比如种族歧视、阶级歧视、同性恋歧视及年龄歧视等——的基本压迫性观念模式,并认为各种"歧视"交织在一起,共存于父权制观念网络之中,因而在探寻女性与自然受压迫的文化根源及其解放的路径时,也是在探寻其他压迫者摆脱压迫的过程;(2)生态女性主义

---

48 Karen J.Warren. *Ecological Feminism*. London: Routledge, 1994, p.1.

49 Karen J.Warren. *Ecological Feminism*. London: Routledge, 1994, p.1.

坚持多元、开放、包容的原则，这是生态学多样性原则在生态女性主义批评中的具体落实。从结构上看，生态女性主义对女性统治和自然统治根源的分析及其解决策略的分析是多元文化的，反映了南北双方中基于地方的、土著文化的观点，拒斥运用普遍主义和本质主义的观点解决社会和生态问题。从立场上来看，生态女性主义采取的是多元主义立场。正如存在多样的女性主义一样，也存在着多样的生态女性主义。不同的生态女性主义立场都从女性主义中吸取力量和意义。生态女性主义的多元主义取向表现在其预设和维护差异性——人与人之间的差异及非人类自然因素之间的差异。虽然生态女性主义否认"自然／文化"之间的分离，但它坚信从某些方面看人类属于生态共同体中的成员，而在其他方面也与它存在区别。简言之，"生态女性主义注重关系与社群不是为了消除差异，而是怀着崇敬之心承认差异"[50]。

经过近五十年的发展，生态女性主义作为一种非传统的，有些"另类"的理论在西方女性主义、环境哲学、生态伦理学及生态批评中已经有了相当大的影响，已由欧美发达国家延伸到第三世界国家，从而引发了对环境问题的深度多元文化思考。

二、生态女性主义与女性主义：解构与重构

生态女性主义既是对现实社会、经济、历史及文化的批判，也是一种新的文化批评范式，其观点多元，层次多样，其产生的动因在于充分认识到多种压迫性的结构中存在一种基本的关联性与相似性。就其起源、发展及当下发展方向来看，生态女性主义明显与女性主义思想存在直接的关联。简要考察美国女性主义的发展历程我们可知，其兴起于19世纪中后期，延续到20世纪初并达到第一次高潮，其主要派别是自由主义女性主义，20世纪60-70年代兴起的女性主义第二次浪潮的代表性派别是激进女性主义，生态女性主义诞生旨在超越自由主义女性主义和激进女性主义，对女性主义进行生态重构。

生态女性主义之所以被称为女性主义的第三次浪潮或第三阶段[51]，是因为它不仅将女性特有的关怀延及自然，而且还深层清理前两次浪潮的理论迷雾，指出其生态不足，以崭新的方式重构男性与女性之间、女性与自然之间、甚至

50 Karen J.Warren. "The *Power* and Promise of Ecofeminism". In *Contemporary Moral Problems*. Ed. James E.White. New York: West Publishing Company, 1997, p.518.

51 Val Plumwood. "Feminism and Ecofeminism," *The Ecologist 22*, no.1 (January-February) 1992, pp.12-13.

人与自然之间的关系。生态女性主义学者德博拉·斯莱瑟（Deborah Slicer）曾经说过："我们应该记住，生态女性主义不仅要批判男性中心主义的环境哲学，而且还要批判某些女性主义理论。其原因在于不少女性主义理论对环境权利和动物权利问题要么麻木不仁，要么冷眼敌视，对此，伊内斯特·金、卡伦·J.沃伦及卡罗尔·亚当斯（Carol Adams）早已指出"[52]，其主要批评第一次浪潮中以自由主义女性主义为代表的"男性化"的女性主义。女性主义学者阿里埃尔·凯·萨勒（Ariel Kay Salleh）认为，因为环境主义范式是"前女性主义的（pre-feminist）"，女性主义范式又是"前生态学的"（pre-ecological），因此，生态女性主义通过指出女性主义与运用工具理性殖民生命世界的西方男性中心主义之间的共谋，而质疑主流女性主义的基础。[53]

当然，对女性主义进行最为深刻批判的要数沃伦和普鲁姆德，她们都对第一次及第二次女性主义浪潮进行了深入的批判，并试图重构女性主义。

沃伦在其《女性主义与生态学：寻找关联》（Feminism and Ecology: Making Connections）一文中指出，生态女性主义是"一个整合性、变革性的女性主义"，因为它使我们超越四种主要的女性主义派别——自由主义女性主义、传统的马克思主义女性主义、激进女性主义和社会主义女性主义——之间的争论，让负责任的生态观成为女性主义理论与实践的中心"[54]。沃伦还在该文中指出了生态女性主义的四个起码条件，1990 年，沃伦又将生态女性主义的起码条件扩展为八个[55]，其旨在强调女性压迫与自然压迫之间的关联，说明支撑这些压迫形式的基础是压迫性的父权制概念框架。与此同时，沃伦还根据熟知的生态学原则批判了父权制概念框架，她甚至还认为，生态女性主义是一种社会生态学，将对男性偏见和自然歧视（naturism）的批判拓展到对各种压迫形式的批判。在她看来，"生态女性主义的实质是反自然歧视，反自然歧视意指对待非人类自然的任何思维或行为方式都拒斥一切形式的统治逻辑、统治价值或统治态度，其反自然歧视、反性别歧视、反种族歧视、反阶级歧视，甚至

52 Deborah Slicer. "Wrong of Passage: Three Challenges to the Maturing of Ecofeminism". In *Ecological Feminism*. Ed. Karen J.Warren. New York: Routledge,1994, p.35.

53 Peter Hay. *Main Currents in Western Environmental Thought*. Bloomington: Indiana University Press, 2002, p.92.

54 Karen J.Warren. "Feminism and Ecology: Making Connections," *Environmental Ethics 12* (Spring 1987), pp.17-18.

55 Karen J.Warren. "The *Power* and Promise of Ecofeminism". In *Contemporary Moral Problems*. Ed. James E.White. New York: West Publishing Company, 1997, p.51.

反其他一切统治形式的立场构成了生态女性主义的最起码条件"[56]。从这层意义上说，沃伦的生态女性主义更接近社会生态学对等级制和统治形式的分析与批判，这些形形色色的压迫形式交织在父权制概念框架之中。由此可见。在追求女性彻底解放的过程中，将女性孤立地抽取出来的做法不仅不现实，而且如果这样做，其结果会更糟糕，因为暂时获得"解放"的少数"精英女性"可能加入到男权社会中，参与对自然的掠夺与剥削，扩大了对自然的统治，扩大了对其他弱势群体的统治，尤其是有色族、少数族裔及土著女性的统治，因为生态女性主义否定抽象个人主义的存在，承认个人之身份是由其所处的特有社会历史语境和非人类环境共同界定的，人是关系网络中的存在。

接着，沃伦透过其生态女性主义的视野开展了对第一次浪潮和第二次浪潮中的四种主要的女性主义派别的批评，指出它们存在或多或少的不足。自由主义女性主义"因支持高度个人主义化的人性概念"[57]，因而难以挑战父权制概念框架之不足，正如她写道：

> 自由主义女性主义生态观的极端个人主义与生态女性主义的多种基本主张——强调生态系统的完整性、多元性及稳定性的独立价值，重视相互关联、多样性的统一及人类-自然系统各个组成部分之间的平等价值等生态学主题——相冲突，甚至也与生态伦理本身相冲突。生态伦理是整体性的，而不是个体主义的，其关注物种、共同体或生态系统而不仅仅是特殊个体的价值与福祉，更不用说人类个体了。[58]

传统马克思主义没有充分考虑女性压迫与自然压迫之间的关联；激进的女性主义尽管明确地将女性压迫置于父权制体制之中，这种体制将妇女的主要功能界定为"要么是生儿育女，要么是满足男性的性欲"，但是，其重要不足之处是吸纳了生物本质主义；社会主义女性主义的确认识到"各种压迫体制之间的相互关联，但依然未明确论及对自然的体制性压迫"。[59]为此，沃

---

56 Karen J.Warren. "The *Power* and Promise of Ecofeminism". In *Contemporary Moral Problems*. Ed. James E.White. New York: West Publishing Company, 1997, p.518.

57 Karen J.Warren. "Feminism and Ecology: Making Connections," *Environmental Ethics* 12 (Spring 1987), p.8.

58 Karen J.Warren. "Feminism and Ecology: Making Connections," *Environmental Ethics* 12 (Spring 1987), p.10.

59 Karen J.Warren. "Feminism and Ecology: Making Connections," *Environmental Ethics* 12 (Spring 1987), pp.11-20.

伦提出以"变革性的女性主义"取代以上派别的女性主义，也包括前期的生物本质主义的生态女性主义。沃伦积极地、创造性地进行生态女性主义理论探索，其生态女性主义理念类似于下文中普鲁姆德所提出的批判的生态女性主义。

沃伦在《生态女性主义的力量与前景》(The Power and Promise of Ecological Feiminism, 1990) 一文中不仅进一步深化了对女性歧视与自然歧视之间深层关联的认识，而且还探讨了对女性主义的生态重构议题。在她看来，"一方面，生态女性主义重构传统女性主义的方式是让自然歧视成为一个合法的女性主义议题，另一方面生态女性主义也以女性主义的方式重构环境伦理"。也就是说，女性主义必须包括环境主义议题，环境伦理必须包括女性主义议题。为此，她提出了生态女性主义重构传统女性主义伦理的八项起码条件，诸如：任何促进性别歧视、自然歧视、种族歧视、阶级歧视，或者说，任何预设抑或有可能促进统治逻辑的歧视都将遭到女性主义伦理拒斥；女性主义伦理是一个语境主义伦理，也就是，女性主义强调不同历史语境中女性多元的声音，倡导多元包容，拒斥单一话语或话语还原，反对脱离社会语境的所谓"无性别"或"性别中立"的人的概念或伦理，等等。[60]

沃伦在提出重构传统女性主义的八条起码条件之后，认为这种新型的女性主义已为生态女性主义的建构创造了契机，从而将女性主义推向了一个新的阶段——生态女性主义阶段，从而将女性主义议题与环境主义议题一并进行探讨。[61]否则，女性主义不仅不能解决自身的问题，只能强化对自然的盘剥，同理，环境伦理不仅不能解决环境危机，也将强化对女性的压迫，其恶果是女性和自然及其他受压迫的弱势群体的命运将更加悲凉。

普鲁姆德在对前两次浪潮的女性主义进行批判的基础上提出了其第三次浪潮女性主义的理论或曰批判的生态女性主义，其旨在彻底否定自然歧视和性别歧视[62]。女性主义第一次浪潮的代表性思想派别是自由主义女性主义，其旨在结束性别歧视，要求男女平等，但被普鲁姆德称之为"无批判性平等的女性主义"，因为它"试图不加批判地将妇女纳入男性化的生活模式，融入关于

60　Karen J.Warren. "The *Power* and Promise of Ecofeminism". In *Contemporary Moral Problems*. Ed. James E.White. New York: West Publishing Company, 1997, pp.516-518.

61　Karen J.Warren. "The *Power* and Promise of Ecofeminism". In *Contemporary Moral Problems*. Ed. James E.White. New York: West Publishing Company, 1997, pp.518-519.

62　Val Plumwood. *Feminism and the Mastery of Nature*. New York: Routledge, 1993, pp19-40.

人与文化的男性化范式之中，后者被认为是性别中立的"[63]。然而，这种观点存在很大问题，因为在男性特征和男性角色占统治地位的社会里，女性对男女平等的要求与男性要求女性接受这种男性支配性的要求相比几乎微不足道。从效果上看，只有女人变成了男人，她们才能与男人平起平坐，在强大的文化惯性力的主导下，妇女无论如何也不可能得到完全的公平。也就是说，女性要解放自己，必须否定与自然的联系，必须参与男性对自然的盘剥与压迫，因为这是男性文化的内在要求。由此看来，女性在追求解放的途中，不经意间加入了压迫自然的男性队伍，自然也成了女性主义运动的牺牲品。其根本的原因在于这种"无批判性平等的女性主义"没有认识到男性主导下关于人与人类文化的范式是"双重阳物中心主义的"。首先，这种范式无论在阐释社会的个体，还是在与自然的对立中建构人的身份、文化及其有价值的要素，完全都是男性主义的。其次，自由主义女性主义观没有察觉到这种排斥自然的理性主义关于人的范式不仅预设了性别优越，而且还预设了阶级、种族及物种优越[64]。鉴于以上理由，除了极少数上层女性以外，绝大多数女性要在这些隐藏着种种偏见与优越感的男性模式中实现两性平等的愿望，可谓痴心妄想。最后，普鲁姆德还认为，即使女性融入主导文化范式取得了广泛的成功，生态女性主义者也对此保持异议，因为这相当于让女性加入精英男士成为特权阶层，而特权阶层却是通过排斥非人类低等阶层和不具充分人性特征的人而界定的。也就是说，这种策略是让部分女性在扩大的统治阶层中享受平等，而优越／低级的概念框架却依然不受质疑与挑战，这实际上仅满足于扩大统治阶层，而不挑战统治的基础本身，还忽视了各种不同种类的统治模式之间相互支撑、相互强化的内在机制。

第二次浪潮的女性主义批评是以某些女性主义者的"无批判的反叛"为特征，她们鼓励和推崇与众不同的女性观点，然而，这一观点有被支配性的男性文化通过采纳二元论而被同化之危险，甚至借助统治逻辑，还可证明压迫妇女之合理性。如果说自由主义女性主义拒斥了女性性格的理想，那么第二次女性主义浪潮的主要派别激进女性主义拒斥了男性性格的理想。在激进女性主义者看来，女性解放的真正任务不是平等地参与或融入男性主导的文化，而是颠覆、抗拒和取代父权制文化。她们常常认为女性压迫是压迫的基本形式，其

63　Val Plumwood. *Feminism and the Mastery of Nature*. New York: Routledge, 1993, p.27.
64　Val Plumwood. *Feminism and the Mastery of Nature*. New York: Routledge, 1993, p.28.

他压迫形式都源于此，对女性特征的否定是文化扭曲所致，因此，有些激进女性主义者主张运用"反叛策略"解决文化对女性的贬低、否定、压制等问题，即"给曾经遭受歧视、排斥的女性和自然特征赋予正面的价值"，运用这种"反叛策略"的女性主义被普鲁姆德称之为"无批判的反叛女性主义"，这种女性主义与"无批判的平等女性主义"一样存在问题，因而以更为隐蔽的方式延续了对女性的统治，这种无批判的反叛立场在生态女性主义内部也存在一种势头，对其构成了潜在的危险。[65]为此，普鲁姆德提出建构一种"批判的生态女性主义"，以作为第三次浪潮的女性主义范式，"一种更为成熟的、批判的生态女性主义将会进一步超越平等的女性主义和反叛的女性主义，以质疑自然低劣的预设、二元论预设及理性优越的预设等，全面深入地审查性别身份和人的身份的二元主义建构"[66]。

普鲁姆德在生态检视了传统女性主义之后，着手对其进行生态女性主义重构，并提出了"批判的生态女性主义"构想。在她看来，生态女性主义采用反二元论的观点，从而展示了女性主义的第三条道路，"它不强迫女性无批判地参与充满男性偏见的、二元化的文化建构，或接受古老的、压迫性的大地母亲的身份——外在于文化并与其对立的未充分发展的人"[67]。在这种新的路径中，像男人一样，女人既是自然的组成部分，也是文化的构成部分，与自然共生，并致力于拆解文化的二元主义建构。她所提出的"批判的生态女性主义"既拒斥自然／文化的二元建构所产生的压制性的、扭曲的、非此即彼的选择，也拒斥了被视为无差异的自然的女性和女性的生育模式，同时还批判将她们纳入对立的、男性化文化的范式的企图。由此看来，这种批判的生态女性主义不隐含任何从女性主义的立场来看不可接受的预设，因其考虑了自然范畴，故代表着发展较为成熟的女性主义思想。作为一种政治运动，它代表着女性心甘情愿地将其与自然的关系发展到一个新的阶段，超越昔日被排除在文化之外且被强行纳入自然领域的软弱无奈，以一种积极有为的姿态确立与自然的关系，以对抗破坏性的二元论文化。

总的来看，沃伦与普鲁姆德的生态女性主义与各派女性主义既有契合也

65 Val Plumwood. *Feminism and the Mastery of Nature*. New York: Routledge, 1993, pp.30-31.

66 Val Plumwood. *Feminism and the Mastery of Nature*. New York: Routledge, 1993, pp.33-36.

67 Val Plumwood. *Feminism and the Mastery of Nature*. New York: Routledge, 1993, p.36.

有冲突，并从中吸取灵感与力量，让女性充分融入人类文化之中，但这种关于文化与人的概念与父权制下的有着根本的不同，它拒斥了主导西方文化的二元论，也拒斥了女性主义的本质主义建构，因此，批判的生态女性主义是一个变革性与整合性的工程。

三、生态女性主义与深层生态学：差异、对话与互补

生态女性主义批判环境哲学，甚至主张从女性主义的视角对其进行重构，其根本的原因在于从古至今的各派哲学，包括当今的环境哲学，都是男性中心主义的，因为它们都忽视女性认知、阐释、体验世界、参与解决社会问题和环境问题特有的视角。生态女性主义学者德博拉·斯莱瑟这样说道："正如哲学及其任何一门亚学科在诸多方面都可能陷入男性中心主义的泥潭一样，环境伦理也可能在诸多方面或隐或显地表现出男性中心主义"。对此，哲学学者已经勾勒出了哲学中男性中心主义的四种表现形态，这四种形态也与环境哲学密切相关。一是贬低妇女成就的男性偏见。具体来说，"贬低"指"抹杀、庸俗化或干脆就敌视"妇女的作品、手稿或影响等业绩，比如在环境哲学中，包括深层生态学，对利奥波德等男性环境作家慷慨泼墨，而对像蕾切尔·卡逊这样的女性科学家、环境作家、环境主义者却蜻蜓点水，甚至"惜墨如金"；二是主流男性哲学家，也包括深层生态学家，常常忽视女性特别关切的问题，诸如生养孩子、传统家庭生活的内涵、个人及情感关系等。这些主流男性哲学家大多对压迫女性和强暴自然的手段之间关联性及其相互强化的特征也漠然置之。环境破坏性技术和环境危害同时也对女性的生理性别、生育能力、对她们的孩子、家庭及生计造成极大的破坏，进而侵蚀了女性的威信与能力。由于男性中心主义文化的运作导致了自然的女性化和女性的自然化，因而妇女和自然都遭受了那些旨在占有、操控她们，尤其是操控她们的生育能力的侵略性技术的暴力；第三种男性中心主义的偏见指的是赤裸裸的厌女症，这在哲学家亚里斯多德（Aristotle）、托马斯·阿奎那（St.Thomas Aquinas）、黑格尔（Georg Wilhelm Friedrich Hegel）、康德（Kant）等哲学家的作品中明显存在。当然，在当代哲学及环境哲学文本中，尽管这种放肆的厌女症似乎不太常见，然而，某些深层生态学家也传承了西方文化那种古老的厌女症格言："女人是被看的，而不是被听的"；第四种属于表现得较为隐晦的男性中心主义偏见。尽管这种偏见的隐蔽性强，但在当今的哲学领域依然很有市场，这从生态女性主义

哲学家对许多环境理论、概念及方法的透析中可清楚地看出。沃伦、普鲁姆德等生态女性主义学者们在对男性环境哲学家保罗·泰勒（Paul Taylor）、辛格（Peter Singer）、雷根（Tom Regan）等的动物权利拓展伦理及奈斯（Arne Naess）、福克斯（Warwick Fox）等的深层生态学理论分析后指出，他们的作品中浸透出浓厚的男性中心主义偏见，因为他们在建构自我、个体、社会及与他人的关系时，要么过分强调理性主义原则及非语境特征，要么强调抽象的、原子主义的个体主义原则，忽视具体的个体之间的关系。埃尔·凯·萨勒在将环境伦理学的不同认识论观点与生态女性主义认识论观点进行比较后指出，深层生态学家对环境问题的理解是"单层的、直线式的，而生态女性主义的理解则是多层次的、曲线式的"。也就是说，生态女性主义认为，积聚在环境上的问题错综复杂、里应外合，进而强化了社会压迫。[68]

由此可见，当下的环境伦理深受男性中心主义的浸染，女性主义、深层生态学及其他环境伦理要深刻探求环境问题的根源，制定出有效的应对危机的文化策略，必须进行生态女性主义化建构，"至少必须承认、谴责、涤除其理论探讨、理论建构中的男性中心主义，将对其他受压迫的族群的分析也纳入其对自然压迫的探讨之中"[69]，因为自然歧视与多种多样的社会压迫，包括性别歧视，之间存在复杂的纠葛，这种认识是生态女性主义的杰出洞见，认识、革除这些犬牙交错的压迫形式，并找到相关的理论与策略是任何环境伦理的希望所在，也是其最严峻的挑战。

生态女性主义学者马丁·基尔（Martin Kheel）也在其《生态女性主义和深层生态学：对身份与差异的反思》[70]一文中从哲学与心理学的角度分析了生态女性主义与深层生态学之间的契合与差异。生态女性主义和深层生态学都反对环境伦理领域内重视义务与权力观念的价值理论，它们注重的不是抽象或理性地计算价值，而是培育一个尊重一切生命的意识；"它们呼吁内在变革，旨在达到外在变化"，具体来说，试图通过引发人的内在精神的变化，而达到外在自然的物理变化，或者说，人类要解决自然生态问题，首先要解决人

68　Deborah Slicer. "Wrongs of Passage," In *Ecological Feminism*. Ed. Karen J.Warren. New York: Routledge, 1994, p.35-38.

69　Deborah Slicer. "Wrongs of Passage," In *Ecological Feminism*. Ed. Karen J.Warren. New York: Routledge, 1994, p.39.

70　Martin Kheel. "Ecofeminism and Deep Ecology: Reflections on Identity and Difference." In *Reweaving the World: the Emergence of Ecofeminism*. Eds. Irene Diamond and Gloria Feman Orenstein. San Francisco: Sierra Club Books, 1990, pp.128-137.

之精神生态问题，要有健康的自然生态，必须首先要有健康的精神生态，从这层意义上说，"它们都被看成是'深层的哲学'"。[71]深层生态学运用自我实现的观念描述这种内在变革。

然而，在理解环境顽疾的根源时，生态女性主义和深层生态学之间存在重大差异。对深层生态学家而言，人类中心主义世界观是导致环境危机的根源，应该首先受到抨击，其两个原则——自我实现和生物中心主义平等，旨在校正这种自我中心的世界观。然而，在生态女性主义学者看来，男性中心主义世界观应该首先受到谴责，这样看来，要首先废黜的不仅仅是"人类"，而且还包括男人和大男性主义世界观的至尊地位。[72]

理解两派哲学间差异的关键在于它们预设的不同的自我观念。深层生态学家在谴责人类中心主义和提出"扩大的自我"观念时，他们所指涉的是一个性别中立、种族中立、阶级中立的自我观念，忽视了环境问题的社会历史、文化因素，将所有人进行均质化处理，视为无差别的人，因而都应对环境危机承担相同的罪责。然而，对生态女性主义者而言，在父权制社会中，男人和女人体验世界以及建构自我的观念迥然不同。虽然人类中心主义世界观将人类置于自然世界的中心或顶端，然而在生态女性主义者看来，这是男性独有的世界观，女性身份无需通过抬高自己，贬低自然而建构，相反，在父权制社会中，妇女与自然世界一同遭贬，视为"他者"，被"置于被看的他者角色"，对此她们也常常表示认同，女性的自我意识也因此与其作为"他者"的地位密不可分。可是，真实的男性主体性是通过贬低、控制、掠夺、征服、改变自然而确立，"独立的男性自我观是通过挫败女性形象的他者而建立"，也就是说，"自我是通过与他者的敌对关系而出现的"，这样看来，男性自我是在"既否定妇女，也否定自然世界"的基础上建立的。[73]由此可见，深层生态学在分析生态危机的根源时保持性别中立做法显然有失偏颇。

---

71 Martin Kheel. "Ecofeminism and Deep Ecology: Reflections on Identity and Difference." In *Reweaving the World: the Emergence of Ecofeminism*. Ed. Irene Diamond and Gloria Feman Orenstein. San Francisco: Sierra Club Books, 1990, p.128.

72 Martin Kheel. "Ecofeminism and Deep Ecology: Reflections on Identity and Difference." In *Reweaving the World: the Emergence of Ecofeminism*. Ed. Irene Diamond and Gloria Feman Orenstein. San Francisco: Sierra Club Books, 1990, pp.129.

73 Martin Kheel. "Ecofeminism and Deep Ecology: Reflections on Identity and Difference." In *Reweaving the World: the Emergence of Ecofeminism*. Ed. Irene Diamond and Gloria Feman Orenstein. San Francisco: Sierra Club Books, 1990, pp.128-131.

以深层生态学为代表的整体主义环境哲学的另一个重大缺陷是其存在忽视个体生命的危险。尽管深层生态学家认为，扩大认同范围会确保人类将最大限度地降低对个体存在的伤害，因为个体存在也是包罗万象的大写自我（或生态自我）的一部分。然而，将这种自我认同范围扩大到生物共同体或整体存在一个大的危险，那就是超越个体生命的存在，甚至试图通过杀戮个体生命（比如狩猎、捕鲸等血腥运动）而完成自我实现，深层生态学家极力呼吁具有最为广泛意义的认同"不是对个体生命的认同，而是对大的生物共同体或整体的认同"，"这种对大的生态'整体'认同的偏爱，折射出我们所熟知的因偏爱更持久、更抽象的事物而超越局部具体世界的男性冲动"，[74]这可从利奥波德的以下声明中可看出："一个事物，只有有助于维持生物群落的完整性、稳定性和美丽，才是正确的。如果它背道而驰，它就是错误的"[75]，该生声明被奉为当代环境伦理的金科玉律，但是，其强调的是共同体的整体利益，而没有考量个体存在的利益，甚至为了整体利益，可牺牲个体利益，但这种个体往往是社群的弱势群体，无论他们是人或动物，因而深层生态学常被指责为环境法西斯主义。

深层生态学家让人相信自我实现是认同范围扩大的简单过程，其旨在认同自然世界的一切存在物，然而，生态女性主义却要深刻检视促使自我拓展的无意识动机。通过基尔的深刻分析，在父权制社会中，女性和动物或自然存在物一直被用作确立男性自我的心理工具，环境哲学家在探讨男性认同自然，甚至融入自然的路径时，都揭示了一个共同的真理：自我实现的过程是通过捕杀行动而完成的[76]。只不过环境哲学中自我实现蕴涵的征服心理似乎是在较高的层次运作，动物依然被当成自我界定的工具，不同的是，这一次它们不是以个体男性自我的名义而是以崇高抽象自我的名义而牺牲。可是，不管这个"自我"，是大写的还是小写的，动物的命运都是一样的，都是失去生命。因此，在基尔看来，"抽象地认同大整体的危险是不能认识或尊重独立生物的存在，

---

74 Martin Kheel. "Ecofeminism and Deep Ecology: Reflections on Identity and Difference." In *Reweaving the World: the Emergence of Ecofeminism*. Eds. Irene Diamond and Gloria Feman Orenstein. San Francisco: Sierra Club Books, 1990, pp.135-136.

75 奥尔多·利奥波德：《沙乡年鉴》，张富华等译，北京：外语教学与研究出版社，2010年，第345页。

76 Martin Kheel. "Ecofeminism and Deep Ecology: Reflections on Identity and Difference." In *Reweaving the World: the Emergence of Ecofeminism*. Eds. Irene Diamond and Gloria Feman Orenstein. San Francisco: Sierra Club Books, 1990, p.131.

实际上，这是环境哲学和环境运动的主要缺陷之一"[77]。笔者认为，这也是环境公正运动对抗主流环境主义和环境运动的主要原因之一。深层生态学家一味将生态系统或膨胀的自我提高到至尊的地位，其结果是他们所建构的整体主义有抹杀个体生命的独特性和重要性的危险，因而生态女性主义哲学总是警惕超越个体存在领域的整体主义哲学，而主张"深层的、整体主义的一切生命相互关联的意识必须是一个活生生的生存意识，是我们在与个体存在物与大的生态整体关系中所体验的意识"[78]。

美国哲学学者迈克尔·E.齐默尔曼（Michael E.Zimmerman）也在其《深层生态学与生态女性主义：对话的兴起》[79]一文中主张深层生态学和生态女性主义开展对话。在他看来，尽管二者对西方文化的批判似乎有些相似，都认为生态问题本质上是西方文化顽疾的表征，可它们锁定的文化病根却相去甚远，因而它们的生态观常常大相径庭。齐默尔曼也认为，它们之间的主要区别在于：深层生态学锁定人类中心主义是导致生态危机的文化根源，而生态女性主义却认为父权制或男性中心主义才是导致生态危机的根源性文化因素，这是由于男性与女性的自我意识存在深刻的差异，从而决定了他们体验世界的方式不同。

生态女性主义和深层生态学都认为，诸如二元论、抽象理性、僵化的独立自主及原子主义等一系列西方文化范畴极大地推动了"物质进步"的事业，然而，这一"进步"也给西方，乃至世界带来了难以扭转的环境灾难，威胁着人类的生存，因此人类若要学会以恰当的方式栖居地球，就必须变革这一系列范畴。生态女性主义学者认为，父权制文化不只是由二元论、抽象理性及僵化的独立自主等范畴所决定，而且还受到男性中心主义或父权制这个关键范畴的制约，这个范畴严重制约了女性的自我意识，进而决定了她们与自然的关系。为此，生态女性主义学者从多角度对二者进行对比分析，凸显生态女性主

---

77 Martin Kheel. "Ecofeminism and Deep Ecology: Reflections on Identity and Difference." In *Reweaving the World: the Emergence of Ecofeminism*. Ed. Irene Diamond and Gloria Feman Orenstein. San Francisco: Sierra Club Books, 1990, p.136.

78 Martin Kheel. "Ecofeminism and Deep Ecology: Reflections on Identity and Difference." In *Reweaving the World: the Emergence of Ecofeminism*. Ed. Irene Diamond and Gloria Feman Orenstein. San Francisco: Sierra Club Books, 1990, pp.136-137.

79 Michael E. Zimmerman. "Deep Ecology and Ecofeminism: the Emerging Dialogue". In *Reweaving the World: the Emergence of Ecofeminism*. Ed. Irene Diamond and Gloria Feman Orenstein. San Francisco: Sierra Club Books, 1990, pp.138-154.

义比深层生态学"更深的"特征。

在生态女性主义学者阿里埃尔·凯·萨勒（Ariel Kay Salleh）看来，深层生态学家运用抽象的形而上话语谈论具体现实的生态问题，这本身就是父权制文化熏陶出来的男人的典型特征，然而女性往往运用具体、个性的话语谈论与他人及地球的关系。她甚至近乎苛刻地写道："与他人和自然疏离的男性自我在绝望中作了最后的尝试，杜撰了深层生态学，企图重续他在个体化的杀母过程中已否认的与世界的关系"[80]。男性哲学家吉姆·切尼（Jim Cheney）也认为，父权制范畴也存在于深层生态学基本的纲领之中，这从深层生态学创始人奈斯将权利观引入其理论之中一事便可看出。奈斯既强调权利对于一切存在物的重要性，也谈到了权利持有者之间的必然冲突。在切尼看来，权利一说是孤立自主的自我所采取的一种人类观，人类自我为限制竞争而赋予彼此某些不可让渡的权利，要求每个自我必须给予尊重。然而，根据权利观设想的生物圈平等，又暴露了与男性中心主义和父权制必然牵连的原子主义社会观。此外，切尼还通过对深层生态学的关键要素之一"直觉"理念的进一步剖析指出，深层生态学蕴藏牺牲个体利益、服务于整体利益的生态极权主义危险。[81]像切尼一样，生态女性主义学者马丁·基尔认为，要解决生态危机，仅仅靠拒斥形而上的社会原子主义，并以形而上的社会关系主义取而代之，这是不可能的。因为关系总是发生在有一定价值的现实个体存在之间，离开对个体的现实关爱，而一味强调关系网络的整体利益，必然否定、牺牲个体的存在与价值。

生态女性主义者呼吁新版的自我意识或个体化意识，这种意识既拒斥孤立的自我，也反对浑浑噩噩、抹杀个性的混为一团，生态女性主义神学学者凯瑟琳凯勒（Catherine Keller）提出生态重释荣格（Carl Gustav Jung, 1875-1961）心理学理论以建构女性生态自我意识观。荣格认为，在一个人的晚年生活中，其本我的任务就坚定重申它与世界的关系，这种在个体化过程中暂时遭到否定的关系。一个人要获得本真的个性，必须体验与万物生灵之间所存在的根源上的关联，在凯勒看来，这才是荣格心理观的精髓。"一个超越本我的自我身

80　Michael E. Zimmerman. "Deep Ecology and Ecofeminism: the Emerging Dialogue". In *Reweaving the World: the Emergence of Ecofeminism*. Ed. Irene Diamond and Gloria Feman Orenstein. San Francisco: Sierra Club Books, 1990, p.146.

81　Michael E. Zimmerman. "Deep Ecology and Ecofeminism: the Emerging Dialogue." In *Reweaving the World: the Emergence of Ecofeminism*. Ed. Irene Diamond and Gloria Feman Orenstein. San Francisco: Sierra Club Books, 1990, pp.146-147.

份基本上是基于关联的，从而暴露了本我个性是虚假的个人主义和杜撰的人格面具，荣格激进、敞亮的世界胸怀指出了关联自我的本质"[82]。

深层生态学尽管了解分离的、鄙视身体的、独立的自我主体与自我借助技术对控制自然的追求之间的关系，也致力于探求不同的思想传统以替代这种分离及对权力追求的偏执。然而，深层生态学所设想的超验的生态自我，旨在克服自我与他者的二元区分的尝试，潜藏者双重危险：一、个体可能丧失其作为个体的完整性，因为牺牲个体以保全整体的利益是合理的；二、无论是根据小写或大写的自我界定本真的自我身份似乎忽视了女性主义认为对建构自我身份至关重要的因素——关系。[83]

由于深层生态学与生态女性主义对生态危机的根源持有不同的观点，进而导致它们对"人类"也持有不同的看法。深层生态学将生态危机的根源归咎于人类中心主义或人文主义的傲慢，主张以生态中心主义平等的道德原则取而代之，以遏制人类傲慢的偏好，然而，却走向了问题的另外一端，依靠形而上的宏大构想，贬低人类在宇宙构架中的作用，试图将在人类伦理空间内谈论非人类世界的所有举措都归为人类中心主义的范围，有矫枉过正之嫌。然而，生态女性主义者总是对贬低人类在世界中的作用的形而上伦理原则怀有戒心，并认为，因为我们是人，所以只能用从人类特有的性格中提炼出的原则和智慧的话语理解如何对待非人类存在物。用切尼的话说，"恰当地保持人类／非人类的区别'并不意味着维护道德等级制，但能构建道德共同体'"[84]。只有在完全成熟的道德共同体中，人们才能首先认识到如何关怀人、关怀自己，进而关怀非人类存在。原子主义的父权制个人主义摧毁了人类共同体的大部分领域，这种残缺的共同体不能理解其成员的需求，更不可能了解非人类的需求。正是基于这种理解，生态女性主义者认为，在适当回应非人类世界的需求之前，我们得重构一个成熟的人类共同体，以便我们又能学会互相关怀，只有到了那个时候，也只有到了那个时候，我们才能以恰当的方式将关怀延及非

82 Michael E. Zimmerman. "Deep Ecology and Ecofeminism: the Emerging Dialogue." In *Reweaving the World: the Emergence of Ecofeminism*. Ed. Irene Diamond and Gloria Feman Orenstein. San Francisco: Sierra Club Books, 1990, p.148.

83 Michael E. Zimmerman, "Deep Ecology and Ecofeminism: the Emerging Dialogue." In *Reweaving the World: the Emergence of Ecofeminism*. Ed. Irene Diamond and Gloria Feman Orenstein. San Francisco: Sierra Club Books, 1990, p.151.

84 Michael E. Zimmerman, "Deep Ecology and Ecofeminism: the Emerging Dialogue." In *Reweaving the World: the Emergence of Ecofeminism*. Ed. Irene Diamond and Gloria Feman Orenstein. San Francisco: Sierra Club Books, 1990, p.151.

人类存在。离开人类相互关照的能力而谈关怀非人类世界是没有意义的空话，只有那些有需求并具有能力满足这种需求的人，才能使得人类能关怀非人类存在的道德语境变为现实。

尽管深层生态学与生态女性主义对于造成环境危机的根源有着认识论上的本质差异，然而二者之间却有巨大的对话与合作空间。1991 年，瓦尔·普鲁姆德在其《自然、自我与性别：女性主义、环境哲学及理性主义批判》[85]一文中深入开展了生态女性主义与深层生态学之间的对话，批判了理性文化对所建构的不同表现形式的"他者"统治，指出了深层生态学在解决环境危机所采取的形而上文化路径的严重不足，探讨了生态女性主义在应对环境危机所采取的可能有效的"女性"特有的路径。与此同时，也许更为重要的是，普鲁姆德指出了深层生态学与生态女性主义之间沟通、交流、对话、甚至共存的可能性，因为它们分别所抨击的主要敌人——人类中心主义与男性中心主义，实际上都是人类理性建构"他者"的必然产物，是理性统治自然"他者"或女性"他者"的不同表现形式罢了，因此，从这层意义上说，两派哲学可以成为盟友，共同应对环境危机。

普鲁姆德指出，深层生态学、甚至环境哲学遭到诸多指责的主要原因在于其忽视了对"敌视女性和自然"的西方理性主义传统进行深入的批判，并试图运用该传统中破坏性的预设建构新的环境哲学，然而，这种环境哲学利用或干脆将自己置于深陷性别偏见和自然偏见的理性主义哲学框架之中，因此，以深层生态学为代表的环境哲学依然不能摆脱传统理性主义哲学的诸多偏见，从而难以建构理论上真正周全、深刻，实践上行之有效的环境伦理原则。普鲁姆德分析指出了西方理性主义哲学传统在建构人的理念、自我理念及自然理念存在的严重问题，而深层生态学就是基于这些理论框架，因此难逃理性主义文化传统的泥潭。西方理性主义以理性建构人的理念，以工具理性建构自我，从而决定了男性自我与"他者"之间所存在的以断裂为特征的一种主仆、甚至目的与手段之间的关系。

生态女性主义者分析了二元论的建构机制，揭露了其统治的本质。二元主义建构二分的典型特征是两极化差异性，最小化共性，然后沿着优越／低劣的线路建构差异，视低劣方为优越方达到崇高目的的工具。由于优越方实

---

85 Val Plumwood. "Nature, Self, and Gender: Feminism, Environmental Philosophy, and the Critique of Rationalism." In *Ecological Feminist Philosophy*. Ed. Karen J.Warren. Bloomington: Indiana University Press, 1996, pp.153-180.

际上是在对立中界定的，因而其任务，也就是其实现自己和表达自己真实本质的途径就是"脱离、统治及操纵低劣方"，这种情况出现在人类／自然及其他的二元对立之中，像男性／女性、人类／自然、白人／黑人、理智／情感，等等。生态女性主义者认为，要挑战这些二元对立结构，仅重估优越／低劣及提升低劣方的地位是不够的，还必须重审和重构二元建构的范畴本身。针对人类／自然二元对立结构来看，就不仅仅是提高自然的地位问题，或采取别的策略，而其他一切一如既往，还要做的就是重审和重构关于"人的概念"及与其相对的关于"自然的概念"。因为"人的概念"或者说，"完善、纯粹"的人的概念，是通过排斥与低劣的自然界相关联的一切之后在对立中界定的，这与建构男性／女性、理性及其对立面等范畴的机制是一致。尽管人同时具有生物特征和精神特征，但只有精神特征被看成是人的特征，代表了充分"完善、纯粹"的人。因而，"人"不仅是个描述性的，而且还是个具有价值判断的术语，它确定了一个理想：人类最基本或有价值的品质要排斥自然的成分。尽管该概念未必否定人具有物质或动物的成分，然而，在此框架中这种非精神的成分被看成是外来的或非本质的，不是"完善、真实"人性的有机构成。人的本质常见于操控人的内在与外在自然之中，呈现在理性、自由及对物质领域的超越等品质之中，这些品质也被看成是男性品质，因而人的概念的模型与男性概念模型是一致的，以上一些特征也是男性理想的特征。[86]

根据以上对人的概念建构机制的分析可以看出，"要挑战人／自然二元论就必须承认这些遭排斥的品质——被分离的、被否定的、被建构为外在的，或被理解为属于像妇女和黑人之类的低等人类族群范围的——也完全属于人类的品质"[87]，这就提供了承认与自然世界关联的基础，像抽象的设计和计算能力一样，生育、肉欲及情感也被看成是完善、纯粹之人的品质。

普鲁姆德也分析了西方理性主义文化在建构人（尤其是男人和白人男性）与他人的关系及人与自然关系过程中的主导性工具主义特征，这种工具理性在建构人及自我是基于断裂而非连续的基础之上的，其目的是为了剥削与统

---

86 Val Plumwood. "Nature, Self, and Gender: Feminism, Environmental Philosophy, and the Critique of Rationalism." In *Ecological Feminist Philosophy*. Ed. Karen J.Warren. Bloomington: Indiana University Press, 1996, pp.168-169.

87 Val Plumwood. "Nature, Self, and Gender: Feminism, Environmental Philosophy, and the Critique of Rationalism." In *Ecological Feminist Philosophy*. Ed. Karen J.Warren. Bloomington: Indiana University Press, 1996, pp.153-180, p.169.

治。为此，要重构人类自我与自然的关系，就涉及到两个方面，重构人及重构自我，尤其是建构非工具主义的人与自然关系的可能性。在建构自我时，工具理性与断裂之间共谋，将他者变成了实现自己目的或满足自己私欲的工具，整个世界成了一幅工具图景。要从根本上改变自我与他者之间的关系，生态女性主义者主张以关系的世界图景取而代之。正如瓦伦认为的那样，"因为关系不是外在于我们的东西，也不是人性外加的特征，它们在形成人的过程中起着关键的作用，人类与非人类环境之间的关系一定程度上也构成了人之为人的特征"[88]，因此，普鲁姆德认为，"关系中的自我"（self-in-relationship）是深层生态学家们阐释内涵丰富的自我的一个好路径，然而，他们却以整体主义取而代之。

1992 年，普鲁姆德在《作为一般压迫性理论的生态社会女性主义》一文中提出了"作为一般压迫理论的生态社会女性主义"[89]构想，旨在探讨生态女性主义、社会生态学及深层生态学等反统治的解放性理论之间合作的路径，共同拆解压迫性网络，以更好地应对环境危机。在她看来，以上三派激进的环境哲学思潮之间论争涉及了真正有价值的议题，但却"受到争强好胜的还原论惯性思维和不必要的排他性特征的干扰"，从而导致对统治问题的分析理解不够深入、不够全面，进而不可能建构出具有活力的理论。还原性立场声称自己具有可同化吸收其他被还原的批评策略的"基本的或宏大的批判范式"，凡是不能被还原的则被放逐。

在普鲁姆德看来，三派哲学都在谈统治，并试图消除统治，这样看来，统治的概念为它们奠定了合作的基础，明确了共同的政治方向。因为社会与自然本是一体，所以自然统治与人类统治必然相关，或者说，自然统治与社会统治形成了一个犬牙交错的压迫性网络，所以，成熟的环境伦理既要探求各种压迫形式之间的关联机制，又要加强各派环境伦理之间的合作，这就呼唤能联合深层生态学与社会生态学的第三种伦理立场的诞生，在普拉姆德看来，生态女性主义就能担当此任。当然，联合不是消除差异，强行统一，抑或将它们同化为囊括一切的理论或运动。

---

88 Karen J.Warren. "The *Power* and Promise of *Ecological Feminism*." In *Ecological Feminist Philosophy*. Ed. Karen J.Warren. Bloomington: Indiana University Press, 1996, p.33.

89 Val Plumwood. "Ecosocial Feminism as a General Theory of Oppression." In *Ecology: Key Concepts in Critical Theory*. Ed. Carolyn Merchant. New Jersy: Humanities Press International, Inc., 1994, pp.207-209.

生态女性立场庞杂，既有深层生态学取向的，也有社会生态学取向的，还有激进或其他形式的女性主义取向的。然而，"'作为一般立场的生态女性主义既不谋求还原或放逐深层生态学对人类中心主义和自然统治的批判，也不同化或放逐社会生态学对人类等级制的批评'，而试图综合两派的观点"[90]。生态女性主义的主要形式主要涉及合作而不是竞争性、排他性的运动策略。女性统治当然是生态女性主义理解统治的关键，但也是其他许多统治形式富有启发意义的范式，因为"被压迫者常常既被女性化，也被自然化"。生态女性主义者常常强调女性统治、族群统治及自然统治之间的联系，因而罗斯玛丽·雷德福·卢瑟（Rosemary Radford Ruether）写道："生态伦理也必须是承认社会统治与自然统治的生态公正伦理"。生态女性主义学者德博拉·斯莱瑟实际上也在其《成长过程中的迷雾》一文中指出了生态女性主义和深层生态学合作的可能性。在她看来，要真正确定生态危机的终极的历史或观念根源是男性中心主义还是人类中心主义不可能的，因为多重的压迫之间的关系错综复杂，不可能分辨出哪个是根本原因，这样做也没有多大的实践和理论价值。在该文中，斯莱瑟在分析了沃伦的《生态女性主义的力量与前景》一文后指出在西方文化语境中人类中心主义和男性中心主义之间的观念联系，甚至人类中心主义也是男性中心主义。[91]

由此可以看出，生态女性主义与深层生态学具有可以合作的理论基础，不仅如此，二者之间还存在重要的互补关系。澳大利亚哲学学者弗雷亚·马修斯（Freya Mathews）在其《确立与自然的关系》[92]一文中从新的视角深入地分析了深层生态学的内涵及其认同困境后指出，深层生态学与生态女性主义之间存在一种重要的互补关系，可以相得益彰。马修斯认为，深层生态学与生态女性主义都阐释了建构、体验人与自然的关系，但深层生态学基本上采取的是整体主义自然观，其自然世界的意象像一整块土地，人与其他个体都是其组成部分，其鼓励人实现最大限度的自然认同，甚至"宇宙认同"，以确立自己的真

---

90 Val Plumwood. "Ecosocial Feminism as a General Theory of Oppression." In *Ecology: Key Concepts in Critical Theory*. Ed. Carolyn Merchant. New Jersy: Humanities Press International, Inc., 1994, p.211.

91 Deborah Slicer. "Wrongs of Passage," In *Ecological Feminism*. Ed. Karen J.Warren. New York: Routledge,1994, pp.29-32.

92 Freya Mathews. "Ecofeminism and Deep Ecology." In *Ecology: Key Concepts in Critical Theory*. Ed. Carolyn Merchant. New Jersy: Humanities Press International, Inc., 1994, pp.235-245.

实身份，让自然世界成为我们的延伸，我们的大写自我，最终获得"宇宙般的自我实现"。根据这种观点，我们的利益与自然的利益是一致的，所以我们的义务是尊重与服务于这些共同的利益。比较而言，生态女性主义往往将世界描绘成一个存在物构成的共同体，像一个家庭一样，彼此密切相关，但又各自保持独立，这就要求我们尊重这些不同存在物的个性，而不要试图与他们融为一体，我们与万物之间的关系是通过开诚相见、关怀体贴的方式与其遭遇之后所确立的，而不是由抽象的形而上前见所设定的，据认为，这种遭遇所生发的理解自然会产生关怀之情或同情之心，这正是生态伦理的基础。在建构人与自然世界之间的关系上，这两哲学派别所提出的路径相互冲突，但是深层生态学宏大的形而上理想与生态女性主义的亲情和关怀伦理可以相互补充，达到整体与个体间的和谐。

由此可见，生态女性主义将深层生态学的崇高道德被降到人的高度，宏大的宇宙认同被降到拯救个体自然存在，与遥远的星球、广袤的宇宙合一的大写生态自我被拉近到对自己熟悉的一草一木、山山水水等自然个体的热爱。因此，马修斯认为，"尽管生态女性主义人化了深层生态学，反过来，深层生态学的确也深化了生态女性主义"[93]。

根据以上分析，我们可以看出，生态抵抗之基础依然在于人类，而不在于大写的自我或遥远的星球。认识到人类不仅是令人揪心的毁灭之源，而且也是对抗毁灭的宝贵情感——慈悲——之源，这是一个振奋人心的认识，不仅帮助搭建了生态女性主义与深层生态学沟通、对话、甚至合作的平台，而且还提升了生态女性主义的境界，激活了深层生态学的行动主义诉求，更重要的是，还可以帮助我们走出因人与自然分离所造成的道德死胡同。

概而言之，传统女性主义思潮长期以来试图解决的性别歧视问题并未消失，相反，以新的、更为可怕的生态/环境危机的面目出现，威胁着所有人类的生存。随之而来的是，环境压迫或曰自然歧视与女性歧视交织，环境主义运动与女性主义运动结伴，这既为生态女性主义的兴起与发展创造了条件，也为构建更为成熟的新型女性主义和新型环境主义提供了契机。有鉴于此，通过一方面借鉴传统女性主义曾经拥有的强大批判力量与优势，另一方面认识到在

---

93 Freya Mathews. "Ecofeminism and Deep Ecology." In *Ecology: Key Concepts in Critical Theory*. Ed. Carolyn Merchant. New Jersy: Humanities Press International, Inc., 1994, p.244.

其构建性别关系中的偏颇及在处理女性（或从更为广泛的意义上说，性别）与自然之间关系中所表现出的生态不足甚至生态破坏性，致力于对各派传统女性主义进行修正、加工、甚至生态重构，生态女性主义批评由此诞生。在生态女性主义学者看来，深层生态学的主要不足之处表现在其过分强调无差别的整体主义和锁定人类中心主义是导致生态危机的唯一的文化根源，忽视了导致生态问题的庞杂、深层的压迫性关系网络，进而对与环境退化似乎存在直接关联的诸多问题进行单向度的分析，因而宣称对生态危机进行"深度"探源的深层生态学得出了"浅层"的结论，提出了偏颇或偏激、甚至错误的应对危机策略。生态女性主义锁定男性中心主义或父权制是导致生态危机的主要文化根源，并将其与一系列相互强化的压迫观念相联系，对父权制与环境危机之间的关联进行多向度、多层次的"深度"分析，"深层"追问生态危机的思想与现实根源，综合考察种族、阶级、性别及土地（或环境）四大范畴之间复杂纠葛。然而，生态女性主义并不因此就孤高自许，而主张包括深层生态学在内的各派激进环境哲学进行通力合作，取长补短，这样既能激发人的内在精神动力，让健康的精神生态守护自然生态，也能充分调动女性参与环境运动的激情，并成为其中坚力量，从而为环境主义运动注入现实的社会政治动力，让探寻构建基于公平正义的性别、种族和谐的社会运动也成为了重拾天地大美的生态运动。由此可见，生态女性主义在探索走出环境困境的诸多路径方面，进行理论上更为深刻、视野上更为宽广、实践上更为可行的尝试，是形而上的乌托邦理性与形而下的现实策略的结合。

第三节　电影生态批评

电影生态批评是关于电影与环境之间关系的研究，是电影批评摆脱消费主义狂欢之魔咒，拒斥为艺术而艺术的虚无主义之无聊，走向人类最为紧迫现实生存问题的一次恢弘的绿色艺术转型，也是第二波生态批评的重要内容，其内容庞杂丰富且不断拓展，其试图通过深入发掘电影艺术的生态内涵，揭露电影中的反生态因素，以期唤醒大众的生态良知，培养其生态情怀，传播生态知识，扩大公众对环境问题的参与和关注度，激发大众对环境危机关注热情甚至影响其行动。具体来说，电影生态批评一方面要挖掘电影艺术的生态内涵，另一方面还要揭露其反生态、反自然的生态偏执与困惑，绿化电影生态，让电影在重塑大众的生态观、生存方式、调整人与自然的关系、甚至重构人类文明的文化大潮中发挥应有的作用。在此，笔者主要就西方电影生态批评的界定和发展简况、其相关理论、其研究范围及其意义做简要的梳理，以期对中国电影生态批评理论构建有所启发。

一、电影生态批评的界定及其发展简况

电影生态批评（cinematic ecocriticism）也称为绿色电影批评（green film criticism）或生态电影批评（eco-cinecriticism），是第二波文学生态批评向艺术领域延伸的结果，是电影研究的生态学化转向，如果我们套用美国生态批评开拓者格罗特费尔蒂对生态批评定义——"生态批评是对文学与物理环境之间关系的研究"[94]，那么我们可以这样界定电影生态批评，"电影生态批评是对电影与物理环境之间关系的研究"。具体来说，电影生态批评主张运用文学生态批评的方法研究电影艺术再现自然的方式及其所反映出的人与自然之间的关系，以及在应对全球环境危机中所扮演的角色等议题。作为电影的绿色批评研究，它特别关注以下一些问题：电影这门视觉再现艺术是如何界定自然和自然特征的？电影在再现自然中存在哪些固化形象、哪些省略、哪些强调、哪些歪曲？物理环境在人物角色与自然角色的关系中扮演什么样的作用？种族、阶级、性别、种族性如何影描绘自然的方式？电影的剪辑与自然之间的关系又是怎样的？电影运用了哪些艺术手法教育和激发观众的环境热情？等等问题。

电影生态批评诞生的时间不算长，如果要从具有明确生态取向的作品算起，我们认为应该从 2000 年出版的戴维·英格拉姆（David Ingram）的专著《绿色银幕：环境主义与好莱坞电影》（*Green Screen: Environmentalism and Hollywood Cinema*）算起，尽管该著没有明确提出电影生态批评的术语。但却采用了生态批评方法研究电影，尤其是好莱坞电影。迄今为止，已有六部产生一定学术影响的电影生态批评作品问世，即文化批评学者英格拉姆的《绿色银幕：环境主义与好莱坞电影》；德里克·布塞（Derek Bousé）的《野生动物电影》（*Wild Life films*, 2000），该著探讨了电影中再现野生动物形象，揭示电影让我们介于疏离自然与接近自然之间的悖论；爱尔兰电影研究学者帕特·布里尔顿（Pat Brereton）出版专著《好莱坞乌托邦：美国当代电影中的生态》

---

94 Cheryll Glotfelty and Harold Fromm, Eds. *The Ecocriticism Reader: Landmarks in Literary Ecology*. Athens, George: University of Georgia Press, 1996, p. xviii.

（*Hollywood Utopia: Ecology in Contemporary American Cinema. Oregon: Intellect Books*, 2005），该著运用跨学科的方法追溯了从 20 世纪五十年代到现在的好莱坞电影中生态再现的演进，在此过程中，作者广泛探讨了科幻电影、西部电影、自然电影、后现代科幻电影及公路电影等，同时也强调了这些电影巅峰时刻崇高表达的生态内涵；黛博拉·A.卡迈克尔（Deborah A. Carmichael）主编的电影生态批评文集《好莱坞西部电影风景：美国电影生态批评》（*Landscape of Hollywood Westerns: Ecocriticism in an American Film Genre*, 2006），该著明确提出要运用文学生态批评的方法研究美国西部电影，揭示自然环境在电影中的重要作用；罗宾·默里（Robin Murray）和约瑟夫·修曼（Joseph Heumann）的专著《生态学与通俗电影：处于边缘的电影》（*Ecology and Popular Film: Cinema on the Edge*, 2009），在该著中两位作者将电影看成自然书写的一种形式并生态检视了主流电影对自然的再现，广泛涉及生态政治、生态恐怖主义、生态学和家园、悲剧和喜剧生态主角等主题；威洛克特-马里孔迪（Paula Willoquet-Maricond）主编的《建构世界：生态批评与电影研究》（*Framing the World: Explorations in Ecocriticism and Film*, 2010），在该著作中马里孔迪明确提出从文学生态批评走向电影生态批评，倡导运用文学生态批评方法研究电影艺术，甚至建构电影生态批评理论，以发掘电影在生态危机时代的作用。该著最为显著特征是凸显环境公正立场，并引入跨文化视野，因而在探究环境议题时，其视野更为宽泛，说理更为深刻。

在 2009 年和 2020 年间，电影生态批评界问世了两部探讨中国电影与生态关系的专著。其一是卢小鹏（Sheldon H.Lu）和米家燕（Jiayan Mi）合作编辑的《环境挑战时代的中国生态电影》（*Chinese Ecocinema: in the Age of Environmental Challenge. Hong Kong: Hong Kong University Press*, 2009），该文集是借助电影视野研究中国生态问题的第一部文集，共同探讨了一系列紧当今世界迫议题：诸如中西对自然和人的认知问题；全球化与社会主义现代特色；空间、地方、城市空间及自然风景等结构的变动不居；性别、宗教及族群文化等；以及生物伦理和环境政治，等等。作者们探讨了著名导言张艺谋、陈凯歌、田壮壮、冯小刚等执导的电影。该著及时捕捉到前所未有的环境危机时刻中国电影生态意识的觉醒，还预言在未来几十年中国电影将会成为提升了国人生态意识的主要艺术形式，对电影研究、环境研究及生态批评研究及性别和文化研究都有一定的启发意义。其二是卢小鹏（Sheldon H.Lu）和龚浩敏

（Haomin Gong）合作编辑的《生态学和华语电影: 生态电影的再想象》（*Ecology and Chinese-Language Cinema: Reimagining a Field. New York: Routledge*, 2020），该著着重探讨了从建国以来到当代中国大陆、中国香港和中国台湾的华语生态电影的新发展，检视了从本土取向到国际化取向的具有生态价值的多类型电影，像纪录片、故事片、轰动一时的影片、独立电影，包括 2015 年中法合拍的一部冒险剧情片《狼图腾》、2016 年周星驰执导的爱情大片《美人鱼》、2002 年王兵执导的纪录片《铁西区》等。该著不仅拓展了中国生态电影的研究范围，还丰富阐释中国生态电影的方式，对中国电影研究、环境研究、传媒和传播学研究的学者都具有重要参考价值。

二、电影生态批评的相关理论

电影再现与自然形象之间存在复杂的文化纠葛。正如电影生态批评不应仅限于赞美自然叙事，而且还应质疑"环境叙事的本质"一样，电影生态批评还注重批评地检视主导电影再现自然和环境问题背后的文化预设和意识形态，视觉媒介特有的生产方式、词汇及技术的运用又是如何进一步强化这些预设和意识形态。无论是运用语言抑或形象对物理世界及我们与世界接触的经验再现都是"附加了价值的文化产品"。换句话说，再现绝非是面向世界的透明窗户，因而研究再现就必须考虑再现行动及其方法、价值和规则附加在被再现者之上的一切。[95]

电影对自然的再现深刻影响我们对待自然的态度。由于无论是语言或形象再现世界深受文化的影响，被再现的世界又附加了文化因素，或者说，被再现的自然是一个文化产品，因而人与再现物（电影文本）和被再现物（世界）之间关系就绝不再是一种纯物理意义上的客体之间关系，因而，批评家塞皮尔·奥珀曼（Serpil Oppermann）认为，再现自然，无论是语言的还是形象的，都会"构建一种现实模式，进而形成我们的话语和塑造我们对待自然的文化态度"[96]。

由此可见，作为再现自然方式的一种艺术，电影不是直接构建自然，而是再现塑造我们的自然观，自然观反过来影响、规范我们针对自然的相关行动，

---

95 Paula Willoquet-Maricond, Ed. *Framing the World: Explorations in Ecocriticism and Film*. Charlottesville: University of Virginia Press, 2010, p.7.

96 Serpil Oppermann. "Theorizing Ecocriticism: Toward a postmodern Ecocritical Practice." *Interdisciplinary Studies in Literature and Environment 13.2* (Summer 2006).

我们的行动，或保护或破坏生态系统，反过来又影响自然。

电影再现自然的方式有: 人类中心主义式、生态中心主义式及兼顾环境公正的新型激进环境主义式。

当然，作为文学生态批评的延伸，电影生态批评依然坚持前者的基本立场，主张人类生存范式的转变，即从人类中心主义的世界观走向生态中心主义的世界观，为此，我们应当透过生态中心主义视野检审电影文本。与此同时，电影生态批评倡导构建的新世界不仅是生物圈可持续的，而且是普遍环境公正的世界。也就是说，环境公正也必须成为电影生态批评所追求的基本目标，因而也必须成为其基本的思想基础、学术立场和观点。用生态批评学者理查德·克里奇（Richard Kerridge）的话说，"环境公正生态批评家在生态审视文本和思想观念时，将阶级、种族、性别及殖民主义问题也引入其中，挑战似乎仅专注于资源保护、野生自然保护而忽视穷人生活期待的各种环境主义"[97]。有鉴于此，作为绿色文化批评的一个维度，电影生态批评主张我们不仅要审视电影文本本身，还要透过绿色视野审视电影文本生产的社会文化语境。用威洛克特-马里孔迪的话说，电影生态批评不仅要研究电影内容和形式层面的再现政治，也即电影的"感知生态学"，还应该包括电影的生产、分配及展示，也被称为"电影产业的政治经济学"或"电影的物质生态学"。文化批评学者斯蒂芬·普林斯（Stephen Prince）甚至认为一部好莱坞电影是一个"意识形态结合体"，其间建构了一套"多义的、多价值的形象、人物和叙事情形"[98]，戴维·英格拉姆（David Ingram）称之为"好莱坞电影中环境意识形态的相互作用"[99]。甚至可以这样说，一部电影是一个多种相异的、矛盾的、甚至对立冲突的意识形态斗争的场所，其价值取向往往仁者见仁，智者见智，但都是对环境问题的关注，批评家只能从自己的学术立场加以阐释。

电影生态批评学者提出了两种具有明显特征的电影类型，一种叫环境主义电影（environmentalist films），另一种叫生态电影（ecocinema）。环境主义电影这一术语是由英格拉姆首次提出并给予了界定。环境主义电影指明确提出

97　Richard Kerridge. "Environmentalism and ecocriticism." In *The Theory and Practice of Literary Criticism: An Oxford Guide*. Ed. Patricia Waugh. Oxford: Oxford University Press, 2006, p.531.

98　David Ingram. *Green Screen: Environmentalism and Hollywood Cinema*. Exeter: University of Exeter, 2000, p.viii.

99　David Ingram. *Green Screen: Environmentalism and Hollywood Cinema*. Exeter: University of Exeter, 2000, p.x.

环境问题并成为叙事中心议题的电影作品，但是环境仅作为人类重大事件背景而存在（人类中心主义型电影）。[100]环境主义电影大多都是20世纪70年代以来拍摄的电影，但在英格拉姆列举的同类题材电影作品目录中也包括一些20世纪20年代以来拍摄的电影。生态电影指通过探讨具体的环境公正问题，或更广泛地说，让风景、野生动物等自然存在物成为再现的中心，表现出对环境议题明确关注的电影。生态电影范围广泛，其竭力用明确的生态议题影响观众，培养公众环境意识，甚至鼓动观众积极参与环境政治行动，因而生态电影带有强烈的政治属性。（新型激进环境主义电影）

三、电影生态批评的主要研究内容

电影生态批评产生的时间尽管不长，但其内容较为丰富、发展前景也令人兴奋，在此笔者就其研究内容作简要的概括。如果我们综合分析以上六部电影生态批评专著的内容，我们大致可将其研究内容规整为五个主要方面，即：1. 电影生态批评对各种理论的研究；2. 电影生态批评对荒野形象的研究；3. 电影生态批评对好莱坞电影中野生动物的研究；4. 电影生态批评对社会生态与环境关系的研究；5. 电影生态批评与跨文化研究。当然，以上五个方面主要是对电影文本内容的研究，然而，作为绿色文化研究的一支，电影生态批评还应包括对电影生产、分配、展销等的环境影响的研究，也即电影产业的"政治经济学"研究，由于这方面研究成果相对偏少，在此不作更多的介绍。

1. 电影生态批评对多种自然主义理论的生态审视

电影生态批评的一个重要研究领域就是让多种理论在电影再现的自然生态话语场域中展开生态对话，凸显它们各自的生态锋芒和生态不足及其生态妥协和生态互补的可能性，从而为解决生态问题提供多元的文化路径。

在《绿色银幕：环境主义与好莱坞电影》一著的《导言》中，英格拉姆探讨了情节剧、现实主义及环境危机在好莱坞电影中的表现形式及其相互关系，指出了好莱坞电影在表现环境议题的诸多不足。在英格拉姆看来，好莱坞电影在再现环境危机时，都采用了情节剧模式，这种模式往往将环境危机进行个体化处理，将其还原成单向度的主角与反面角色之间的冲突；主角通过果断行动解决危机的办法也比较简单，难以置信。以这样简单的模式再现环境冲突、解

---

100 David Ingram. *Green Screen: Environmentalism and Hollywood Cinema*. Exeter: University of Exeter, 2000, p.vii.

决环境问题提出了三个重要的政治问题：1. 关于主人公的道德无辜的预设问题；2. 情节剧个体化处理社会冲突的手法问题。英格拉姆认为第一个问题非常重要，因为它涉及有关环境的责任与罪过问题。通过建构道德无辜的英雄主义，将善良的英雄人物与邪恶的反面人物进行区别，从而将环境错误从日常行为中排除掉，否认了普通人在环境退化过程中日常的共谋行为。另一个相关的情节剧策略是将环境罪责推给一般的"他们"、"我们"。这种修辞举措也妨碍认清环境危机中存在的可能共谋行为，从而混淆了环境问题复杂的因果原因。这种将罪过归于无名的、难以确定的"他们"是好莱坞电影将环境问题非政治化的一贯手法。这种策略的对立面是将环境问题看成是整个人类的责任。这种不分青红皂白的"我们"对环境问题负有同等责任的观点是环境问题神秘化的一种形式，其旨在通过消除阶级、种族、性别及地理位置之间的差异，逃避责任、义务及共谋等政治问题。在全球环境不公平与环境剥削广泛存在的现实条件下，不可能存在对环境破坏负有"普遍的物种责任"[101]的说法。马克思主义批评家认为，情节剧中对英雄主义与邪恶的建构所提出的政治问题往往伴随着好莱坞电影将社会、政治问题看成是个体间的冲突，因而赞同解决这些问题的各种办法，从而妨碍认清形成适当的集体政治行动的必要性。[102]当然，对情节剧模式处理社会与政治冲突的方式也存在其他不同的看法。有社会批评家认为，以个体化的方式建构社会冲突并不意味着个体化了权力关系，个体人物类型之间的关系也能代表复杂的体制权力关系，因此，将情节剧理解为处理社会矛盾的一种形式是探讨环境电影中再现政治问题的有用方式之一。

英格拉姆也在该著中探讨了多种自然主义话语及各种激进环境主义哲学之间的冲突与对话，并运用这些自然话语和环保哲学透视好莱坞电影。在英格拉姆看来，好莱坞电影将自然建构成为生态关注场域的方式，同时也延续了荒野作为原始、神圣空间的浪漫欲望。具体来说，该章主要分析了资源保护主义、自然保护主义、主流环境主义及激进环境主义（包括深层生态学、社会生态学及生态女性主义）话语中荒野自然的内涵、价值及其所反映出的人与自然之间的关系，并指出了好莱坞环境电影就是在这些复杂、矛盾、含混的意识形态之间折中与调和，同时也考量了它们对环境政治的可能价值。

---

101 Kate Soper. *What Is Nature? Culture, Politics, and the Non-Human*. Oxford: Blackwell Publishers Ltd., 1995, p.262.

102 David Ingram. *Green Screen: Environmentalism and Hollywood Cinema*. Exeter: University of Exeter, 2000, p.4.

简单地说，在电影生态批评学者看来，电影不是直接再现环境的视觉场，而是一个充满了复杂的意识形态冲突、斗争的文化场，因此应该运用多种理论观点加以阐释。

2. 电影生态批评对荒野形象的研究

在美国主流文化中，"荒野"是"纯自然存在"或无人踩踏的雪地，这是西方二元对立思维在环境思想中的体现，英格拉姆在探讨了多部风景电影的美学内涵后揭示了美国文化中荒野二元论的内涵及其不足，并指出好莱坞电影工业就是根据主流社会流行的原始自然意象审美情趣来建构自然风景。

美国文化中的荒野建构动用了有关性别、种族、阶级及民族身份等诸多复杂的文化预设。也就是说，荒野与性别、种族及阶级等范畴之间存在千丝万缕的文化纠葛，然而，如果我们认真探究荒野建构的文化与现实过程及其隐含的文化内涵，就会发现其建构存在激烈冲突的压迫性文化力量，因此需要对它进行认真分析。首先，荒野观预设自然是原始的，这样基本上就将人类置于自然的对立面，并从中排除出去，这种人与自然二元对立的论调往往认为"使用"自然的任何方式都是滥用，从而否定了通过负责任地"用"与"不用"自然的做法，也否定了人与自然达成某种可能的平衡和可持续的相对稳定关系的中间地带。其次，文化建构原始的荒野自然也服务于美国社会某些特殊的统治社群的意识形态目的，巩固、甚至赋予了一系列不平等、压迫性的种族、阶级、性别权力等级关系，让这些基于自然的普适性的关系成为"正常的、天赋的、不变的"[103]关系。美国好莱坞电影工业在建构原始自然风景时，就竭力与主流文化中的荒野审美保持一致，所以，电影中的自然风景是基于排斥的美学，也就是从风景意象中抹掉人介入自然的一切痕迹，诸如道路、建筑及机器等，这样自然往往显得尽善尽美。1992 年，美国好莱坞著名演员罗伯特·雷德福（Robert Redford）导演了电影《大河之恋》（*A River Runs Through It*），该影片从情节、风景的描摹到大河的象征意义等方面都获得了成功，本片获得当年度奥斯卡最佳摄影、最佳编剧和最佳音乐的提名，并毫无意外地最后捧得最佳摄影奖。在英格拉姆看来，该片集中体现了美国主流文化的荒野风景建构理念，迎合了美国文化的原始自然审美情趣需求，电影中未受玷污的荒野象征道德之善和精神超越的场域，更重要的是，原始自然风景完全排斥了人类活动的痕

---

103 David Ingram. *Green Screen: Environmentalism and Hollywood Cinema*. Exeter: University of Exeter, 2000, p.26.

迹，像房屋、道路、桥梁、垃圾及河流污染都被排除在外。联系该片对美国边疆的过去、童年及男性身份的思考，就可知影片中所建构的原始古朴自然意象也服务于意识形态目的，也就是说，建构原始自然象征着影片对失去的个人与民族的纯真的怀念。《极地雄风》（On Deadly Ground, 1994）是一部以保护南极环境为背景的好莱坞电影，情节跌宕起伏且具一定的生态教育意义。通过对该影片的分析，英格拉姆指出，它一方面用浪漫主义的术语将自然建构成精神纯净、精神救赎的场域，另一方面也将其建构成一个精神统治自然的场景，这种二重性是好莱坞环境电影建构荒野的典型特征[104]。简言之，《大河之恋》与《极地雄风》都是建构原始的荒野意象以对抗受污染的、自然遭到破坏的城市或工业场景。

女性化自然建构：探讨性别与荒野的关系时，英格拉姆运用生态女性主义理论通过对多部好莱坞电影的分析，揭示好莱坞电影再现非人类自然的性别内涵。在环境主义的电影中，男性英雄主义蕴藏了拯救自然与征服自然的两重意义。荒野往往依然是男主人公重振地道的本质主义雄风的场域，以此重申男性白人所拥有的霸权，不仅要统治非人类自然，而且还要统治其他种族、少数族裔及其他性别的人。而在这些关于男性冒险与自我实现的故事中，妇女继续被排斥或边缘化。自然常常被女性化，成了欧美男人性幻想的投射物，也成了被勇敢的男人保护的空间[105]。然而，在妇女作为主人公的环境电影中，女性往往要么被塑造成为行动的女英雄，要么诉诸生态女性主义精神方面的内涵，让自然复魅，探讨解决环境问题的生态女性主义策略。

种族化自然建构：在探讨种族范畴与荒野的关系时，电影生态批评学者往往运用后殖民理论探讨电影中那些被边缘化、被殖民的少数族群形象与荒野之间关系。在这些电影中，尤其是好莱坞电影，印第安人多半被刻画成纯洁的、呆如木鸡的生态人形象，借此唤起原初的纯朴神话，凸显生态印第安人形象所表现出的种族差异问题。在英格拉姆看来，"将土著文化理想化为生活在原始的、未堕落的伊甸园多半是自由主义的白人罪过、一厢情愿的预设产生的结果……这种人类堕落前的道德完美的高贵野人形象是针对工业社会中人的良知腐化而塑造的，恰好应验了某些自由主义白人希望建构纯洁、原始他者的持

---

104 David Ingram. *Green Screen: Environmentalism and Hollywood Cinema*. Exeter: University of Exeter, 2000, p.31.

105 David Ingram. *Green Screen: Environmentalism and Hollywood Cinema*. Exeter: University of Exeter, 2000, pp.36-44.

续需求，旨在体现真实和社群缺失的价值观，由此超越现代性的异化"[106]。由此可见，生态印第安人成了好莱坞电影中常见人物就不足为奇了，他们不仅出现在多部历史片中，而且也出现在多部当代电影中。这种对印第安人形象、文化及其生活方式的浪漫化及理想化处理实际上是对印第安人形象的歪曲，是对印第安人形象的生态东方主义化的文化殖民主义，他们被言说、被代言、被重塑，因而"被沉默"。甚至有论者认为，"原初纯朴的概念是阻碍将土著民族看成是当代世界的合格成员，将他们沦为了一种文化动物园"[107]。好莱坞电影在再现其他被边缘化的少数族裔人民与荒野的关系时，多半采取的是这种方式。

3. 电影生态批评对好莱坞电影中野生动物的研究

电影生态批评主要探讨了好莱坞电影中的那些现代资源保护主义动物"明星"们——海豚、虎鲸、狼及熊——象征内涵的变迁。也就是说，它们如何从十恶不赦、罪该万死的恶魔，到理想化为必须加以保护的仁慈荒野的代表。其次，电影生态批评还探讨了好莱坞电影如何依据现代资源保护主义的理念重构非洲和世界其他地区及其野生动物的方式。

妖魔化动物：从无声好莱坞电影时代到 20 世纪 60 年代，野生动物往往在帝国叙事中得以再现，这些叙事的宗旨是赞美英勇的欧洲或美国白人男性。野生动物被看成进步叙事的障碍，因而被妖魔化为极度野蛮、残暴的恶魔。

美化动物：直到 20 世纪 50 年代末期，少数电影开始顺应保护野生动物的大众情趣，野生动物的地位逐渐开始发生改变，以至于最终被提升为相互依存的有机整体自然的合格成员，加以保护、倍加珍视。当然，好莱坞对待野生动物观念的转变主要是由于 20 世纪中叶科学生态学的普及，野生动物栖息地的破坏导致其数量锐减，不少动物甚至成了濒危动物，可以这样说，"正是危及野生自然的文明化过程创生了这种转变"[108]。然而，像 20 世纪 50 年代的美国通俗文化一样，好莱坞电影继续将野生动物"野性"的观念严格限制在资产阶级社会可接受的限度以内，并非真正按照动物的本性来再现动物。主张将野生动物放归荒野自然，赞美野性是不同于人类社会的生存状态，野生动物

---

106 David Ingram. *Green Screen: Environmentalism and Hollywood Cinema*. Exeter: University of Exeter, 2000, p.46.

107 David Ingram. *Green Screen: Environmentalism and Hollywood Cinema*. Exeter: University of Exeter, 2000, p.48.

108 David Ingram. *Green Screen: Environmentalism and Hollywood Cinema*. Exeter: University of Exeter, 2000, p.70.

有权自由自在地生活在其中，人类也可以肆意对它进行想象，这种"希望将野生动物变成伶俐可爱的小宠物与确保它们作为独立的生物在野生状态下生存的欲望之间的矛盾心态笼罩着美国社会"[109]。此外，形式多样、陈旧过时的厌恶动物症依然阴魂不散，社会与心理的焦虑也借此投射到动物身上，此种倾向依然存在于好莱坞电影之中。

思想明确的资源保护主义叙事尽管将野生动物建构成善行的典范，然而它们依然采取象征的方式占有动物以阐明人类社会关系，旨在从自然中探寻涉及性别、家庭等意识形态信仰的证据。

当然，好莱坞电影中动物明星象征内涵的变迁归根结底是由于人类活动造成了大量物种灭绝和科学生态学的诞生与成熟以及生态中心主义取向的环境哲学的产生而引发的，一定意义上反映了人类对自身生存危机的思考、探索，从更深层的意义上说，是人类对自身生存焦虑的客观对应物。总体上看，这些好莱坞电影没有对引发生态焦虑的社会生态进行深入、全面的再现与剖析，有将生态焦虑非政治化、非历史化的倾向，因而缺乏强烈、持久的现实批判锋芒和艺术感染力。

4. 电影生态批评对社会生态与环境关系的研究

好莱坞电影再现社会生态与环境关系的最为常见议题涉及土地的开发与土地使用的政治，其主要包括乡村与城市、汽车生态学和核能利用与核风险三个方面。

再现土地：在这些电影中，"土地被再现为财产与资源，一个由资本、劳动、技术等犬牙交错的力量所生产的政治空间"[110]。也就是说，土地的开发与利用被认为是人类为实现以恰当的方式参与非人类世界的政治斗争，世界被看成是一个独立于用于阐释它的人类话语的存在物，因而英格拉姆既反对自然之死的观念，也就是反对詹姆森（Frederic Jameson）所说的："后现代主义指的是现代化过程完成、自然将不复存在，这是个比古老世界更为人性化的世界，在这个世界中，文化已经成了一个更为实在的第二自然"，他也不赞成不分青红皂白的技术厌恶症。在他看来，环境问题的实质不是人是否介入自然，而是介入的程度与方式，"非统治自然"才是人类社会的可能存在方式，而不

---

109 David Ingram. *Green Screen: Environmentalism and Hollywood Cinema*. Exeter: University of Exeter, 2000, p.71.

110 David Ingram. *Green Screen: Environmentalism and Hollywood Cinema*. Exeter: University of Exeter, 2000, p.140.

是介入自然，由此看来，英格拉姆并不一概反对技术[111]。

英格拉姆透过生态中心主义的视角在分析了多部好莱坞西部电影时指出，这些电影在表现小农经济与大型农业企业之间的斗争时凸显人世纷争而忽视了自然维度，对自然所采取的是人类中心主义的态度。

其次，好莱坞电影也一直延续着作为纯真、独立及民主典范的自耕农平民神话，他们过着简朴的乡村生活，免受城市各种堕落腐化因素的影响。这些农业叙事的电影往往利用了工业垄断、劳动压迫、阶级冲突、尘暴、庄稼歉收等的历史，而没有将大规模的土地变化置入生态话语背景中进行考量，也就是说，没有考虑土地的变化是造成以上问题的重要因素之一。然而，这些电影中的农业叙事往往认为小农与自然保持着和谐的关系，不会对生态健康构成威胁，为了维护纯真的神话，农民或被再现为运用友好安全的过时传统技术，或完全忽视技术意象。此外，在这些关注人类旨趣的故事中，自然常常被当成了一个给定，一个不可改变的事实，这些英勇的农民为了生存不得不与它进行斗争。

1940 年拍摄的电影《愤怒的葡萄》（*The Grapes of Wrath*）通过赞美 20 世纪 30 年代大萧条时期被迫背井离乡的约德（Joad）一家的尊严与坚强，从而确立了好莱坞处理农业议题的基本框架。但是，该影片缺乏对灾难深度的生态分析，忽视了生态灾难的人为因素，将农民遭受的环境痛苦怪罪自然，从而难以找出问题的根源，也不可能找到行之有效的对策。

汽车再现：自由民主、能源消耗与环境污染、技术改进等好莱坞电影在再现汽车文化时，往往将汽车看成是当然的存在，并给予积极的肯定，而忽视了汽车文化与自然生态之间的纠结。据英格拉姆对好莱坞电影中汽车文化与自然生态之间的关系的深入分析，汽车不只是一个有用的机器，而且还是一个非理性的工具，它"将交通转变成了本能的冲动"。好莱坞电影一直就延续着汽车神话，因为它象征美国以索取为旨归的资本主义物质主义价值观的胜利，象征以流动性为特征的个人自由。但在"汽车文化的生态学"议题中，英格拉姆探讨了有关汽车环境问题中两个较为显眼的领域，其一是"能源叙事"，它主要涉及探寻汽车燃油；其二是研讨寻求改善或替代汽车本身的新技术的电影。在这些电影中，美国历史被再现为汽车业、能源卡特尔、开发商及工业企业家

---

111 David Ingram. *Green Screen: Environmentalism and Hollywood Cinema*. Exeter: University of Exeter, 2000, p.140-141.

之间合谋压制新技术研发的历史，因为新技术将会改善或取代化石燃料的消费与高污染的汽车业，从而影响汽车、能源等既得利益集团对市场的垄断。在英格拉姆看来，《公式》（*The Formula*, 1980）、《唐人街续集》（*The Two Jakes*, 1990）、《极地雄风》（*On Deadly Ground*, 1994）及《白宫情缘》（*The American President*, 1995）等多部好莱坞电影就是绕石油探寻议题的而展开的政治、经济、文化及生态之间的复杂纠葛的精彩影片。[112]

核能：在探讨好莱坞电影的"核能"议题时，英格拉姆分析指出，自从20世纪40年代起，美国核工业一直在用能生产白色清洁能源的花园中的机器形象宣传自己，然而，好莱坞却不认可这种科学技术让人自由的乌托邦叙事，而运用各种版本的弗兰肯斯坦（Frankenstein narrative）叙事，往往以耸人听闻、渲染情绪的方式来表现核技术的影响，旨在揭示科学狂人们统治自然的普罗米修斯企图反映了人类的傲慢，必然遭到自然的惩罚与报复。《中国综合症》（The China Syndrome, 1978）与《丝克伍事件》（*Silkwood*, 1983）可谓是好莱坞再现美国核工业的精彩电影。

5. 电影生态批评与跨文化研究

在环境公正议程的强烈推动下，生态批评，包括电影生态批评，也走向跨文化、甚至跨文明研究，催生了后殖民生态批评的诞生，后殖民生态批评学者要求透过后殖民理论视野探讨西方电影，尤其是好莱坞电影中所揭示的全球南方与北方之间就环境议题所表现出的不平等关系，揭露北方对南方的生态剥削、生态殖民，谴责国际生态殖民主义，疾呼环境公正。电影生态批评学者认为，在西方强国强烈推动的全球化语境下，西方国家用经济大棒砸开南方国家的大门，以自由、民主、进步等旗号为幌子，以开发为动力，强行将南方国家纳入西方主导的市场经济轨道，大肆掠夺南方国家的自然资源，破坏其环境。更为可怕的是，南方国家人民的身体，这个最小的物质环境，也难以逃脱西方市场经济无形的黑手。西方强国以科学为美名，强行将南方国家人民的身体纳入西方主导的科学谱系之中，成为科学试验的客体，成为市场销售的商品，任其削，任其消费。

西方电影工业，尤其是好莱坞电影对亚马逊热带雨林的再现、对南方国家环境议题、环境灾难的再现，实际上大多缺乏应有的历史深度与现实的广度，只是站在西方发达国家的立场对发生在南方的环境事件进行一些浅度的

---

112 参见胡志红：《西方生态批评史》，北京：人民出版社，2015年，第211页。

视觉再现和艺术加工，回避南北方不平等关系甚至是剥削与被剥削的关系的实质，甚至怪罪南方国家政府和人民的环境知识的无知、环境意识的麻木与环境治理的无能。由此看来，就难以甚至不可能找到解决南方环境退化的现实路径。

电影生态批评学者在研讨以"亚马逊热带雨林"为再现重心的好莱坞电影时指出，好莱坞电影将热带雨林看成明确的生态空间。20世纪90年代之前的好莱坞电影对热带雨林及生活在其中的土著民族所采取的往往东方主义式再现，所建构的热带雨林往往重现原始荒野和生态印第安人的神话。土著美洲人是自然的一部分，他们不破坏自然，天真地生活在和谐的自然美景之中。作为生态人的印第安人的自然形象是美国白人男性可借以重振霸权的手段，彰显白人、第一世界英雄主义的舞台。早期的西方电影对热带雨林采取"丛林叙事"的模式，其旨在"杀死、奴役、转变或研究丛林"。20世纪90年代以来，绿色电影试图远离这种模式，对它进行修正，却依然回避导致热带雨林生态退化的实质性社会与政治问题，而在对待土著人的问题上却走到另一个极端，试图将这些丛林野人"种族化"成民族，正如它们将"丛林"赞美为"热带雨林"一样，这种将神话特征投射到土地与民族有着重要的政治内涵。也就是说，顺应西方文化主流，好莱坞电影"为亚马逊部落说话"，或者说"不让亚马逊讲自己的故事"，让西方人发布有关土著民族及其文化的"实情"，而却剥夺了他们的"回应之声"。[113]一句话，亚马逊土著人"被代言、被言说"，因而被"沉默"。在早期表现热带雨林生态题材的电影中，英国的《翡翠森林》（*The Emerald Forest*, 1985）及好莱坞的《激流四勇士》（*Deliverance*, 1972）、《黏巴达禁舞》（*The Forbidden Dance*, 1990）等基本上走的是西方文化传统理想化、浪漫化、简单化再现热带雨林的老路，往往采取简单的策略，将热带雨林的生态问题与社会公正问题脱钩，这种对亚马逊热带雨林的话语建构实际上延续了将该地区理想化成原始伊甸园的观念，最终强化了资源保护主义的政治，成功地将亚马逊变成了一个大的"国家公园"。正是因为有了西方现代性的城市焦虑，才建构了"补偿性的、不受商业交往玷污的、新浪漫主义的民族神话"[114]。这种居高临下的幻想忽视了亚马逊部落民族也有与淘金者、世界

113 David Ingram. *Green Screen: Environmentalism and Hollywood Cinema*. Exeter: University of Exeter, 2000, p.58.

114 David Ingram. *Green Screen: Environmentalism and Hollywood Cinema*. Exeter: University of Exeter, 2000, p.66.

银行、他国政府及跨国资本等交往的复杂历史，从而混淆了热带雨林生态问题产生的因果关系，更不可能找准解决问题的对策。

对南方国家的生态殖民、甚至身体殖民：英国电影《美丽的坏东西》（*Dirty Pretty Things*, 2002）和《永远的园丁》（*The Constant Gardener*, 2005）是两部涉及第一世界对第三世界实行生物殖民主义的电影，公映后引发了强烈的社会反响。两部电影警示世人严防针对脆弱的第三世人民的生物技术殖民，他们或因物质匮乏、政治腐败，或因病魔缠身、非法移民等因素驱使，为了生存和所谓幸福生活的期许，不得已用身体器官作为交换。《美丽的坏东西》再现了英国伦敦非法跨国人体器官买卖问题。故事讲述来到伦敦的非洲等非法移民不得已靠出卖自己的器官"求生存、保平安"的悲惨事件。《永远的园丁》揭露了英国跨国医药公司将贫穷的肯尼利亚艾滋病感染者和肺结核患者作为危险药物的试验品，导致数以百计的患者惨死，而医药公司却从这些流行疾病中获取高额获利。在批评家蕾切尔·斯坦看来，"第三世界人之身体商品化为生物材料让第一世界有钱人，常常是白人消费，遭凌辱的身体里隐藏了生物殖民主义和环境压迫谴责。尽管电影是虚构的，然而却揭示了当代第三世界身体是供第一世界消费的生物原料的实例"[115]。两部电影明白无误地告诉我们，殖民主义作为一种公开的社会体制似乎早已不在了，但殖民主义阴魂却依然笼罩着第三世界人民，其形式不断翻新，更为阴险毒辣，常常让受害者感到孤立无助。就像对抗旧殖民主义一样，唯有集体抵抗才能拯救自己，才是第三世界人民的正确道路。如何抵抗？这些电影都未指明道路。

从总体上看，西方电影，尤其是好莱坞电影处理不同种类环境题材的方式大体可归于主流环境主义意识形态的范围之内，也就是说，为了服务于好莱坞商业审美情趣的要求，这些不同类型的电影以功利主义的态度处理环境事件，以人类中心主义的态度对待自然，以商业目的为导向，坚信科技至上解决环境问题，将环境危机归结为人类"环境原罪"所导致的必然恶果，从而将环境问题进行了非政治化、非历史化处理，不从根本上反思环境问题的人类文化根源，质疑工业资本主义制度、发展模式、以物质占有为旨归的物质主义的生活方式、消费主义的价值观念等，倡导对现有的体制或生活方式做一些修补或局部的变革，因而不可能找到解决环境问题的正确、可行的策略。

---

115 Rachel Stein. "Disposable Bodies: Biocolonialism in The Constant Gardener and Dirty Pretty Things." In *Framing the World: Explorations in Ecocriticism and Film*. Ed. Paula Willoquet-Maricond. Charlottesville: University of Virginia Press, 2010, p.102.

概而言之，像文学生态批评一样，电影生态批评，站在环境公正的立场，突出种族视野，接纳生态中心主义视野，融合阶级和性别视野，探讨以自然或曰环境范畴为话语场、以种族、性别及阶级范畴为切入点的各种环境哲学对话、冲突、甚至妥协的可能性，以揭示环境经验的独特多样性和环境问题的复杂性，培育能包括人在内的万物生灵相互关联、相互依存且能和谐共生、共荣的生态意识，探寻生态中心主义意识和环境公正理念共存的多元文化路径。

第四节　身体美学：自然与身体的一体化建构

主体性既是美学的核心问题，也是生态批评的重要议题。对身体美学而言，灵魂与身体之间的冲突、对抗及对主体性地位的争夺一直就存在于西方美学之中，主体性危机所反应的是西方传统美学的危机，身体对主体性的诉求是构建身体美学的起点，一定程度上也代表西方文化迷途知返，回归正道。对生态批评而言，灵魂与身体之间关系映照人与自然之间的关系，灵魂之傲慢与偏见，或者说，身体／肉体主体性的式微是导致环境危机的根源，其原因在于身体与生态或曰非人类自然之间存者千丝万缕的关系，从某种角度看，身体与自然是一体同构的关系。在当今全球化时代，身体——尤其少数族裔弱势人民的身体器官及组织成了北方富国和南方精英可操纵、可开采的自然资源，可直接或间接消费的商品。借助互联网新技术，他们身体的生物信息完全被数据化，纳入跨国生物信息库和生物医学信息库，成了可分析、可重组、可买卖的信息资源，他们的身体被互联网耗散殆尽，身体的主体性也随之消失。由此看来，身体、自然及种族范畴之间也存在着复杂纠葛，身体美学与环境公正生态批评之间存在着重要契合，甚至可以说，身体美学可成为环境公正生态批评的一个向度。[116]

在此，笔者主要就身体美学兴起的原因、其理论建构现状及其存在的问题、身体的环境公正诉求、身体与自然之间的关系、灵魂、身体与生态危机之间的纠葛以及全球化新技术时代有色族身体的新殖民和其身体主体性的耗散及对身体解放的悖论等几个议题做简要分析，以期对国内生态美学的构建有所启发。

---

[116] 关于"环境公正生态批评"的内涵，参见胡志红、周姗：《试论生态批评的学术转型及其意义：从生态中心主义走向环境公正》，《社会科学战线》2013 年第 6 期，第 148-49 页。

一、"身体"强登美学场的主要原因

传统美学是以灵魂为主体的话语场，一部冗长的西方美学史实际上是一部专制灵魂独白的历史，也是一部备受打压的身体抗争的历史，灵魂总是以不同的面目轮番出场，统治它的对立面，诸如灵魂／身体、精神／自然、人／自然、理性／情感、文明／原始、脑力／体力、男人／女人，等等，尤其男人／女人、脑力／体力（灵魂／肉体）、文明／原始、人／自然等二元对立结构分别直接与性别歧视、阶级歧视、种族歧视及自然歧视等相对应，并将这些歧视合理化，尽管其它形式的二元对立结构也间接与此相关联。[117]由此可见，美学中的主体性危机无非就是西方文化中根深蒂固的二元论思维及其殖民逻辑在美学领域的反映，并与身体、自然及种族紧密关联。从某种角度看，灵魂的自由就是身体之非自由、甚至对身体施暴，可身体确是灵魂之物质基础，也是美学之出发点，故许多身体美学学者对传统西方美学给予了严厉的批判，并疾呼罢黜美学中灵魂的主体地位，确立身体的本体论地位，让身体大胆登场，甚至构建身体美学。

那么，我们不禁要问："身体"为何要在美学界急于出场呢？笔者认为，主要原因有二：其一是传统美学自身出了问题，其二是生态批评的强烈驱使。我们先简谈第一个问题。关于传统美学，我们可以这样说，它带有天生的缺陷，急需"整形"或重塑。传统美学的病根是其思想基础——西方文化根深蒂固的殖民性的二元论，因而一部气势恢宏的西方传统美学大厦实际上是灵魂主宰的话语场，一部源远流长的西方美学史几乎都是飞扬跋扈的灵魂独白的历史，同时也是备受折磨、百折不挠的身体不断抗争的历史。在西方文化的历史长河中，灵魂的面目多变，它会根据现实的需要，在不同的历史时期以不同的面目轮番出场，统治它的对立面——物质的"身体"或非理性的客体。然而身体确是灵魂之物质基础或曰灵魂之家，当然也是美学之出发点，身体的终结必然意味着灵魂的泯灭，美学当然也就成了无源之水，无本之木，故中国身体美学研究专家王晓华在其著作《西方美学中的身体意象》中对传统西方美学给予了严厉的批判，并疾呼罢黜美学中灵魂的主体地位，确立身体的本体论地位，让身体大胆登场，成为美学言说的中心，甚至要构建身体美学，以取代传统的"灵魂"美学。他这样写道："结束身体-主体在美学中被遮蔽、贬抑、侮辱

---

117 Val Plumwood. *Feminism and the Mastery of Nature*. New York: Routledge, 1993, pp.41-43.

的历史，开辟、清理、修整、拓宽美学回家的路"[118]，因为"离开了身体的劳作，感性生活就会立刻终结。身体是感性生活开始的地方，也是它终结之处。没有无身体的感性，更没有无身体的人类生活。与身体失去联系的美学是无家的游子"[119]。为此，他主张重续美学与身体之间的本然关联，让美学回家，返乡，归根。王晓华在解读雕塑家罗丹的身体美学观后，激情地欢呼："身体，承受了千年屈辱的身体，终于确证了自己的主体身份。此后，身体仍会显现出客体性，但这丝毫不损害其主体形貌：他／她看，也被自己看见；触及外物，也自我触及；创造世界，更创造自己；同时站在'此处'和'彼岸'，可以在地平线上回望当下的自己"[120]。这段话明白无误地告诉我们，作为主体的"身体"终于可以自信地在主体与客体之间自由自在地转换，既不奴役别人，也不奴役自己，依然不失尊严，身体成了思想者，思想者即身体也，身体言说他人，也言说自己，作为物质构成的大脑是思想的主要场所，美学从身体出发，最终也指向身体，我想，这应该是，或者说，就是王晓华极力倡导并倾力构建的身体美学之真意。

接着，我们去看看身体要在美学中急于登场的另一个重要原因。美国生态批评学者哈罗德·弗鲁姆在《从超越到末路：路线图》（From Transcendence to Obsolescence: a Route Map）[121]一文中分析指出，工业革命已深刻地影响了人类的自然观，技术已给人造成了这样的错觉：人可以控制自然，让我们忘记人之"不屈灵魂"归根结底要依赖于自然支撑系统，然而，事实上是人，更准确地说，去物质化、去自然化、去肉身化、完全被精神化的人，对自然之根的忘记是生态危机的思想根源。

在弗鲁姆看来，古往今来，精神与肉体的冲突一直是困扰西方无数哲人圣贤的古老话题，而超越自然或肉身的局限也是古代与现代人的共同需求。然而，古代与现代的"超越"有着迥然不同的内涵。在技术落后、物质匮乏的古代，由于人类意识到到自己肉身的脆弱，认识到不可能按照人的意图驯服自然，故人类转而强调人的理性，凸显人的精神，并将其神化，以至于提升到对

---

118 王晓华：《西方美学中的身体意象》，北京：人民出版社，2016 年，第 14 页。

119 王晓华：《西方美学中的身体意象》，北京：人民出版社，2016 年，第 13 页。

120 王晓华：《西方美学中的身体意象》，北京：人民出版社，2016 年，第 135 页。

121 Harold Fromm. "From Transcendence to Obsolescence: a Route Map." In *The Ecocriticism Reader*. Ed. Cheryll Glotfelty and Harold Fromm. Athens: University of Georgia Press, 1996, pp.30-39.

自然的超越，但这并不能说明人类真正超越了血肉之躯的制约，真正战胜了自然，只是改变了与自然斗争的方式，这实际上是不得已为之，对灵魂（精神）的赞美至多是为了追求一种精神的慰藉。在工业革命时代，技术发展似乎大获全胜，彻底改变了人与自然之间关系的理念，人追求的超越也呈现出完全不同的形式。现代的"超越"是"基于物质的充裕而不是匮乏，人类追求的不是彼岸世界的天国，而是现实世界的胜境"[122]，技术的发展、物质的充裕使得自然似乎从人们的视线、甚至意识中消失，人之精神似乎重新获得了一种新的独立自主，"这种独立精神并非像古代那样放弃统治自然与满足肉身的需要，在天国寻求安慰，而对统治自然、似乎仅靠意志支撑满足肉身需求的能力充满必胜信心，并斩断了人与地球的脐带联系"[123]，灵魂之超越不再是因为恐惧，而是坚强的意志。正是这种靠技术驱使信心的无限膨胀将人类推向生态灾难，危及自己的生存。

在技术落后的时代，自然对人的影响是直接的，而今天被技术中介化了，所以产生了这样的错觉：一切都靠技术而不是自然。随之给人传达这样的信息："人可以自主确定其存在之地，其肉身几乎成了可以任意处置的附属品"，这就是现代人特有的神话，一个"自封的万能神话"，是浮士德传奇的当代变体，无论呈现什么形式，其结局都是灾难性的，这种神话与西方悲剧主角一脉相承。如果说悲剧主角的经典缺陷是狂傲，否认自己的局限，那么当代浮士德就代表技术的狂傲，否定养育他的生存之根——地球。总之，人之精神靠物质提供能量方能延续，人依赖自然而生，这种关系归根结底是"不能讨价还价的"。技术落后的过去，人类萌生超越自然的浮士德渴望是由于面对自然的强大，显得无能为力，而在技术发达的今天，浮士德处处虚张声势，是由于其傲慢、放肆、不顾一切地无视地球之根。如果说过去的浮士德还意识到自己的肉身不能超越大地，那么今天的浮士德却感到自己的肉身可以摆脱自然，这就是导致生态危机产生的思想与技术根源。[124]一句话，在技术发达和物质充裕

---

122 Harold Fromm. "From Transcendence to Obsolescence: a Route Map." In *The Ecocriticism Reader*. Ed. Cheryll Glotfelty and Harold Fromm. Athens: University of Georgia Press, 1996, p.33.

123 Harold Fromm. "From Transcendence to Obsolescence: a Route Map." In *The Ecocriticism Reader*. Ed. Cheryll Glotfelty and Harold Fromm. Athens: University of Georgia Press, 1996, p.34.

124 Harold Fromm. "From Transcendence to Obsolescence: a Route Map." In *The Ecocriticism Reader*. Ed. Cheryll Glotfelty and Harold Fromm. Athens: University of Georgia Press, 1996, p.35.

的时代，对灵魂及其变体——技术理性——的吹捧则会导致迥然不同的难以控制的生态恶果。

生态批评学者马内斯也深刻分析了理性对主体性的垄断与生态危机之间的直接关联。他在《自然与沉默》（Nature and Silence）[125]一文分析指出，西方文艺复兴和启蒙运动时期盛行的人文主义在极度张扬人之理性、确立人的唯一言说主体地位的同时，却野蛮地剥夺了自然的主体性，并且凭借暴力迫使它沉默，这是导致当代生态危机的根本原因。马内斯运用福柯（Michel Foucault）的理论分析了人的唯一言说主体性的确立、自然沉默产生的社会历史文化原因。他认为，自从西方文艺复兴以来，"自然从一个有灵的存在变成了象征的存在，从一个滔滔不绝的言说主体变成了沉默无言的客体，以至于只有人才享有言说主体的地位"。狂傲的人文主义和启蒙理性将自然打入"沉默和工具理性的深渊"，制造了"一个宽广、沉默的领地，一个被称为自然的、无言的世界，它被淹没在所谓的具有普世性的关于人的独特性、理性和超自然性的永恒真理之中"[126]。正是启蒙运动的工具理性，"产生了一个人类主体，他在一个非理性的沉默世界中独白"[127]，这个大写的"人"是文艺复兴和启蒙运动虚构的主要产品之一，我们必须揭开这个大写的"人"的面纱，这是我们试图重建人与自然沟通的起点，也是自然解放的起点，是人类摆脱全球生态危机的前提，因为"如果自然能与人交流，人将不会掠夺它"[128]。

几百年以来，大写的"人"（Man）一直是西方话题的中心，这个虚构的人物一直压制自然世界，使它失去声音，失去身份。为此，要拯救自然，让它重新成为言说主体，任何有生命力的环境话语必须懂得如何挑战、拆解创造大写的"人"的人文主义话语语境，传播生态谦卑的美德，恢复"小写"的人昔日谦卑的地位："人只是成千上万美丽的、可怕的、有魅力的——象征的——存在物中的一个物种"[129]。马内斯主张颠覆人运用语言暴力所抢占的唯一主

---

125 Christopher Manes. "Nature and Silence." In *The Ecocriticism Reader*. Ed. Cheryll Glotfelty and Harold Fromm. Athens: University of Georgia Press, 1996, pp.15-29.
126 Christopher Manes. "Nature and Silence." In *The Ecocriticism Reader*. Ed. Cheryll Glotfelty and Harold Fromm. Athens: University of Georgia Press, 1996, p.17.
127 Christopher Manes. "Nature and Silence." In *The Ecocriticism Reader*. Ed. Cheryll Glotfelty and Harold Fromm. Athens: University of Georgia Press, 1996, p.25.
128 Christopher Manes. "Nature and Silence." In *The Ecocriticism Reader*. Ed. Cheryll Glotfelty and Harold Fromm. Athens: University of Georgia Press, 1996, p.16.
129 Christopher Manes. "Nature and Silence." In *The Ecocriticism Reader*. Ed. Cheryll Glotfelty and Harold Fromm. Athens: University of Georgia Press, 1996, p.26.

体性地位，凸显自然主体的中心性，让他回归自然，重新体验万化万变的自然中普通、平等一员的情感，认识自己的局限，尊重他者性（othernness），这才是解决生态危机的文化出路。

进入 20 世纪，美学场域中的身体意象呈现更加多元复杂的态势，当然，身体再也不愿做一个无家可归的浪子，可依然在回家的路上，也许永远在路上，寻根、探源也因此成了当代美学的大趋势，这似乎为构建成熟、坚挺的身体美学展示出更为多彩的前景，同时也面临更多的挑战。

二、身体与生态的一体同构

王晓华在其专著《身体诗学》中辟专章《身体，栖居地与生态诗学》，探讨作为主体的身体与栖居地及生态诗学之间的关系，实现了身体与生态的联姻，搭建了身体与生态之间自由沟通的桥梁，身体诗学与生态诗学之间的顺畅互动。王晓华认为，身体的主体性确立以后，身体成了诗性制作的承担者，成了生态诗学的中心，再由于身体与生态之间亲密无间，宛若水乳交融，所以"身体诗学必然通向生态诗学"，这是诗学逻辑自然演进的结果。

在王晓华看来，在一个万物并作的世界上，人并非唯一的主体，他／她早已与无数有机体共在，地球不仅仅是人类的领土，而是有机体共同的居所；生态诗学所研究的是就这样一种制作，它属于地球上的所有物种，实现广义的交互主体性，保护所有物种的利益。生态诗歌要言说的是广义的主体间性，表达的是主体间的内在关系，所有生物体都是主体，适用它们的交流方式是互动和对话。有人的声音存在之地，就是其他生命存在的证明，文学家应该倾听自然中被边缘化的声音，让他们扮演与人物和叙述者同样重要的角色。如此看来，其他一切生命有机体都成了文学再现的对象。

王晓华所指的万物有机主体共享大地及它们之间相互关联的言说，绝非是生态诗人一厢情愿的隐喻表达，抑或哲学家们的理论假设，而是实实在在的客观事实，对此，生态批评学者和生态文学家有着诸多论述。

美国生态批评家埃佛德（Neil Evernden）曾就"关联性"这一议题给予了精辟的论述。在他看来，思想界一直认为生态学是一门"颠覆性的科学"，这无疑是正确的判断，但生态学中真正具有颠覆性的因素不是它的复杂概念，而是它的基本前提——相互联系（interrelatedness）。用生态学家巴里·康芒纳（Barry Commoner）的话说："每一种事物都与别的事物相关"，这是生态学的第一条法则，它反映了生物圈中精密的内部联系网络的普遍存在。生态学家谢泼德（Paul Shepard）曾用"皮肤"这个比喻来生动形象地说明事物之间不可割裂的联系和不可肢解的特性。他这样写道，皮肤的表层"从生态学的角度看，像池塘的表面或森林的土壤，哪里像是个外壳，简直是个千丝万缕的联系"。埃维登恩还认为，在生态学及细胞生物学中的发现对西方文化中重要概念"个体"及"自我"（Self）的认识早已有了质的提升，它告诫我们，世上"不存在个体这样的东西，只存在环境中的个体"。个体是环境中的个体，而不是独立于环境的实体，个体是地方的构成元素，并由地方所界定。同样，也不存在"自我"，只存在"地方中的自我"。[130]换言之，如果我们将"个体"或"自我"换成"身体"，那么我们可以这样说，作为主体的身体是环境中的身体，身体是地方中的身体，作为主体的身体与环境之间远远不只是消费者与消费品之间的关系，也不只是相互依存的关系，最重要的是审美关系、情感关系、伦理关系，二者之间永远是相互联系、相互建构、水乳交融的关系。这样，身体、作为栖居地的地方及生态之间就自然而然联系起来，身体诗学与生态诗学也就相互交融，交相辉映。

生态文学家奥尔多·利奥波德在生态文学经典《沙乡年鉴》一著中提出了"大地伦理学"的概念，探讨了包括人在内的生物个体与生物共同体其他成员、非生物自然存在及共同体自身之间的关系，极大地扩大了伦理的边界。在这种新的伦理学中，"大地"是一个有机的共同体，是生态学的基本概念。"至少要把土地、高山、河流、大气圈等地球的各个组成部分，看作是地球的各个器官、器官的零件或动作协调的器官整体，其中每一部分都有确定的功能"。"大地伦理学只是扩大了共同体的边界，把土地、水、植物和动物包括在其中，或把这些看作是一个完整的集合：大地"。即是说，伦理学的道德规范需要从调节人与人之间的关系，或者人与社会之间的关系，扩展到调节人与大地之间的关系，把道德权利扩展到动物、植物、土地、水域和其他自然界的实体，确认它们在一种自然状态中持续存在的权利。人是大地共同体的普通成员与普通公民。人只是生物队伍中的一个成员。大地伦理学改变人类的地位，从他是大地——社会的征服者，转变为其中的普通成员和普通公民。这意味着人类不仅要尊重共同体中的其他同伴，而且要尊重共同体本身。尊重共同体，一方面要认识到自然界的一切是有机地相互依存的，人类自己的生存和发展

---

130 胡志红：《西方生态批评史》，北京：人民出版社，2015 年，第 107-08 页。

取决于自然界的调节机制的正常发挥作用，要承认人以外的自然存在，承认自然实体及其过程所固有的伦理准则和存在权利，另一方面要激发对自然共同体的热爱。因为没有对大地共同体的热爱、尊重和敬佩，以及高度赞赏它的价值，不可能有对大地共同体的伦理关系。即是说，人类不仅要把"权利"概念扩展到大地共同体，而且要把"良心"和"义务"扩展到大地共同体。这种道德"从生态学的角度看来，是对生存竞争中行动自由的限制；从哲学的角度看来，则是对社会和反社会行为的鉴别"。对与错要看对整个群落的好坏而不是对其中某个成员或物种，他提出要"像山那样思考"，即是从整体主义和非人类中心主义的视角来考虑人与自然的关系问题。[131]由此可见，在大地共同体中，生态批评的主体间性原则也得到最大限度的扩展，不仅延及非人类生命物种，而且还延及无生命的自然存在，诸如岩石、水、风，等等，甚至延及生态共同体本身和它的所有成员的生态演进过程，由此我们所讲的社会成员之间的主体间性原则也提升为生态主体间性原则。具而言之，大地伦理学教导我们，无论在实践上还是思想上，作为个体的人之身体之一切需求，诸如空间需求、物质需求、甚至精神需求，或曰身体的生态自我实现（ecological self-realization），必须要与大地共同体中其他成员的生存需求要协调，在竞争与合作之间实现和谐共生。

美国生态女性主义学者黛博拉·斯莱塞写道："身体是生物区，生物区就是我。我是在实际层面而不是在比喻层面表达我的意思"。她又说："我们能宣称与之严格同一的、唯一的生物区就是身体"，"在家，首先是栖居自己的身体，作为身体，我们每个人都是一个复杂、高效、脆弱的生物生态系统"。美国诗人温德尔·贝里（Wendell Berry）也写道："我们活着时，我们的身体是地球的运动颗粒，必然与土壤和其它生物的身体联系在一起，毫不奇怪，我们对待我们身体的方式与对待地球的方式就存在着深刻相似性……蔑视身体不可避免地也表现在蔑视其它身体，像奴隶的、劳动者的、妇女的、动物的、植物的身体，直到地球本身"。为此，"对我们的身体及对我们称之为'家'的任何地理上的地方，我们一定都要非常小心"。甚至我们可以这样说，我是身体，身体就是我，身体是我最小的"家"，身体之外是"家"的延伸，爱护身体就是爱护我们的家，就是爱护身体之外的环境，反之亦然。"身体不只是容纳其它神圣之物的庙宇，它本身就是神圣的"。在讲述有关身体的新故事

---

131 胡志红：《西方生态批评史》，北京：人民出版社，2015 年，第20-23 页。

时，身体不再是消极的被言说者，"也不只是为新故事设置限定条件，如果我们关注它们，它们也将是积极的叙述者。如果我们不关注它们，它们将中断、反击、肢解故事"。换句话说，我们要承认身体作为言说主体的地位。当然，关于身体及其故事的多变也留有的空间，然而，如果要使有关身体的叙事对我们有用，就不能凭空捏造。在斯莱塞看来，无论是现代派的"无处"（nowhere）还是后结构主义的"到处"（everywhere）而生发出的虚空的观点，同样是危险的虚构。"'无处在'或'处处在'绝非在家。甚至作为身体，在家，在里面，就需要承认身体的存在远远不只是个能指，这并没有贬低身体的价值"。[132]同时我们也该认识到，身体与文化有关，文化将其价值、观念刻画在身体上，但身体绝不能简地被还原为文化建构的产物，被说成政治或文化符号，更不能将其放逐到形而上的领域。为此，斯莱塞担心环境主义者对身体保持沉默，因为他们的沉默会误以为身体无关紧要，或我们的肉身自然与环境主义者们所说的"自然"毫不相关，这样必然无助于他们拯救"自然"之诉求，甚至陷入一种传统思维的怪圈，难以自拔，因为身体与生态本质同一。[133]

对于身体的重要性以及精神、身体及自然三者之间的关系，被尊为生态哲学家的美国著名生态文学家亨利·戴维·梭罗在其生态文学经典《瓦尔登湖》中也有精彩的阐述。他在谈到感性与理性之间的关系、身体与灵魂之间的冲突与和谐时，突出强调了身体的基础性和先在性。他写道，人有两种追求：一种是精神生活，另一种是原始野性的生活，而他珍爱这两种生活，"我之爱野性，不下于我之爱善良"。当然，这两种生活都需要身体方能完成，为此，他特别强调身体的重要性。"每个人都是一座圣庙的建筑师，这座圣庙就是他的身体。在里面他完全可以照自己的方式敬神，即使他另外去琢凿大理石，他依然如此。我们都是雕刻家和画家，所用的材料就是我们的血、肉及骨络。高贵皆始于提升他的体貌之美，卑俗或淫荡瞬间让他沦为禽兽"。在此，我们可以看出，身体对一个人是多么的重要，因为无论他的精神的崇高还是外在的美丽都要依赖于身体这个物质基础，没有了身体，一切也变得虚无，一切皆化为乌有。

---

132 Deborah Slicer. "The Body as Region." In *Reading the Earth: New Directions in the Study of Literature and Environment*. Ed. Miahael P. Branch et al. Moscow: University of Idaho Press, 1998, pp.107-116.

133 Deborah Slicer. "The Body as Region." In *Reading the Earth: New Directions in the Study of Literature and Environment*. Ed. Miahael P. Branch et al. Moscow: University of Idaho Press, 1998, p.108.

简言之，我们必须承认作为物质的身体的第一性和主体性，同时也要考虑身体与生态之间水乳交融的关系，回归身体就是回归生态，因而爱身体就是爱生态，没有身体这个基础，其它一切都变得虚无缥缈。由此看来，生态美学与生态批评之间存在内在关联与契合，因为二者都将身体这个家看成自己的立足点和出发点，由此出发，延及星球。反过来说，爱护星球，就必须反观身体，就是回家，还乡。

然而，许多生态学者，无论是梭罗还是斯莱塞，所关注的"身体"只是一般意义上的身体，并没有考量个体身体之间的差异。事实上，从古至今，在现实世界中不同个体的身体价值及其所接受的社会、经济、文化、物质等方面待遇往往会因个体的种族／族裔、性别、阶级及文化等方面的不同而导致个体身体在现实中的不平等，进而产生个体身体与自然之间错综复杂的纠葛。要厘清这种纠葛，真正实现身体的普遍解放，构建一种既具崇高美学理想又具坚实现实基础的身体美学，就需要一种环境公正生态批评视野。具而言之，就需要站在环境公正的立场，"透过多种族视野、生态女性主义视野（或从更广泛的意义上说，性别视野）及阶级视野"探讨身体与自然之间的纠葛，以探寻被殖民的身体与被殖民的非人类自然共同解放的文化路径。[134]当然，种族范畴是环境公正理论的核心，多种族视野理应成为考察身体与自然关心的基本观察点。

三、身体的环境公正诉求

如上文所述，灵魂与身体之间关系远不只是个纯美学问题，还是个严肃的生态问题。这源于身体与自然（生态）之间存在着水乳交融的关系，甚至我们的身体就是身外自然的一部分，因而灵魂对身体的压制也是对自然的操纵，美学的主体性危机与生态危机也有密切相关。

身体首先是物质的身体，是人类一切精神活动的基础，当然也是美学的出发点；身体还是历史文化语境中的身体，没有超越历史文化语境的所谓"抽象的、一般的身体"，因而我们可这样说，身体美学所研究的是物质的、肉体的、具象的、历史文化语境中的身体，是可见、可感、可触、可闻、可思的身体。然而，历史和现实告诉我们，某个具体的身体往往会因他／她的种族／族裔、物种、性别、阶级或文化等因素的差异而被置于迥然不同的社会境遇中，其命

---

134 胡志红、周姗：《试论生态批评的学术转型及其意义：从生态中心主义走向环境公正》，《社会科学战线》2013 年第 6 期，第 148-49 页。

运则或悲或喜。事实上，基于二元论和统治逻辑的西方传统美学在抬高灵魂，打压身体时，不管是有意还是无意，还是对不同"身体"作了不同程度的区别。也就是说，针对来自不同种族／族裔、物种、性别、阶级或文化之身体会区别对待，他／她／它受到的待遇之异，有时可谓天壤之别，其关键策略就是将自然与来自不同种族、性别、阶级或文化的身体勾连起来。具而言之，就是将自然歧视与种族歧视、性别歧视、阶级歧视及文化歧视等联系起来，其中，自然是基础范畴，种族／族裔是关键标识，身体是受处置的具体对象，为此，身体美学的构建不能不考虑环境公正议题。

黑人生态批评学者少数族裔生态批评学者保罗·奥特卡（Paul Outka）在生态重审影响深远广泛的西方美学范畴"崇高"尤其康德对它的界定时指出，该范畴是基于人类中心主义和种族中心主义的文化建构，其底色是白色，其间隐含着浓烈的种族歧视，遮蔽了美国风景背后的种族创伤。面对自然之浩瀚无边和力量之无穷，该范畴一方面承认人之生物性的局限和能力之不足以及面临突如其来的自然遭遇人之心灵瞬间的茫然无措。另一方面也在我们心灵之中找到了独立判断自然和超越自然的能力，"自然被叫做崇高，仅仅是因为它能提升人之想象以把握那些被呈现的现象，从中心灵能让人感觉到与自然本身可比照的最终应有的崇高性"。在此，康德的崇高意味着拒斥外在自然作为崇高之源。面对自然的浩瀚无边或磅礴之力产生的茫然与惊愕，通过认识到人之本质是超越或不同于导致我们困惑的自然，人恢复了常态，实现了崇高。由此可见，在康德的崇高范畴中他明确拒斥了自然世界。换言之，康德看来，我们被呈现在眼前的某种客体震慑，我们也认识到，在我们的心灵中存在超越一切感性的事物，他的崇高自始至终都基于这种认识。此外，心灵认识到的"与自然本身可比照的最终应有的崇高"也就是此相同之目的——超感性或本体论存在，一个完全神秘的纯自由领域，这种自由在感性世界中仅表现为道德律。[135]只有当感性的事物指涉超感性的存在时，它自身最终才有存在之意义，否则，就没有存在的价值。由此可见，康德的崇高范畴在内涵完全是基于人类中心主义的文化建构，是对自然自身固有价值的否定。为此，奥特卡认为，康德的崇高范畴及其相关理论须进行生态重构，为此，"文本外之自然不应该被还原为形而上可任意处置的'外在存在物'，或是等待人类加工成人化意

---

135 Paul Outka. *Race and Nature from Transcendentalism to the Harlem Renaissance*. New York: Palgrave Macmillan, 2008, p.18.

义的纯物质"。这种还原论模式准确无误地复制了剥削荒野的历史。康德的终极目的必须被颠倒过来,要突出崇高的迸发阶段,淡化其结局,虽然像在语言中一样,自然已是一个被严重文本化和被赋予了内涵的术语,但这并不意味着其所指仅仅是人的语言投射物。自然并非指代一切,永远是其本身,对人而言,"其意义部分在于它拆解人之建构,这种拆解就是崇高的要旨",一句话,问题不是要在作为"真实"自然和"建构"自然之间选择,而是要对二者进行区分"。[136]

如果说康德崇高美学范畴中隐含的是潜在的人类中心主义思想,那么在其哲学思想中则存在直白的、强势的人类中心主义表述。在其哲学中他竭力张扬人的主体性,反映在人与自然之间的关系上,突出地表现为"人为自然立法"或曰"心灵是规律的赋予者"。具体来说,人之心灵不是从自然世界中总结自然规律,相反,心灵将自己的规律强加给自然,认识主体为自然创造秩序,自然客体必须服从人的心灵规则,人成了自然规律和自然秩序的赋予者,甚至可以这样说,主体某种程度上创造了客体。康德将主导作用赋予给了认识主体,而不是要认知的客体。[137]

奥特卡还进一步指出,康德的崇高美学范畴还是基于种族主义的建构,尤其表现对黑人的种族主义歧视。在康德崇高之巅,主体坚称自己明显不同于风景,这实际上是肯定自我、界定自我的一种形式。康德的崇高排斥甚至否定了自然,确立了人与自然之间分离,进而肯定了人之自我的自由与尊严。尽管产生崇高的能力是主体固有自由胜利的标志,然而奥特卡分析指出,康德早期的论述明确表明,此能力并非人人皆有,不能产生崇高是主体受束缚和退化的标志,他指出非洲黑人缺乏产生崇高的能力,因为"他们生性缺乏超越琐事的情感",他们的这种缺失与一种更具普遍性的种族主义的传闻——"无论在艺术上还是在科学上或在其它任何值得称赞的领域,没有一个黑人有所作为"——叠加似乎找到了黑人不能产生崇高情感的根源,黑人是低等民族,崇高情感的缺失是他们种族低劣的标志。更有甚者,早年的康德还试图从生物学的角度论证他们缺乏产生崇高能力的原因。他认为非洲黑人不能体验崇高是由于

---

136 Paul Outka. *Race and Nature from Transcendentalism to the Harlem Renaissance*. New York: Palgrave Macmillan, 2008, p.19.

137 Marvin Perry. *An Intellectual History of Modern Europe*. Boston: Houghton Mifflin Company, 1993. p.188.也参见梯利:《西方哲学史》(增补修订版),葛力译,北京:商务印书馆,2001 年,第 431-71 页。

他们的热带生存环境的结构性退化影响所致，由此可见，他的崇高范畴带有明显的种族标志，但在其《判断力批判》（*Critique of Judgment*, 1790）一著中由于"自然崇高的超验主义表述"遮蔽或抹去了这种标志，而在其早期的崇高论述中"文化的、民族的及性别的差异"却是重要内容。尽管如此，崇高依然是测试人性的一个默认的、客观公正的标准，对此，康德早已声称所有非洲人都不具备这种能力。为此，在奥特卡看来，"如果将康德的测试应用于奴隶制时期美国黑人与自然世界、甚至以后各种形式的白人种族主义并存的情况，那么这样的结果早就注定了：崇高是建构白色身份的一个主要场域的观点和崇高的白色主体与其对立面——'强壮、肥硕、柔软、懒散、笨拙、拖沓的'黑色／自然——之间存在绝对区别的论点，'就自然而然地'产生了"。[138]也就是说，康德崇高推动白色身份和白色主体的建构，确立白色种族优越的身份，与之相对，崇高将黑人与自然融为一体，推动确立黑人劣等民族身份和臣属身份的建构。

简而言之，康德崇高美学在确立白色主体身份时不仅矮化了自然而且还他者化了黑人，因而是基于人类中心主义和种族中心主义的双重文化建构。鉴于康德美学理论的深远影响，我们可看出，这种在他者化自然和黑人族群过程中确立的白人主体身份，隐藏着严重的生态与社会危机。从小处说，白人主体对灵魂的过度推崇会让人完全忘却、甚至憎恨自己身体的存在，从大处说，会让人忘却自己的自然之根，强化对自然的宰制，从而酿成不可控制的生态灾难。另外，美国历史上对土著民族的长期暴力殖民和对黑人族群的残酷奴役实际上在康德的美学中早已预设。

四、全球化时代有色族群被消费、被耗散的身体

环境公正生态批评主张站在环境公正的立场，透过少数族裔文化视野重审当代西方文化中主体性构建的文化机制，揭露主流白人社会或全球南方社会富有精英阶层对南方有色族人民身体，也包括北方国家内部弱势的少数族裔人民身体的殖民、掠夺，更有甚之，主流社会利用生物工程、生物医学新技术并借助互联网加强对他们身体的操控，导致他们身体主体性进一步式微，甚至被耗散、消解。有鉴于此，身体美学的构建还必须与环境公正理论结合，以

---

138 Paul Outka. *Race and Nature from Transcendentalism to the Harlem Renaissance*. New York: Palgrave Macmillan, 2008, pp.19-20.

探寻重拾他们身体主体性的理论与现实文化路径。

美国少数族裔生态批评学者蕾切尔·斯坦在《身体侵犯》(Bodily Invasions) [139] 一文中透过环境公正视野探讨当代美国黑人女作家奥克塔维亚·巴特勒（Octavia Butler, 1947-2006）和牙买加裔女作家娜洛·霍普金森（Nalo Hopkinson）科幻小说中的环境种族主义问题，揭露了环境危机时代主流社会运用现代生物技术对少数族裔人民，尤其黑人妇女身体的操控与剥削，谴责广泛存在的针对少数族裔群体的基因买卖和器官盗窃等罪恶行径。环境公正理论已表明，穷人和有色族人民在家、在工作场地及在周围环境常常不公正地遭遇过多的毒素、放射性物质及其它环境风险的危害，严重危害他们的身体健康。巴特勒和霍普金森通过阐明作为社会强势群体环境资源的有色族妇女身体被直接操控和攫取的方式，扩大了我们对环境公正关于健康问题的认识。在《黎明》(Dawn, 1987) 中巴特勒描写了强迫基因交易与生育控制的困境，在《圈圈里的棕色女孩》(Brown Girl in the Ring, 1998) 中霍普金森描写一宗涉及器官盗窃的凶杀案，在这两部小说中，黑人女主角都千方百计应对因将女性身体当成自然资源而进行殖民和利用所产生的伦理问题，从而极大拓展了我们对环境公正、社会性别、生理性别之间的相互关联，也将少数族裔的主体性问题，尤其身体主体性问题推向前台，对身体美学的构建也提出了新的议题。也就是，在构建身体美学时，如何考量种族／族裔范畴的作用？

巴特勒和霍普金森的小说都提醒我们提防生物技术殖民弱势群体身体，尤其是有色族妇女身体的可能性。印度生态学家、环境公正人士范达娜·席娃（Vandana Shiva, 1952-）曾明确指出，运用生物遗传和医学技术对人与动植物的操控是殖民的新形势，这种对星球的毁灭性掠夺已深入其内容。她这样写道：

> 土地、森林、河流、海洋及大气都被殖民、被侵蚀、被污染，现在资本不得不开始寻找可侵入、可剥削的新殖民地，以进一步增值。在我看来，这些新的殖民地就是妇女、植物及动物身体的内部空间。抵抗生物剽窃就是抵抗对生命自身的终极殖民——殖民生物进化的未来以及联系自然和认识自然的非西方文化传统。这是保护多样物种自由进化的斗争，这是护多元文化自由演变的斗争，这是

---

139 Rachel Stein. "Bodily Invasions." In *New Perspectives on Environmental Justice: Gender, Sexuality, and Activism*. Ed. Rachel Stein. New Brunswick: Rutgers University Press, 2004, pp.209-224.

保护文化和生物多样性的斗争。[140]

也就是说，对身体的殖民是扼杀生命本身，也是扼杀自然和文化的多样性，最终是斩断人类和自然可持续的未来。由此可见，抵御对身体的殖民是多么崇高、多么艰难的事业。

如果说有色族妇女的身体器官曾经被看成"可利用、可采掘、可买卖"的潜在自然资源，那么巴特勒和霍普金森的小说敦促我们关注这种可能——像生物遗传对 DNA 的操控和器官切取等医学技术可让这种潜在资源转化为现实资源，因为这些技术的出现，妇女被强制甚至暴力胁迫放弃支配身体的权利，以满足强势人物的需求。实际上，这两部小说已经明确指出了对待有色族妇女身体的工具主义观点所隐含的暴力。具而言之，"有色族妇女的身体只具有工具价值而没有内在价值，她们的身体器官可被当成商品，这样她们就比自身更具交换价值"。这种对待有色族妇女的观点实际上隐含了种族中心主义与人类中心主义的合谋，前者否定有色族妇女的人性，将她们放归非人类世界，与动物为伍，后者否定非人类世界具有内在价值，只承认其工具价值，这样妇女的身体就变成了自然资源或商品，顺理成章就可照强势群体的愿望对她们进行处置。在以上两部小说中，身体的入侵被置于不平等的社会、文化关系及环境大灾难的大背景之中，以突出这些被胁迫的身体入侵是环境不公的表现形式。更令人恐怖的是，在两部小说中，对有色族妇女的身体殖民硬被说成是为了保护环境，是对环境退化的必要回应。换句话说，女性身体是导致环境危机的原因，因而要解决环境问题，就要从女性身体入手，这是多么荒唐的逻辑！两位作家都敦促我们审视在有色族妇女，尤其黑人妇女身体上及身体内部开展的环境斗争。两部小说都突出了遭受生物医学入侵的黑人女主角，以揭示在不平等权力关系、环境及社会退化语境下的新型殖民形式的复杂性。如果我们站在环境公正立场审视对黑人妇女的历史殖民和当下环境健康运动就会发现，《黎明》和《圈圈里的棕色女孩》是两部警示性故事，告诫人们尤其少数族裔人们，要提防主流社会针对他们滥用生物医学技术、误释环境问题并借环境之名"进一步剥削、客体化妇女的身体"的暴行。[141]同时，我也应该意识

---

140 Vandana Shiva. *Biopiracy: The Plunder of Nature and Knowledge*. Cambridge, Mass.: South End Press, 1997.

141 Rachel Stein. "Bodily Invasions." In *New Perspectives on Environmental Justice: Gender, Sexuality, and Activism*. Ed. Rachel Stein. New Brunswick: Rutgers University Press, 2004, pp.210-11.

到，在全球化语境下环境危机日益恶化的时代，黑人妇女因她们的种族性、社会性别、生理性别的特殊性，似乎界定了她们的身体成了最为脆弱的场域，社会强势富有阶层虎视眈眈，伺机入侵，然而，这个场域常常也成了抗拒甚至颠覆霸权的战场。

　　其次，全球化时代弱势的有色族人民的主体性被否定、身体被耗散，其主要表现在两个方面：一、他们的身体客体化为资源或商品，他们的身体器官、身体组织最终成了可买卖的商品，供有权有势的阶层消费。二、他们身体的生物信息被数据化，进入互联网虚拟空间被监控、被编排、被重组、被买卖。对此，印度学者帕尔莫德 K.纳亚尔（Pramod K.Nayar）在《从博帕尔到生物计量学》（From Bhopal to Biometrics）[142]一文中给予了较为深入的分析。关于第一点上文已给予简要讨论，在此不再赘述，主要就第二点做简要探讨。在以互联网为技术支撑的全球化时代，资本主义强势介入我们的身体，将人的生物器官、生物组织及基因等强行纳入全球金融的网络之中。然而，在全球网络中的身体实际上存在严重不平等，对全球南方国家人民及发达国家内部弱势少数族裔人民来说，身体的被全球化具有悲剧的色彩，其会产生灾难性的恶果。南方弱势的身体成了北方富人的资源，他们的个体身体宛若可任人拆解的机器，身体器官成了可任人买卖的商品，供第一世界和第三世界精英阶层消费。运用现代生物医学技术将全球南方弱势人民的身体生物信息进行数据化处理，然后进行集中编排、整理，构建跨国生物信息库和生物医学信息库，而后通过互联网空间平台传播或交易。实际上，生物政治已经深入身体分子结构的层次，个体生物身份早已跨越国界，成了国际化的生物身份，而在此过程，当事人往往并不知情，更谈不上许可。退一步说，作为个体的人即使知晓，他／她也无法控制，更无法抗拒，实际上也无处抗议，因为他们的生物身份已被转化成了生物信息，成了数据或符号，然后被分解、归类、重组，生物主体已不能作为整体而存在，传统意义上作为主体的个体即使还未完全被消解，也被互联网虚拟空间耗散。用纳亚尔的话说："监控基因材料并最终纳入数据库，甚至假借公众医学福祉之名，构建新的生物公民身份，在此过程中，一旦某个国家签订生物多样性协定，那么对特定族群的生物信息数据就可在民族国家范围之外进行整理、分析……从根本上说，这意味着身体已经被去物质化，变成了数字，

---

142 Pramod K.Nayar. "From Bhopal to Biometrics." In *Ecoambiguity, Community, and Development*. Ed. Scott Slovic et al. New York: Lexington Books, 2014, pp.85-98.

而后被纳入全球生物数据库"。就这样，"身体被脱体，变成了数据，以构建消散的身体政治，伪装成人类多样性的身体数据存在于民族国家之外数据库的某个角落"。[143]由此可见，南方弱势民族的物质身体不仅被肢解了，甚至被消解了，化为数据，进入虚拟空间，不知消失在何处，甚至无影无踪。在笔者看来，对他们来说，用悲剧一词还不足以形容他们身体的命运。

至于他们的生物器官、身体组织及基因等信息也遭到无处不在的、常常难以确定来自何处的"全球化的生物监控"，随时遭受生物恐怖的威胁，他们的器官随时可进入人体器官黑市进行交易，这是弱势的第三世界人民无法控制的局面。换句话说，全球南方国家弱势人民已不能把握自己的身体，甚至可以说，他们的"身体不再是他们自己的身体了"，不断遭到"鬼鬼祟祟的生物监控慢暴力的摧折"，他们的生物身份跨越民族国家的边界，被强行推向了国际化，他们的身体主体性也因国际化而遭到了否定。[144]

五、身体解放的悖论

灵魂与肉身之间的纠葛永远是"剪不断、理还乱"、具有悖论式的关系，当灵魂占据主导时，肉身备受煎熬，备受冷落，甚至遭到无端的摧残，疾呼自由。然而，被解放的身体往往又难以理性地驾驭自己，难以恪守中庸平和之道，常常放纵自己，其恶果是：说小点，伤及身心，说大点，危害生态世界，甚至引发难以控制的生态灾难。文艺复兴以降，在高扬人文主义精神和启蒙理性进程中，现代人一方面以追求个性解放为宗旨，另一方面企图完全松绑自己的肉身，实际情况也是如此，结果是给自然带来了双重的压力，其一构建了人类唯一言说主体的统治地位，自己在"无声无息、无主体的世界中"独白，这就是人类中心主义的现实转化；[145]其二是尽情挥洒肉身的欲望，更为可怕的是对这种病态欲望的一味褒扬，对物质的无度消费与占有，其结果是产生一个喧嚣忙碌、纵情声色犬马的世界，甚至奉行"我消费，我存在"的生存哲学，欲壑难填，最著名的例子就是法国人文主义作家拉伯雷（François Rabelais, 1494-1553）

143 Pramod K.Nayar. "From Bhopal to Biometrics." In *Ecoambiguity, Community, and Development*. Ed. Scott Slovic et al. New York: Lexington Books, 2014, p.93.

144 Pramod K.Nayar. "From Bhopal to Biometrics." In *Ecoambiguity, Community, and Development*. Ed. Scott Slovic et al. New York: Lexington Books, 2014, pp.95-97.

145 Christopher Manes. "Nature and Silence". In *The Ecocriticism Reader*. Ed. Cheryll Glotfelty and Harold Fromm. Athens, George: The University of Georgia Press, 1996, p.26.

名篇《巨人传》(*Gargantua and Pantagruel*)中的父子巨人,他们肉身的主体性不能说没有得到充分的张扬。在该著中,作者高举人文主义大旗,以激进的方式反击中世纪束缚肉身的禁欲主义,小说中人物将追求世间快乐看成是人的正当需求和人之本性使然,他们的生理欲望特别是物欲得到极度的释放,他们遵循的规则是"想干嘛,就干嘛"。如果我们深究下去,我们难以否认人文主义的这种逻辑与今天的全球环境危机之间所存在的内在关联。[146]由此看来,在批判传统美学,倡导构建基于身体主体性的美学时,仅疾呼解放身体还不够,还需要探寻身体解放后人之情欲的释放、疏导、升华的正确路径,从而使得身体美学能真正成为一种解放的、健康的美学,一种有助于实现身体、心态及生态和谐共生的新型美学形态。

身体美学从形而上层面探讨灵魂与肉身的关系,梳理飞扬跋扈的灵魂独白的历史和备受打压的身体抗争的历史,探寻身体主体确立的文化路径,以期克服美学危机,是非常有价值的学术尝试。

然而,作为美学起点与灵魂物质基础的身体除了与灵魂存在千丝万缕的联系以外,还与我们身体生存的非人类自然存在水乳交融的内在关联。另外,像以灵魂为主体的传统美学一样,身体美学中的身体也必然与种族范畴发生复杂的勾连,这是由于不同种族/族裔的身体在现实中的不平等境遇所造就的。由此看来,要构建身体美学,就必须从文化与现实的角度考量身体与灵魂、生态及种族之间关联。换句话说,就需要将美学理论与环境公正理论相结合,将身体/灵魂/自然/种族范畴置入更为宽广的历史、文化、现实语境中进行考量,深刻揭示身体、自然及种族压迫与灵魂傲慢之间的内在机制,探寻身体、自然及弱势种族共同解放的文化与现实路径,构建既有形而上崇高理想,也有深刻现实基础的身体美学。只有这样,身体才能走出无地彷徨之困境,摘掉浪子、游民的帽子,立足坚实的大地,登上美学的前台,美学也因此才能真正实现有乡可返,有家可回。反之,如果忽视形而下或曰现实世界中广泛存在的因性别、阶级及种族等的差异而所导致的人与人之间的不平等问题,身体美学的构建不仅有乌托邦之嫌,而且还会默认对弱势群体的身体——尤其有色族群或少数族群身体——的践踏,以至于不经意间与环境种族主义、环境殖民主义合谋,原初的美好愿景也会付诸东流,美学也将陷于万劫不复的怪圈。

---

146 Marvin Perry. *An Intellectual History of Modern Europe*. Boston: Houghton Mifflin Company, 1993, pp.49-50.

第五节　生态批评对其他文艺理论的借鉴与整合
——以绿化巴赫金文学理论为例

　　生态批评是当代非人类中心主义生态思潮催生的文学、文化研究，是对引发生态危机文化根源的综合文化诊断和文化回应，其试图通过对文学、文化、甚至艺术与环境之间关系的生态检视，一方面深挖、分辨、涤除人类文化中的反自然文化沉渣，另一方面也试图拯救、发掘、凸显文化中被压制的亲自然文化智慧，拒斥当代文艺理论中自然的赤贫或缺位，阻止其对消费主义式末日狂欢的迷恋，以推动人类文化的绿化，进而构建生态型人类文化，借此塑造生态型人格，从根源上消除人与自然间的紧张关系，重拾人与自然的和谐，其探究深沉，内容庞杂，范围宽广，其中，对现成文艺批评理论的借鉴与绿化也是其重要议题之一。

　　具而言之，生态批评是以大地为中心的文学研究，或者说，生态批评背离基于人类中心主义的文学研究范式，试图确立以生态中心主义为宗旨的文学研究新范式，并提出了构建致力于人文与自然和谐共生的生态诗学体系的宏阔绿色生态目标，为此，将现有的文学理论进行绿色改造，使它成为生态诗学体系的有机组成部分。生态批评家对俄罗斯著名文艺理论家巴赫金（Mikhail Mikhaillovich Bakhtin, 1895-1975）的交往对话理论的借鉴、绿化、重构，就是文学理论开始走向绿色之途的重要尝试。在此，笔者就西方生态批评对巴赫金交往对话理论所蕴含的生态内涵的发掘、对它进行绿色改造的两条可能路径，即"基于关联的他者范式"改造和"生态女性主义"改造进行简要的探究，以期对国内生态批评理论的构建有所启发。

一、巴赫金的绿色生态之路——巴赫金理论的绿色化

　　虽然巴赫金以及他的同伴们的理论从未言及生态学或生态女性主义，但是他的理论蕴涵着深刻、丰富的生态思想，所以无论是生态批评的理论家还是生态女性主义的批评家们都极力向巴赫金寻求理论支撑、或将巴赫金绿色化，让他的理论成为生态批评的一部分，有的生态批评家甚至认为巴赫金的理论就是基于"关系科学的生态学的文学形态"[147]，那么，为何巴赫金理论对生态

---

147 Michael J. Mcdowell. "The Bakhtian Road to Ecological Insight." In *The Ecocriticism Reader*. Ed. Cheryll Glotfelty and Harold Fromm. Athens, George: The University of Georgia Press,1996, p.372.

批评家有如此大的吸引力呢？具体来说，生态批评家们看重的是巴赫金的交往、对话理论、时空体理论和狂欢化理论以及开放性、未完成性等范畴，因为它们体现了浓郁的生态平等意识、系统意识、相互依存的关系意识和地方意识。其中，系统的观点和联系的观点都在当代"硬科学"，像爱因斯坦的相对论、量子力学、海森堡的不确定原则、混沌理论以及生态学等中得到充分的证明，并正在促使我们的科学世界观从笛卡尔-牛顿的二元对立的机械世界观向有机整体的世界观转变。这些转变要求我们的文学理论必须拒斥基于19世纪的机械论、二元论和还原论的过时的观点。然而，总的来看，文学研究对这些新的观点的吸收实在是太慢，以至于当代的文学理论中的新批评将过时的哲学观推向极致，将文学作品看成是孤立的艺术品，斩断文学作品与外面世界（人类世界和自然世界）的一切联系，采用科学方法分析文学作品，后现代批评理论仍然沉溺于语言分析，而语言世界之外的自然世界要么被忽视，要么轻描淡写。而巴赫金文学理论吸纳了大量的关于系统的观点和联系的观点，因此，如果将巴赫金理论经过适当的改造，就会丰富生态批评的理论。

在竭力绿化巴赫金的过程中，生态批评学者们发现，没有任何距离、等级、规范的整体、大众同欢乐的颠覆性意识是巴赫金对话理论所蕴藏的重要生态资源。在狂欢节上没有高低贵贱之分，相反，具有一种贬低化倾向，也就是"把一切崇高的、精神的、理想的和抽象的东西转移到不可分割的物质和肉体层次，即大地（人世）和身体的层次"。所有的人都是其中的一员，这是一种理想的、平等的大同世界。这完全合乎深层生态学的生态中心主义平等原则，狂欢式的交往与对话式是不拘形式的、任意的、一种自由的交往、一种理想的关系，狂欢中没有距离、等级、规范。平等意识，关系意识，多元共存意识，反对统治、垄断、独占，这就是巴赫金理论中体现的生态思想。当代生态女性主义批评家将其进一步改造，丰富和深化了生态批评理论。以下就将巴赫金的理论在分析风景写作的效用来阐明它与生态学的关系。

首先，我们将简要分析巴赫金交往对话理论在生态批评中的应用。在巴赫金看来，再现现实的理想方式是对话形式，通过对话多种声音或不同的观点可相互碰撞，相反，独白形式倡导单一的言说主体，压制一切不适合他的意识形态的声音或观点，这不仅是反民主的，而且也是反生态的。在讨论对话理论时，巴赫金命名了作者语言、叙述者语言、人物语言、穿插文类等，作者运用各种手段以达到社会声音和各种关系的相互作用，其结果是不同观点之间的对话，赋予各种社会意识形态形式存在的价值。生态批评理论首先认为,自然生命网中所有的存在实体都应该得到承认,并且应该有自己的声音,然后才开始探讨作者如何再现自然风景中人类与非人类自然之间的相互作用关系。

对话理论首先强调的是相互冲突的声音而不是突出叙述者武断、独白式的声音。通过对话,我们听到了曾经边缘化的人物和自然中各种因素的声音,对话关注的是各种具体人物或自然因素相关的语言之间的差异而不是雷同,"人物区"或"语言区"赋予每个人物或因素不同于叙述者或人物的独特的声音,通过分析这些不同语言之间的互动,可以理解与不同人物或不同因素相关的不同价值观,以及人物与风景因素之间相互影响的关系。

其次,通过探讨风景文学之间的互文性也可凸显矛盾的声音。正如每个表述都是对另一个表述的应答,所以每个文本都是对其它文本的应答[148]。意义是取决于表述的语境,这个语境涵盖所有之前的文本和大量的当代的不同声音,甚至也包括未来的文本与声音,因为"伟大的作品将会生活在遥远的未来,后代将不断充实其涵义"[149]。伟大的作品既包含、融合了过去的营养,同时也包含着未来的因素,这些因素在后代不断被发掘出来,被赋予新的意义,充实新的涵义。这样的观点适合生态文学,因为它有助于发掘文学作品与它的过去、现在和将来的环境之间的联系。梭罗尤其有意识地了解、应答许多过去和当代文本,并且基于它们建构自己的文本,将阅读中获得的各种事实和趣闻轶事编织在他的作品中。有时风景写作的互文性还表现在反驳别人的观点,就像托马斯·杰弗逊(Thomas Jefferson)在《弗吉尼亚纪事》(*Notes on the State of Virginia*)里,他不仅回应了某些作品的观点而且还反驳另外一些作品的观点[150]。梭罗、杰弗斯(Jeffers)和西尔科(Silko)的作品与它们之前的作品以及与同时代的风景作品之间在观点上就有不少冲突之处。

对话主义的互文性特征只是巴赫金的大的关系网络中的一部分。在巴赫金和达尔文看来,每个生物在界定自身时,只有通过在智力上、精神上以及身

---

148 Michael J. Mcdowell. "The Bakhtian Road to Ecological Insight." In *The Ecocriticism Reader*. Ed. Cheryll Glotfelty and Harold Fromm. Athens, George: The University of Georgia Press,1996, p.374.

149 Michael J. Mcdowell. "The Bakhtian Road to Ecological Insight." In *The Ecocriticism Reader*. Ed. Cheryll Glotfelty and Harold Fromm. Athens, George: The University of Georgia Press,1996, p.374.

150 Michael J. Mcdowell. "The Bakhtian Road to Ecological Insight." In *The Ecocriticism Reader*. Ed. Cheryll Glotfelty and Harold Fromm. Athens, George: The University of Georgia Press,1996, p.375.

体上与其它存在物相互作用才能在真正意义上成为"自我"。"没有对立物就没有演进"[151]，巴赫金欣然将这种观点运用到他的文学理论中。正如批评家常常指出，没有城市和宫廷，当然就没有田园传统中的乡村。但是，对于巴赫金而言，对照并未就此结束，实体之间的相互碰撞是无穷的，这样就形成了任何给定文本中相互冲突的不同声音之间呈现多声部性和不协调性。

另外，与互文性有关的是分析某一文本中的体裁的功用。对巴赫金来说，体裁总是集体性的，显示出社会力量在起作用，相对来说，风格总是个性化的，其重要性要小的多。在讨论风景写作时认识到体裁的区别是重要的，因为作为人类文化建构的产物，体裁在很大程度上表明在一文本中现实是如何认识的，风景写作往往集多种体裁于一身，巴赫金将文学史看成是小说与其它现成文学体裁之间的斗争，斗争的结果是其它文学体裁的小说化（《对话·7》）。风景写作长期卷入这场争斗之中，像小说一样，风景写作不愿如史诗一般作为一种固定的文类延续下来。

再次，开放性（open-mindedness）或未完成性（incompleteness）、未定论性（inclusiveness）是风景写作所显示的重要价值之一，在麦克道尔（Michael J.Mcdowell）看来，其价值可能胜过它对于小说的价值[152]。这种特性表明作者愿意继续对话，不愿意最后定论，以期进一步发展。虽然"结束"从审美的角度来看是令人愉悦的，然而同时也暗示作者的观点已经完美无缺，至少自认为如此，所以没有更多可说的了。尝试性和愿意从自然中学习是风景写作的两大典型特征，再加上其"开放性"特征，它暗示的不只是作者的谦卑，还有一种伦理立场，那就是任何个人和时代都不可能垄断真理。

巴赫金的时空体理论（chronotope）对分析风景写作尤其重要，作品的意义很大程度上取决于时空体。时空体指的是"文学中已经艺术地把握了时间关系与空间关系的内在联系"，这个词借自生物科学，在数学上被爱因斯坦用作其相对论的组成部分，表示时间与空间或地方之不可分割的特性（时间作为空间的第四维度）（《对话·84》），虽然在他的作品中巴赫金更多地谈论时间，较少谈论地方或空间，然而他提出的时空体理论开始探索文学中风景与情节

---

151 Michael J. Mcdowell. "The Bakhtian Road to Ecological Insight." In *The Ecocriticism Reader*. Ed. Cheryll Glotfelty and Harold Fromm. Athens, George: The University of Georgia Press,1996, p.375.

152 Michael J. Mcdowell. "The Bakhtian Road to Ecological Insight." In *The Ecocriticism Reader*. Ed. Cheryll Glotfelty and Harold Fromm. Athens, George: The University of Georgia Press,1996, p.376.

的关系。[153]

生态批评就很关注文学中巴赫金式的时间与地方之间的内在联系。就不少当代美国文学来看，描述的往往是城市生活同一性，虽然超市、郊区的名称变了，但是城市生活的体验是雷同的。这实际上贬低了地方特性，忽视了一个地方能够产生某类人物和某类情节的人与自然独特的历史，这种贬低实际上有助于产生社会的趋同现象，社会成员都可因工作的需求轻轻松地从一个城市到另一个城市，这正好合乎所有的人都可以参与其中的官方文学、正统文学的理想，这种文学就像推土机般推平所有地方的小山，使整个美国文学都均质化、齐一化。推而广之，全球化也是试图使所有文学失去本土化，达到全球化，以便"安全交流"。实际上，文化的均质化、单一化最终必然导致生态多样性的丧失，给自然生态造成毁灭性的打击，将人类引向生存危机。

巴赫金的时空体理论促使我们发掘作品中对地方的再现情况，甚至对"大地没有兴趣的"作品也予以重视，时空体将故事、地理、自我连接在一起，提醒我们注意植根于大地的文学中富有地方特色的、充满乡土气和民俗的因素。如果我们懂得如何寻找，它们就存在于文学中。巴赫金列举了文学作品中不同的时空体，像"路的时空体"、"公共广场时空体"等，然而，研究它们到底有何意义？巴赫金是这样回答的：

> 它们是小说中基本情节事件的组织中心，时空体是情节事件连接和脱离的关节点，可以毫无保留地说情节事件的意义取决于它。
>
> ……时空体使情节事件具体化，赋予它们血肉，让血在血管中流淌……小说中所有抽象的因素——哲学和社会的概括、思想观念以及因果分析——都指向时空体，因它而有血有肉，从而使艺术想象力发挥作用。（《对话·250》）[154]

如果说情节意义存在于时空体的时间和地方的具体的关节点上，那么对情节事件中风景的分析不仅对理解人与自然的关系至关重要，而且对理解情节事件的意义也非常关键。

巴赫金也意识到，从历史的角度来看，人类认识自然的观点的确发生了巨

---

153 Michael J. Mcdowell. "The Bakhtian Road to Ecological Insight." In *The Ecocriticism Reader*. Ed. Cheryll Glotfelty and Harold Fromm. Athens, George: The University of Georgia Press,1996, p.376.

154 Michael J. Mcdowell. "The Bakhtian Road to Ecological Insight." In *The Ecocriticism Reader*. Ed. Cheryll Glotfelty and Harold Fromm. Athens, George: The University of Georgia Press,1996, p.378.

大变化，从作为自然的参与者到自然作为视野的风景（人所看到的东西），再到自然作为环境（背景或场景）。如今风景画的自然的"残存物"已经成了被"封闭的文字风景"围困的景点，对人类来说，重要的是"开始转移到封闭的、私人空间"（《对话·143-144》）。此时的"自然早已不是生活事件中活生生的参与者"，"它已经断裂成比喻和衬托以便使个人、私人事件和冒险变得崇高，这已与自然本身固有的方式毫不相干（《对话·217》）。今天，不少作品依然将自然看成是人类重要事件的背景，它们与外在的自然毫不相干。[155]

与电视等媒体推崇的遥远的、人为框定自然的理想相对照，巴赫金提出了田园景色的时空体，它曾经在小说的历史中是非常重要的。巴赫金将田园作品看成是恢复"民俗时间"（folkloric time）的范式，在田园作品中时间与空间或地方的关系是："二者有机地结合在一起，把生命、事件与熟悉的地方联系在一起，与它的熟悉的山山水水，田野森林，还有自己的家联系在一起，田园般的生活以及与它相关的事件与世界的具体的角落是不可分割的"。（《对话·225》）[156]

总之，人的生命与自然的生命是结合在一起的，田园作品自身的局限导致它在以后的文学作品中逐渐被淡化，它只能涉及生活中几个基本事实，诸如爱情、婚姻、生死、生息、繁衍等，但是"田园情结"（idyllic complex）一直影响以后的小说。

随着资本主义的兴起，小说家开始思考人如何适应资本主义社会，这个过程切断了先前与田园作品的一切联系。巴赫金似乎想说我们能够看到这些联系在田园时空体中以微弱而又升华的形式延续下来，在美国以及其它地方都有表现时空关系的优秀作品，现在是我们应该去研究的时候了。

最后，让我们看一看巴赫金的狂欢化理论（the theory of the carnivalesque），狂欢化理论强调挑战权威，倡导生态民主意识，这种民主意识渗透到生态批评的方方面面。该理论在他的《拉伯雷和他的世界》一书中作了全面的阐释，它将人的注意力从风景转到身体以及人与人的交往。在巴赫金看来，每个表述都是"语言生命中一个充满矛盾和张力的两个对立倾向的统一体"（《对话·

---

155 Michael J. Mcdowell. "The Bakhtian Road to Ecological Insight." In *The Ecocriticism Reader*. Ed. Cheryll Glotfelty and Harold Fromm. Athens, George: The University of Georgia Press,1996, pp.378-379.

156 Michael J. Mcdowell. "The Bakhtian Road to Ecological Insight." In *The Ecocriticism Reader*. Ed. Cheryll Glotfelty and Harold Fromm. Athens, George: The University of Georgia Press,1996, p.379.

272》）¹⁵⁷，其中一个具有向心、统一、集中的倾向，产生艺术散文体裁，有助于文化、民族、政治的集中；而另一个却有离心、分散和去中心化的倾向。巴赫金将中世纪和文艺复兴的狂欢节作为对立倾向的例子解构中心和挑战官方和正统的现成秩序，"把一切崇高的、精神性的、理想的和抽象的东西转移到不可分割的物质和肉体层次，即大地（人世）和身体的层次"¹⁵⁸。各种"低级文体"，像仿模、戏弄、亵渎、民间诙谐、流浪汉体和趣闻轶事等，行使这样的功能。在此，除了不同的社会语言观点的相互碰撞，没有语言中心，这种情形被巴赫金称为"普天同庆"或"狂欢节的世界感受"。¹⁵⁹

"狂欢"充满着生态民主的精神，因为它挑战权威、挑战经典。如果你是一位生态文学家，那么你就应该以生态中心主义挑战人类中心主义，不仅要倡导人与人之间的平等，而且还要尊重自然的权利，崇尚人与自然的沟通与和谐，不仅要反对种族歧视，而且还要反对物种歧视。

正是这种狂欢节般的倾向反击官方的、权威的独白，才有了梭罗、杰弗斯（Jeffers），西尔科（Silko）这样一些风景作家采取多元化、多样化的观点，因此也才有可能更准确地再现自然风景。殖民时期很少有这种倾向，风景写作是独白式的，是为殖民统治起宣传作用，像威廉·伍德（William Wood）的《新英格兰的前景》（*New England's Prospects*）以及弗朗西斯·帕克曼（Francis Parkman）的《俄勒冈小径》（*The Oregon Trail*）对印地安人非人化的处理方式都是如此。当然，近来的作家通常尽力抛弃早期人类的偏见，进入自然世界好像他们是动物式的参与者，再现叙述者与再现动物般的参与者几乎是一样的。似乎他们希望让风景进入他们身体，然后通过写作更好地表达出来。"自然进入身体不仅仅是比喻，肌肉与伤疤见证身体与自然的亲密接触"¹⁶⁰。巴赫金在讨论狂欢化理论时推崇这种非智力的、通过身体认识世界的方式，用这种方式

---

157 Michael J. Mcdowell. "The Bakhtian Road to Ecological Insight." In *The Ecocriticism Reader*. Ed. Cheryll Glotfelty and Harold Fromm. Athens, George: The University of Georgia Press,1996, p.380.

158 胡经之主编：《西方文艺理论名著教程》，（第二版，下册），北京：北京大学出版社，2003 年，第 249-250 页。

159 Michael J. Mcdowell. "The Bakhtian Road to Ecological Insight." In *The Ecocriticism Reader*. Ed. Cheryll Glotfelty and Harold Fromm. Athens, George: The University of Georgia Press,1996, p.380.

160 Michael J. Mcdowell. "The Bakhtian Road to Ecological Insight." In *The Ecocriticism Reader*. Ed. Cheryll Glotfelty and Harold Fromm. Athens, George: The University of Georgia Press,1996, p.381.

拒斥等级社会为自己创造的抽象的、精神的、官方的现实，挑战自然/文化、物质/精神的二元对立观念。

　　巴赫金对狂欢化的思考类似于约翰·布林克霍夫·杰克逊（John Brinckerhoff Jackson）在《发现乡土风景》（*Discovering the Vernacular Landscape*）一书中分析风景时对"官方"与"乡土"所作的区别。杰克逊的乡土风景是民间风景，与一个地方的地貌协调的，且能满足本地的需要。然而，官方风景是不顾地方差异强加于它的，是我们知识中经常能够看到的、惟一的风景。杰克逊竭力呼吁承认地方风景的独特价值，可是其常常遭到外来开发商和经济势力的毁坏。在"就业与环境"的争论之中，直接的、短期的经济需求往往压倒长期的、环境的好处。此外，还有一种更富浪漫色彩的官方风景与这种掠夺型"官方风景"截然不同，它甚至不惜牺牲地方经济为代价，而日益将自己强加给地方经验：令人回忆过去的国家森林风景区，那里有茂密的森林、未筑堤坝而自由奔放的河流、未耕作过的国家草原和从未放牧的联邦政府野生动植物保护地，这些地方几乎无人居住，因此，许多美国人认为这片土地就像欧美人来定居之前的样子。[161]

　　但是，这依然是人造的风景，是对自然权利的压制。

　　虽然大众传媒竭力将多数美国人打造成为努力过上官方认可的高收入、殷实富有的人物形象，但是地道的民间乡土风味还是许多欧美人向往的，因此，融入自然风景的古老传统的方式，不论存在于何处，都成了研究、书写和了解的素材。这就是巴赫金指明的方向，也是一条蹊径，沿着这个方向，当代的风景作家常常走在我们的前面。

二、基于关联的他者范式（the model of anotherness）的确立

　　生态批评家默菲也致力于巴赫金理论的生态改造。提出确立基于关系的他者范式（the model of anotherness）以取代基于对立的他者范式（the model of otherness），直至建构一个立足比较文学观点（跨学科与跨文化）、尊重差异性、崇尚多元性的开放、包容的生态批评理论。

　　在他的生态批评论著《自然取向的文学研究之广阔领域》（*Farther Afield in the Study of Nature-Oriented Literature*, 2000）一书中，默菲明确地提出应该

161 Michael J. Mcdowell. "The Bakhtian Road to Ecological Insight." In *The Ecocriticism Reader*. Ed. Cheryll Glotfelty and Harold Fromm. Athens, George: The University of Georgia Press,1996, p.382.

顺应生态学和生态批评的要求，用基于平等的、关系的、伙伴式"他者范式"（the model of anotherness）取代基于等级的、孤立的、对立的"他者范式"（the model of otherness），为此，他走向巴赫金寻求理论支撑，并将他绿色化，以便让绿色巴赫金成为生态批评理论的组成部分。

在《论行为哲学》（*Toward a Philosophy of the Act*）一书中，巴赫金提出了人类生存的三个基本构成时段，即："我为我自己"，"他者为我"和"我为他者"。以后，他在写《陀思妥耶夫斯基诗学问题》时，他又对两类不同的"他者"作了明确区分。即另一个人与陌生人、他者，英语中的"我／他者"（I/other），其中的"他者"蕴涵疏离和对立的语气，而在巴赫金的"他者"（another）却无此意，巴赫金的他者性（anotherness）对"我"（I）并无敌意，而且是"我"的必要组成部分。因此，有必要将巴赫金的基于关系的"他者"（anotherness）引入英语语言之中，因为从根本上说，自我与他者（self/other）的二元对立远远不能再现世界上基于关系区别的范围。[162]

在他的《论行为、艺术和责任哲学》一书中，巴赫金谈到了"责任"（anserability）。在他看来，作为一位参与性的思想家，他对世界的责任指的是"内在生活并非意味着为自己而活，而是从内心做一位负责任的参与者，肯定自己真诚的、实在的、责任的存在"[163]。责任伦理预设了有差异的关系，承认超越矛盾和差异的相互性，人的一切没有一点本来就是陌生的，而是因为需要才认为"对我来说是陌生的"，也就是说，"陌生"或者是由于视角的不同、认可程度的不同造成的，或者是由于认同程度的不同造成的，而不是实际存在的状况。在巴赫金看来，"生活中有两个基本不同的价值中心，然而是相互关联的：我自己和他者…一个相同的客体（内容相同）是存在的一个时段，当从与我关联的价值视点或从与他者关联的价值视点来看，就呈现出不同"[164]。启蒙运动时期建构的疏离、对立、绝对的他者以及将它归入心里分析的范畴，忽视了从大都市的多元文化特性到病毒变异等世界多样化的活生生的现实。这种建构基于、也强化了西方晚期的一个基本的个人观念和通过个人主义的意识形态赞美主体性观念的普遍阐释。

---

162 Patrick D.Murphy. *Farther Afield in the Study of Nature-Oriented Literature*. Charlottesville: The University Press of Virginia, 2000, p.96.

163 Patrick D.Murphy. *Farther Afield in the Study of Nature-Oriented Literature*. Charlottesville: The University Press of Virginia, 2000, p.96.

164 Patrick D.Murphy. *Farther Afield in the Study of Nature-Oriented Literature*. Charlottesville: The University Press of Virginia, 2000, p.97.

从历史上来看，自我／他者的二分被转化成精神／肉体、男人／女人、人类／自然的二分，其中女人、自然是精神、文化对立的体现。这些成对的词实际上并非二分，仅仅表示在一个大的、复杂的场中观念化的极端表述，像行星、思想、性、认识、森林等。就人类／自然的关系来看，这些词不足以表达人的实践范围——有人认为人处于自然之外，有人认为人是自然的一部分，还有人认为人优于自然而又参与自然。我们反复遇见的是建构疏离、对立的他者，其目的在于压制群体之间的关系，将一个群体或一个文化客体化、疏离化以服务于某种统治形式。

欧洲的侵略者给予北美土著人不同的称谓，不管是"高尚的野人"（noble savage）还是"冷酷的野人"（bloodthirsty savage），其目的都是为了压制最初认可的共同的人性。为了强占别人的土地或推翻别人的政府，就必须首先确立他们不是同等的人。简言之，建构绝对的他者会将亲朋变成敌人。

巴赫金在他的《弗洛伊德主义》一书中，巴赫金提出了自我、心里和意识内容三个概念之间的对话关系，并指出作为社会-自我建构的个人是在给定社会的经济、政治、历史、时空环境的诸多参数中成长的。也就是说，任何个人并不是无中生有地创造他的或她的自我，通过像老师、父辈、配偶、邻居、朋友等多重主体性位置，他参与了自我和他人的建构，"在社会之外，在客观的社会经济条件之外，没有作为人的实体存在"[165]，罗尔斯顿（Holmes RolstonIII）将此观点进一步拓展，认为人不仅是文化的存在实体，同时也是生物的实体，"身在自然环境中，人类并不绝对'在我们里面'，同时也在我们与世界的对话之中"[166]。也就是说，人是社会、历史、文化和自然环境因素共同作用的结果。要做一个完全的人，我们需要一个健康的地理心态（geopsyche），或正如葛雷戈里·卡热（Gregory Cajete）认为"如果我们在一个地方生活的时间长了，人的内在现实和外在现实之间就会产生相互作用，我们的生理特征和心里特征都直接受到气候、土地、地理和该地方的生物的影响"[167]。

---

165 Patrick D.Murphy. *Farther Afield in the Study of Nature-Oriented Literature*. Charlottesville: The University Press of Virginia, 2000, p.98.

166 Patrick D.Murphy. *Farther Afield in the Study of Nature-Oriented Literature*. Charlottesville: The University Press of Virginia, 2000, p.98.

167 Patrick D.Murphy. *Farther Afield in the Study of Nature-Oriented Literature*. Charlottesville: The University Press of Virginia, 2000, p.98.

人类与非人类自然的相互激活或曰人的心里和所处地方之间的相互激活的对话方向强化了生态女性主义对相互依存和自然生态多元性的必要性的认同，这种方向要求反思"绝对他者"和"绝对他者性"的概念。如果巴赫金的基于关联的他者范式的状况得到认可，那么，在建构充满活力的人与自然的相互作用的范式时，相互激活的生态过程——人与其它实体通过日复一日的相互影响、发展、变化、学习的方式——必须予以重视。

基于巴赫金的关联的他者（anotherness）对于研究多元文化和环境文学具有重要意义。首先，关联的他者要求跨文化比较研究，而不是从传统的中心-边缘的视角进行比较文化研究，后者将居于中心的传统、标准或民族文学风格作为标准比较其它文学。此外，关联的他者要求密切关注环境文学中描写关系或基于关联的差异性的方式，即作者如何处理他或她与其它实体的关系。

总之，关联的差异性概念源于非二元的、多元主体建构的批评策略，反过来又强化此策略。这些批评策略主张倾听其它受压制的言说主体的声音——文学的和批评的、人的和非人类的，不管这些声音时来自我们正在学习认可的实体的声音，还是来自我们自己内心深处的声音。

基于关联的差异性的观念有利于产生环境写作的不同范式，这种范式将关系的栖居作为根本的世界观来分析文学作品，因为现成的范式不足以涵盖环境文学的类型，或不能够分析研究当代文学中人类-非人类关系表达方式的多样性、地球心理的产生和生态系统的地域特性。此外，在默菲看来，巴赫金的他者观念以及随它而来的对关联性差异性的重视，为生态批评成为更具文化多元性和国际性的批评运动奠定了重要基础。

三、生态女性主义文学批评对巴赫金理论的绿化

生态批评不仅要让巴赫金走向自然，还要让他走向女性，因为生态女性主义认为，统治女性和统治自然的逻辑是一致的，二者的文化框架是同一的。创造生态女性主义对话方法要求对巴赫金的观念进行大的改造，因为巴赫金本人以及他的同仁都未谈及生态学或女性主义，经过改造的对话理论可以凸显生态学和生态女性主义的差异性的统一的观念——而不是消除差别的拼凑，它继续保持女性主义思潮中主要派别的自我意识、反教条的特征。同时它也进一步纠正生态女性主义中已经存在的各种自由主义、激进的女性主义的发展势头。

巴赫金理论的生态改造可作为批判多元主义的武器。巴赫金对话理论向我们提供了一个争论的方法，考量冲突的观点而不至于沦为自由主义的多元论。鲍尔（Dale Bauer）在她的《女性主义对话理论》通过区别多元论和多声现象（multivocality）有力地说明了，如果要在保留分歧的前提下获得共识，就需要通过认真的对话，然后才有新的理解，而不是不同观点的文字上的大杂烩[168]。埃伦·罗尼（Ellen Rooney）对作为美国政治和外交的一个流行神话——多元主义，予以毁灭性的批判，同时对作为批评话语学术形式的多元主义也予以深刻的揭露，因为它企图将所有的批评家哄入无聊的刚愎自用的学术圈中。虽然多元主义允许不同的成员表示异议，但它否认变革的必要，除了微小的调整，竭力避免任何大的争议，因为它会"揭露试图将批评话语的多元主义和政治多元主义捆绑在一起以建构混杂而又霸权的话语系统的具体体制的真相"。重要的是应该注意到多元主义并未包括所有人："我们的文化话语是个并不涵盖一切的整体，如，它并未包括妇女，她们肯定不是文化建构的那种人"。[169]也应该注意到，自然是否也应该作为主体，而不只是作为被它关注的客体纳入它的范围。

鲍尔的批评理论的奠基式作品《女性主义对话理论》已经突破了仅仅把巴赫金的多种多样的有关对话的论述当成原材料的其他作者，鲍尔也了解巴赫金的对话理论是综合协调和指导女性主义关于文学文化的理论的方法。她的文学分析反复穿梭于审美文本与父权制下的文化语境、政治和意识形态权利之间。但这不足为奇，因为运用对话理论的批评家总会在文本与语境之间、话语与社群之间、个人与政治之间不断地穿梭。

鲍尔发现了巴赫金理论的不足，她认为"巴赫金理论中缺乏的是唯物主义-女性主义实践中所具有的对性别理论或性别差异的关注"。然而，在默菲看来，鲍尔分析中缺少的是对生态问题的关注，所以，默菲将对巴赫金进行生态女性主义化的改造。[170]

传统的女性主义在父权制标准和强制性排斥的范围之内运用解放策略，这不仅仅试图让受压制的人讲话，而且也试图挑战父权制不断制定的虚幻的

168 Karen J.Warren. *Ecological Feminist Philosophies*. Bloomington: Indiana University Press, 1996, p.229.

169 Karen J.Warren. *Ecological Feminist Philosophies*. Bloomington: Indiana University Press, 1996, p.229.

170 Karen J.Warren. *Ecological Feminist Philosophies*. Bloomington: Indiana University Press, 1996, p.229.

标准。现在已到了文学批评家更系统地探寻解放策略,以便让更多的生态文本发出自己的声音,同时也应该以这些解放策略之词批评其余的文学作品,不管它们是否已经成了经典化的作品。同时女性主义的批评尺度必须与迅速发展变化的自然书写和环境文学的标准发生联系,因为至少就《诺顿自然书写文集》(*Norton Book of Nature Writing*, 1990)来看,其主旨是让自然成为一个明显地受制于白人男性作者统治的领域,时至今日,以国际性批评运动为宗旨的生态批评仍然是由白人男性主宰。不少理论家提出了女性主义对经典批评的尺度,在这些尺度中,有的尺度相互冲突。就所提出的生态尺度的情况来看,仍然是片面、散漫的,有走向经典标准相对化的倾向。

生态批评家对巴赫金理论予以生态改造,其目的是为了以生态的相互依存观念取代传统女性主义的自主独立的解放观。巴赫金理论的对话倾向强化了生态女性主义对相互依存和自然多样化的必要性的认识,这种认识要求反思当代西方批评理论中由心里分析建构而不是生态建构主导的"他者"和"他者性"的概念。如果承认他者性和他者的地位只适用于妇女和潜意识,那么,巴赫金的基于关系的"他者性"(anotherness)的观念,也就是为了"他者的他者",一定未得到认可,这样,相互激活的生态过程——人和其它实体通过日复一日、年复一年的相互影响发展、变化、了解——将得不到承认,女性独立自主的观念曾经充分考虑到她们所遭受的社会压迫的具体情况,这对女性来说是有帮助的,然而,很遗憾最终以默认传统父权制的自主观念和个人主义而告终。巴巴拉·约翰逊(Barbara Johnson)已注意到惟有浪漫的男性中心主义才会傲慢地将独立自主置于其它一切关系之上,虽然美国一直是一种推崇个人主义的意识形态国家,然而它却总是不愿意容忍个性,尤其当这种行为危及"国家安全"或"美国的生活方式"[171]时。生态女性主义对话理论主张不要盲目臆造独立自主的解放观念,而应该通过理解存在于人与非人类自然之中的"自愿的相互依存"的理论内涵,更富有创造性地构想负责任的人类行为。

巴赫金的离心/向心张力的概念提供了一个抵消系统分析和系统批评而导致的总体化倾向的途径。向心倾向趋向集中、均质化、约束。离心趋向于四散、分离、变化。对于巴赫金来说,任何"总体"(totality)已经成了相对化

---

171 Karen J.Warren. *Ecological Feminist Philosophies*. Bloomington: Indiana University Press, 1996, p.231.

的、暂时的，需要离心分散的向心实体。也就是说，对话暴露了中心／边缘二分的虚假，二分被对立团体用来认可现成权利机构对其合法性、中心性、权威性的认可。这种关系中的权利分配并不均衡，但是，如果相互依存的自然范式有效适用的话，那么除了作为意识形态建构的边缘之外，没有真正的"边缘"，当然，也没有真正的"中心"，这是因为文化和自然中所存在的离心倾向抵制这种边缘化和中心化的产生。

正如"他者"参与自我的建构，所以作为世界个体（individual-in-the-world）的自我也参与各种形式的"他者"的建构。同样，正如自我进入语言，运用言语（parole），所以"他者"也进入语言，像任何实体一样，虽然向心结构和文化力设置障碍，但是，也具有成为"言说主体"（speaking subject）的潜力。作为言说主体的这个"他者"的涵义在观念上不仅仅指人，也包括不是言说主体而是帮助"他者"主体化的言说者或作者[172]。关键的问题取决于如何看待作为符号系统的语言，如何看待成为言说主体前提的言说者享有的主动权，如何使得其他的言说主体在这个符号系统里能不用人类的言语而言说但也能够被人类理解。至少，诸如此类的考虑有可能让人类突破简单化的观念——因为他们能够理解相互的语言，所以只有他们能够沟通交流，而其它的生物不能。

从《弗洛伊德主义》（Freudianism）的开篇，巴赫金就重视心理学中内心的语言和外部语言之间冲突以及内心语言的各个层次的意义。意识层和无意识层的沟通由具体的表述构成，表述都有一个说话者和应答者，一个"自我"和另一个"自我"，二者并不相同，但都是同一心灵的组成部分。甚至，利用表述极小的力量，潜意识的表达也成了社会的相互关系。因此，"他者"总是参与心理活动中，同时也表明自我并不是孤单的或统一的，而是多层次的，这已经与生态学和女性主义有了牵连。[173]

正是认识到心灵的非同一性和内心对话的需求，尤其存在于心灵的"男性"和"女性"方面之间，生态女性主义看到深层生态学主张中存在的不足，这就大大削弱了它对父权制霸权的颠覆性。正如弗洛伊德指出："潜意识说的是多种语言"。也就是说，为了沟通交流，它运用多种符号系统，包括语言的

172 Karen J.Warren. *Ecological Feminist Philosophies*. Bloomington: Indiana University Press, 1996, p.232.
173 Karen J.Warren. *Ecological Feminist Philosophies*. Bloomington: Indiana University Press, 1996, p.232.

和非语言的。到这样一种程度，我们能够表达出我们意识层次和潜意识层次的精神活动，这些表达是向着外部世界和我们在其中的位置，在一定程度上，它们是多层建筑的部分。因此，默菲认为"像潜意识一样，非人类自然世界也操着不同的语言表达自身"[174]，也需要与"他者"沟通对话。

如果说情感与本能来自历史的自然对物种演进的影响，那么它们对我们行为的影响以及进入我们的意识是自然世界通过意识运用的言语符号对我们"说话"的形式。所以，将"情感"（emotion）斥为女性、"本能"斥为原始自然，其目的是只将言说主体的角色留给自我（the ego），剥夺"他者"的声音，"他者"实际上也是我们的组成部分。难怪诗人加里·斯奈德（Gary Snyder）呼吁建立"长老会"以代表民主政体中的非人类世界，在该组织中通过艺术的形式人化自然，自然（动物、植物、山川河流）通过人类述说和阐明自己的观点，成为言说主体。斯奈德认为，我们必须"把其他的人——苏人（印地安人的一支）所尊称的地上爬的人、地上站着的人、天上飞的人和水里游的人——包括在政府议会中……如果我们不这样做，他们就会造我们的反……现在我们从天上、地上、水里诈取的要求都是未经协商的"。[175]施奈德的话中蕴藏着深刻的生态中心主义民主意识。也就是，他主张人类应该尊重非人类的自然，并让它们成为权利的主体，不管它们是否是人类利益的载体。否则，被压迫者（自然）将会造反，这就是生态危机的根源。

由此可见，生态批评一方面对现成的文学理论进行清理、批评，揭露其基于传统机械论、二元论和还原论的反生态本质，解构颠覆其极度张扬人性、压制自然、女性以及其他一切他者的文化机制，另一方面，它也试图建构其生态诗学理论，探索建构生态批评理论的策略，以重构生态文化。其中绿化、拯救具有生态思维、生态学视野的文学理论就是建构生态诗学、绿化文学、文化生态的重要途径，因为绿色的文学生态、文化生态给人类、自然带来和解、共生的希望。

---

174 Karen J.Warren. *Ecological Feminist Philosophies*. Bloomington: Indiana University Press, 1996, pp.232-33.

175 Karen J.Warren. *Ecological Feminist Philosophies*. Bloomington: Indiana University Press, 1996, p.235.

第三章　多元文化视域下的少数族裔生态批评研究

　　西方生态批评从生态整体主义的立场出发，从跨学科、跨文化的角度探析生态文化多元性范式（ecological multiculturality）的内涵，寻求实现生物多样性与文化多元性互动共生的路径。生态批评首先要揭露全球化的本质，谴责全球化破坏全球生态环境的行为、吞噬全球文化多元性与独特性的本质。在全球生态危机日趋严重的当今世界，文化多元化保护更具紧迫性和现实意义，处于优先地位，因为文化保护可培养和提高人的生态意识，激励人的生态良知，进而推动生态文化的建设，保护生态多元性。在某种意义上说，保护文化多元性就是保护生态多元性，因为生态多元性和文化多元性密不可分。生态批评也深刻地揭露和批判当今世界流行的以保护环境的名义而破坏生态的旅游业，因为它是基于人类中心主义的思想观念，对自然采取功利主义和工具主义的态度，同时，生态批评也要谴责当今文化资源保护背后的虚伪与霸权。

　　从生态批评的范围来看，随着全球生态危机的加剧和范围的扩大，生态运动的进一步发展与深化，西方生态批评也在向国际性多元文化运动的趋势发展，文化的多元性是生态多样性的物理表现，生态文化多元性必然要求生态批评从跨文化、甚至跨文明的视角借鉴不同文化、文明的生态智慧、生态模式以改造主流文化的生态观、价值观，探讨生态问题的复杂多样性及其相关对策。

　　生态批评家默菲看来，生态多元文化的声音是对国际"齐一化安全"（the safety of uniformity）的文化主张的拒斥，是对试图确立"反生态的单一民族文化霸权"的控诉，因为文化的齐一化、均质化通过削减文化与生物的多样性而减缩我们的世界。文化和生态并非互不关联的："文化的传承者是那些依然与丰富多彩的自然和传统保持接触的人"[1]，在文化的保护过程中我们必须倾听边缘化和受压制的声音。

由此可见，多元文化生态批评是环境公正生态批评的核心维度之一，可谓多种族环境公正运动的学术版，种族视野是其核心视点，其力荐生态批评学者站在环境公正的立场，透过各少数族裔的文化视野，联系他们各自独特的环境经验，考察文学、文化甚至艺术与环境之间的关系。与此同时，还要与主流白人文学、文化及生态批评开展多角度、多层面的生态对话，一方面是为了揭露主流强势文化针对少数族群所施加的形形色色的环境种族主义和环境殖民主义等暴力，从而也揭示了少数族裔民族遭受生态不公的历史、文化及现实根源；另一方面也是为了发掘、阐发弱势的少数族裔民族文学、文化、艺术及现实生存方式所蕴藏的"更深"的生态智慧，彰显少数族群英勇抵抗生态殖民的历史，凸显主流文学、文化的生态盲点和生态偏颇。此外，多元文化生态批评还敦促主流生态批评在探寻走出环境困局的文化路径时，必须摒弃西方宏大叙事的思维惯性，放弃西方主导环境问题的一元化老路，走多文化共同参与、精诚合作的新路，因为西方主导的"一元化思维"本身就是导致环境问题的一部分。

有鉴于此，本章主要分析指出生态文化多样性存在的必要性，指出了美国白人生态批评所面临的学术危机、挑战、其盲点及其环境公正转型的必然性，随之也概要介绍以美国黑人生态批评、印第安生态批评及奇卡诺生态批评为代表的美国少数族裔生态批评的兴起及其主要研究议题，并透过美国少数族裔生态批评的理论视野进行学术实践，即站在印第安生态批评的立场多维拷问美国第三任总统托马斯·杰斐逊（Thomas Jefferson），透过黑人文化视野审视并颠覆以"崇高"为代表的传统美学范畴并简析美国黑人文学中水意象的生态文化内涵。

第一节　生态批评对生态文化多元性的诉求

生态批评学者认为，文化的一个重要方面是反映人类与自然环境相互作用的方式，因此，不同的自然环境就会有不同的文化，同样，不同的文化也反

1　Patrick D.Murphy, Ed. *Literature of Nature: An International Sourcebook*. Chicago: Fitzroy Dearborn Publishers, 1998, p.145.

映不同的自然环境以及人与自然相互作用的方式。当代生态学认为，生物的多样性是保证生态系统的平衡、稳定、繁荣、美丽的重要前提，这种平衡不是静态的、而是输出与输入的动态平衡，稳定也涵盖变化以及适应外在不断变化的条件，生态系统中的物种越多，越有利于维护系统的稳定与适应变化的能力，越有利于抵抗各种灾害的侵扰。生态批评学者认为，文化的多元性是生态多样性的表现形式，正如生态学家的警告说生物的多样性对生态系统的稳定、生存至关重要一样，生态批评家警告说，文化的多元化对人类的生存至关重要，文化多元性的丧失将预示着人类前途的渺茫，因为它担负着维护总的多元化（生态多元化和文化多元化）的重任，在生态危机时代多元文化保护更具有紧迫性与现实意义。

诺贝尔文学奖得主百师（Octavio Paz）曾经说过：

> 我们被'判'走入现代。我们无法（也不应该）废除工业技术与科学。'回头走'不但不可能，事实上也无法想象。问题是看看如何把工业技术妥善调适符合人的需求，Zaid 的书《没有收益的进步》中这样说：如果我们要维持文化的多样性，不同传统的社会必须要保护。我们知道这是极端困难的事，但另一种走向将更加悲沉：文明的败落……（由是），维持多样性，社团的或个人的歧异，是一种预防性的自卫。把每一个边缘社会、每一个种族所存有的文化差异消灭也就是所有不同类别的文化生存的可能性全然消灭。当工业文明把每一种独特的社会吞噬破坏时，人类文明进展的一种可能性便失灭，不只是过去和现在失灭，而且也是将来。历史发展到现在一直是多元的，人类不同的灵视，对于其过去与将来都各具其不同的视野。维持这样文化生长的多元就是维持将来种种可能状态的多元，也就是生命本身。其危机之一，就是把新社会作一种几何式的建构，几何式的诱惑是知性至上主义，是一种压制性的思维。我们必须培植和保护独特性、个体性和不规则性：也就是培植和保护生命。人类在集权国家的集体主义或资本主义创制的宰制群众的社会都是没有前途的"。[2]

百师特别强调文化的多元性，因为文化的多元与人类发展可能性联系在一起的，保护文化的多元就是保护生态的多元，就是保护生命本身。文化多

2　叶维廉：《道家美学与西方文化》，北京：北京大学出版社，2002 年，第 147 页。

元的消失也就是生态多元的消失，也就是自然的终结，最终也许就是人类的终结。

美国当今奇卡诺生态文学家、诗人莫拉（Pat Mora）极力倡导生态多样化与文化多元化的互动，并且指出文化多元性保护的重要性与紧迫性。所以在她的作品中，她既反对一国之内任何单一的民族文化主宰、同化其它民族文化的主张，也反对国际文化帝国主义。一种文化能够而且必须跨越政治界限，同时也忠实自己的地方而存在。在她的散文集《内潘特拉：来自中部的散文集》（*Nepantla: Essays from the Land in the Middle*），莫拉写道："美国有机会和义务向正在出现代议制政府的世界表明对于民主政府而言，培育多元化是至关重要的而不是无关痛痒的任务"，她用这个词"培育"[3]（nurturing）并非是偶然的巧合，因为她认识到自然和文化的多元性是人类生命网中的组成线条，人类只是巨大的地球生命网中的一条线。为此，莫拉怀着与历史遗产保护和自然保护一样的热情竭力呼吁重视文化保护。借她的诗歌和散文莫拉充分表达了对自然多元性和文化多元性之间的内在关系的认识，探讨文化保护的策略。

莫拉指出："必须培育对自己的文化身份、富有见地的一套共同的语言、象征和意义的自豪感，这不是因为留恋往昔或浪漫主义的情怀，而是因为这种自豪感对我们的生存至关重要。在当今国际技术和经济相互依存的时代，人类的这种压迫性的均质化倾向威胁着我们所有的人，"[4]人类文化的多元性只有依靠被边缘化和受压制的团体实施的文化保护才能得到维护，他们抗争、捍卫、恢复他们的文化遗产以建构未来。为此，生态批评家、生态文学家们极力呼吁维护文化的多元性，极力维护让生态多元和文化多元的健康互动。

莫拉在她的诗集《颂歌》（Chants）中提出了在文化保护过程中保护文化遗产的一些具体方法，如重新讲述古老的传说，废除自己文化以外的人对自己文化的阐释，弘扬以谦卑、尊重、关爱等美德为主导的人与非人类自然关系的人类文化等。在她的诗集《界限》（Borders）中，莫拉一方面强调拯救和捍卫文化遗产，另一方面，她又认识到保护文化遗产以及在美国跨越"边界"传播过程中存在的困难。在此，"边界"不仅指性别之间的"边界"，也指语言文

3　Patrick D.Murphy, Ed. *Literature of Nature: An International Sourcebook*. Chicago: Fitzroy Dearborn Publishers, 1998, p.132.

4　Patrick D.Murphy, Ed. *Literature of Nature: An International Sourcebook*. Chicago: Fitzroy Dearborn Publishers, 1998, p.134.

化、价值观等等的"边界"。所以，跨文化传播总是"似像非像"[5]（like but unlike）的翻译，在其过程中，为了理解他人的愿望、需求、文化、遗产等，差异是不能被抹去的。当一种文化宣称具有普世性，称霸一方，主宰另一文化的生活时，翻译、沟通已经不复存在。虽然诗集《界限》涉及到许多问题，但是自始至终都没有忘记谈论人与大地的关系。《80 岁的女医生》是其中一首诗，该诗讲述了一位民间女医生，像仪式一般，每天早上都要去菜园劳作，其目的是让她永远不忘植物生命具有的治疗、康复的特性，借此永远与大地相依。

> ……刺激的味道，
>
> 我指尖的花草，
>
> 其疗效显著，
>
> 我的病人常常告诉我。[6]

在莫拉的眼里，民间医生成了民族文化传承的代表人物，保护民间文化就是保护文化的多元性，就是保护文化与大地的亲缘关系。所以，莫拉的诗集《界限》中的另外一首诗《秘密》的第三节这样写道：

> 这样一位向导，一位女人，
>
> 教会我们屈向大地的艺术，
>
> 静静地倾听、感觉大地。[7]

在另一诗集《交流》（Communion）中，莫拉不仅将种植花草等民间技艺看成是与大地沟通的桥梁，而且也是抵御文化同化、保持文化身份、培育后代的策略及重建和保护社群的基础。所以，即使你离开故土，来到喧嚣的大都市，仍然保持种花草的传统，这样你就依然植根于大地，保存自己的传统，抵御文化同化和身份的丧失，因为大地是智慧和康复力量的源泉，"没有了土壤，我们将会失落"，"城市，是充满机遇的闪亮的地方，然而展示给印地安人、他们的家庭以及文化的是争斗，带给他们的常常是毁灭。"[8]

在生态批评家默菲看来，莫拉的作品中存在着浓烈的多元文化的生态情感（ecological sensibility of multiculturality）。在此，生态（ecological）有两层

5　Patrick D.Murphy, Ed. *Literature of Nature: An International Sourcebook*. Chicago: Fitzroy Dearborn Publishers, 1998, p.139.

6　Patrick D.Murphy, Ed. *Literature of Nature: An International Sourcebook*. Chicago: Fitzroy Dearborn Publishers, 1998, p.140.

7　Patrick D.Murphy, Ed. *Literature of Nature: An International Sourcebook*. Ibid., p.140.

8　Patrick D.Murphy, Ed. *Literature of Nature: An International Sourcebook*. Ibid., pp.142-43.

意思：一，从生态系统的角度看，"生态"指的是一整套必要的人类——大地关系的隐喻。正如莫拉认为，"因为人类是自然世界的一部分，所以我们必须确保我们在大地上独特的表达方式，无论是艺术形式还是语言形式，让它成为我们民族或国际保护运动的重要工作"；二，将环境看成是文化遗产和文化连续性的组成部分。也就是说，风景指的是悠久的家族传统，这种传统不仅连接大地而且受它的滋养。正如雷沃列多（Rebolledo）认为的那样，"最近的作家走向过去的丰富多彩的文化遗产，目的是找到一种具有再生能力和变革能力的身份感，以建设未来"。[9]也就是说，文化是自然环境的产物，自然环境也受制于文化的影响。所以，文化保护和自然保护是并行的、同一的。

莫拉一直在寻找一种文化的粘结剂，它并不消除民族之间的差异性，相反，它承认个人、社群、民族的多元性，这种文化的粘结剂也成了生态多元文化性的组成部分。总之，莫拉强调指出"她的愿望是成为多种声音之中的一种，而不是惟一的声音，因为我们知道社群中蕴藏丰富的多元性，我们要别人认识到这是人类的财富。"[10]

文化多元性的消失，单一文化的存在，不仅意味着多元生态系统的消失，同时也意味着人类未来发展多种可能性的消失，人类的前景的渺茫，这与物种的稀少不利于生态系统的繁荣、稳定、美丽是一样的。文化的多元性不仅有利于人类的繁荣，还有利于自然生态的繁荣、健康、稳定，在科技高度发达的今天，人类仿佛具有了完全征服自然的能力，因此，维护文化的多元化至关重要，保护文化多元就是保护生态的多样化，就是保护地球，也是保护人类自身。健康的、富有生机的人类文化一定是多元文化的互动共存，也是自然与文化的互动共存。生态的多元性与文化多元性并行不悖，永远同一，前者为后者注入源源不断的生机与活力，后者为前者的健康、多元提供持久有力的保障。

所以，保护文化的多元性与保护生态的多样性是一致的。没有文化的多元化就没有生态多样性，没有了生物的多样性，生态系统将会遭受毁灭性打击的，人类自身的生存将不可持续，保护文化多元化就是保护生物多样性，就是保护人与自然的和谐共存。在当今生态危机的时代，维护文化多元性更具紧迫性和现实意义，是生死攸关的头等大事。但是，在当今的自然保护运动和文化保护中隐藏着严重的虚假与虚伪，或曰"虚假自然文化保护"，对此，生态批

9　Patrick D.Murphy, Ed. *Literature of Nature: An International Sourcebook*. Ibid., p.144.
10　Patrick D.Murphy, Ed. *Literature of Nature: An International Sourcebook*. Ibid., pp.144-45.

评学者予以深刻揭露与谴责。

在开启、推动多元文化生态批评的理论建构和对话、质疑、解构甚至重构主流白人文学文化生态的学者中，乔尼·亚当森、帕特里克·D.默菲、艾莉森·H.戴明（Alison H.Deming）、劳蕾特·萨瓦（Lauret E.Savoy）、斯科特·斯洛维克及葆拉·冈恩·艾伦（Paula Gunn Allen）等学者惹人注目。其中，从理论层面看，亚当森尤为突出，她在开展印第安生态批评与主流生态批评、文学及文化之间的对话方面颇有建树。从实践层面看，斯洛维克是个地地道道的多元文化生态批评的践行者，在推动国际生态批评学者之间的对话与交流方面成绩斐然，令人称道，在国际生态批评界颇具影响力。

戴明和萨瓦两位学者合作编辑出版的《多彩的自然：文化、身份及自然世界》（*The Colors of Nature: Culture, Identity, and the Natural World*, 2002）[11]一著是一部重要的多元文化生态批评文集，作者们站在环境公正的立场，透过各自的文化视野，联系各族群的历史经验及其遗产，探讨文化、身份、自然之间的关系，跨越学科界限，多视角深挖生态危机产生及其进一步恶化的形而上思想基础、历史文化根源及现实结症，探索解决生态危机的多元文化对策，甚至建构多元文化生态诗学体系。他们一方面质疑西方"宏大叙事"的合法性，认为在西方文化的框架下叙述历史，是对历史事实的歪曲，主张从各个族裔的文化立场上重述历史，还原历史的真相，另一方面与主流文化生态批评展开对话，暴露其生态中心主义话语下探讨生态危机问题的种种盲点与偏见，试图对其文化预设予以修正，甚至纠正、否定。同时，多元文化作家也力图发掘自己民族文化的生态内涵，凸显在生态危机时代各少数族裔文化的生态潜力，对抗基于人类中心主义、消费主义、唯发展主义的西方主流文化，贡献自身文化的生态智慧，主张保护文化生态的多元性，因为生态多元与文化多元性是一致的。

多元文化生态批评力荐从多元种族或族裔视野而不是从主流白人文化、主流环境主义的观点看待环境问题，要追问环境问题产生的根本历史、文化及现实根源，正视导致有色族社区贫困的社会、环境等不公问题。生态批评学者不应该只关注主流环境主义者和自然书写作家赞美的原始、纯净的自然世界或曰荒野，而应该探究社会不公、环境压迫的根源及其出路。简言之，环境问题根源于社会问题，环境危机根源于人类社会中人与人之间、不同族群之间关

---

11 Deming Alison H. and Savoy Lauret E., Eds. *The Colors of Nature: Culture, Identity, and the Natural World*. Minneapolis: Milkweed Editions, 2002.

系的异化与危机，要根除环境危机必须首先要解决环境剥削与环境压迫，具体来说就是要首先消除环境种族主义、环境殖民主义等社会毒瘤。否则，无论多么崇高、多么动听的环境宣言无非都是些生态乌托邦理想，甚至是环境种族主义、环境殖民主义的幌子、美丽的托词，反而激起被压迫种族的抗拒与抵制，使得环境形势更加严峻，甚至让整个环境事业付诸东流，因此生态批评应该回到中间地带。

就其研究文类而言，多元文化生态批评所涉及的文类极为广泛，远远超越了梭罗《瓦尔登湖》自然书写范式的藩篱，甚至不受文类的限制，诗歌、小说、散文、电影以及其他一切与生态探讨相关的文化文本都可纳入研究的视野，通过对少数族裔作家各类文化文本的分析，揭示其文化的特色，以及由此而了解对自然的多元文学、文化再现方式，为新的更加多元的自然、环境观开辟了丰饶的文化场域。多元文化观及多元文学、文化文本的引入为生态批评注入新的活力，为其开辟了新的学术空间。在研究策略上，亚当森在其学术中善用叙事学术[12]策略进行文学文本分析，将其教授印第安学生的经验融入文学文本分析之中，以便进入"学术与经验的中间地带"，同时也探讨二者的交汇之处。[13]

尽管多元文化作家所属的族群不同、文化传统相异、甚至阶级地位与性别也不同，但他们都将相互关联的社会环境问题作为他们作品——无论是诗歌、小说，还是创造性的非虚构作品——表现的重心，都运用了一个富有生命力的花园隐喻作为政治抵抗的强有力象征，质疑主流环境主义及多数美国自然书写支撑的人与自然二元对立观念。花园隐喻呼吁我们关注作为中间地带的世界，在这个多种力量博弈的地带，冲突产生的原因在于：文化不同，自然观也不同，对人在自然中的作用界定也不一致。多元文化作家邀请不同文化背景的读者了解、参与不断拓展的环境论坛，重点讨论影响人类居所及非人类居所的宏大经济、政治、文化、历史、生态及精神力量，对它们进行全面的评估、阐释及批判，讨论不同文化的环境实践及观点，就人在自然中的作用问题达成某些共识与妥协，求得人与自然之间的互动和谐共存。

简言之，多元文化生态批评敦促生态批评学者将视野从形而上转向形而下，从荒野归来，回到人与自然交汇冲突的中间地带，从生态中心主义的立场

---

12 胡志红、赵琳：《斯科特·斯洛维克生态学术思想探究》，《鄱阳湖学刊》2015年第5期，第34-35页。

13 Joni Adamson. *American Indian Literature, Environmental Justice, and Ecocriticism: The Middle Place*. Tucson: The University of Arizona Press, 2001, p. xviii.

转向环境公正的立场，进而推动生态批评的转向，即从生态中心主义型生态批评走向基于环境公正的多元文化生态批评。

第二节　对主流白人生态批评的批判

第一波西方生态批评主要透过生态中心主义哲学的视野，尤其透过深层生态学视野，阐发文学与环境之间关系，发掘文学所蕴藏的生态内涵，探寻走出环境危机的文化路径。从总体上看，它主要是一个白人的文学批评运动，故也可称之为主流白人生态批评，因而伴随着诸多局限，其中，最为严重的是种族偏见。有鉴于此，在环境公正运动的强烈冲击下，种族范畴被引入生态批评领域，从而推动了白人生态批评的转型并催生了少数族裔生态批评，其中，美国黑人文学生态批评是其重头戏，印第安文学生态批评次之，再次是美国西语裔文学生态批评，而亚洲裔等其他少数族裔的文学生态批评有的似"小荷才露尖尖角"，有的还未诞生。少数族裔生态批评为生态批评开辟了别样、广阔的学术空间，是当今美国生态批评最为活跃、最为丰饶的学术场域。在此，笔者将分析指出美国白人生态批评的主要盲点和其转型的必然性，并概要介绍美国少数族裔生态批评的学术图景及其学术意义。

一、主流白人生态批评的主要不足：种族偏见

第一波主流白人生态批评主要以人类中心主义 / 生态中心主义这种非此即彼的二元对立模式阐释文学与环境之间关系及探讨应对环境危机的文化策略，这里的"文学"主要指自然书写、自然诗歌和荒野小说，"环境"实际上指倒空了多样化的人类环境经验的所谓"纯自然"抑或"荒野"，而人工环境和城市环境基本上未被纳入生态批评的视野，因而其必然伴随诸多局限，如种族偏见、性别偏见、阶级偏见及文类偏见等，其中，最为严重的是种族偏见，对此，1996 年美国生态批评的开拓者格罗特费尔蒂在第一波里程碑式的著作《生态批评读本》的《导言》中已指出"生态批评主要是一个白人的运动"，并预言"一旦环境与社会公正紧密结合，多元化的声音参与生态议题的探讨时，生态批评将会发展成为一个多种族运动"。[14]

1995 年劳伦斯·布伊尔的《环境想象：梭罗、自然书写及美国文化的形

---

14 Cheryll Glotfelty and Harold Fromm, Eds. *The Ecocriticism Reader: Landmarks in Literary Ecology*. Athens: University of Georgia Press, 1996, p.xxv.

成》[15]与格罗特费尔蒂和弗罗姆共同主编出版的《生态批评读本》两部里程碑式的作品问世,显示生态批评已成为美国学界关注的亮点,并迅速掀开了声势浩大的英美生态批评运动,进而波及欧美以外的其他国家和地区。前者主要透过生态中心主义视野探究了美国文学的生态演进历程,对因种族、阶级及性别的差异而产生的不同的环境经验几乎避而不谈,试图将人从其所处的历史文化语境中抽取出来,抽象地、泛泛地探讨生态问题,甚至倡导在矮化人类的前提下建构文学生态中心主义诗学。

　　而《生态批评读本》常常被学界看成是初学者进入生态批评领域的必读入门教材,其论文也常被学界尊为生态批评学术的范例,在该领域的学术地位可谓无与伦比,其开篇《我们生态危机的历史根源》一文为该著定下了基调——犹太基督教所蕴藏的人类中心主义观念是导致生态危机的思想文化根源,走出危机的出路是以基督教少数派所倡导的生态中心主义文化范式取而代之,其他论文则着重透过生态中心主义视野解析美国文学、文化现象,没有一篇认真地谈论环境种族主义的论文,因为该文集的主要目的包括:一方面旨在深挖文学、文化文本中潜藏的生态内涵,另一方面也试图揭示其中隐藏的根深蒂固的人类中心主义文化因素,因而几乎未涉及与种族、性别及阶级紧密相关的独特的环境经验。当然,该文集也收录了两篇印第安作者的论文,一篇是葆拉·冈恩·艾伦的《神环:当代视野》[16],另一篇是莱斯利·西尔科的《风景、历史及普韦布洛人之想象》[17],但这两篇论文主要还是发掘印第安文化所具有的深层生态学取向的智慧,并没有彰显其独特的土著文化视野。

　　该文集所收录的关于女性自然书写的一文《在自然女杰:四位女性对美国风景的反映》[18]中,作者诺伍德(Vera L.Norwood)在分析伊莎贝拉·伯德(Isabella Bird)、玛丽·奥斯汀、蕾切尔·卡逊及安妮·迪拉德等四位著名女性自然书写作家对待自然的态度时,也未从女性或生态女性主义的独特视角探讨性别与环境之间特有的关联,淡化性别因素,因而其分析就不够深刻全面,得出的结论也就难以令人信服。更让人感到奇怪的是,整部文集几乎没有涉及社会弱势群体的环境状况及其环境体验。由此看见,这两部著作进一步确

---

15 Lawrence Buell. *The Environmental Imagination: Thoreau, Nature Writing, and the Formation of American Culture*. Cambridge: Harvard University Press, 1995.
16 Cheryll Glotfelty and Harold Fromm, Eds. *The Ecocriticism Reader: Landmarks in Literary Ecology*. Athens: University of Georgia Press, 1996, pp.241-263.
17 Ibid, pp.244-275.
18 Ibid, pp.323-350.

立并强化了第一波主流白人生态批评的基本批评范式，也即从生态中心主义/人类中心主义二元对立模式阐释生态危机的根源及探寻走出危机的文化路径。然而，这种范式将生态问题与现实社会问题进行简单二分，从而将生态议题与基于种族、阶级及性别等范畴的社会公正议题剥离出去，即使涉及这些范畴，也试图单纯地考虑其生态因素，这种对社会公正议题加以回避抑或忽视，试图将生态问题简单化的学术探讨实际上为生态批评埋下了危机。

如果我们对1997年以前问世的主要生态批评作品进行透析，就会发现主流白人生态批评的主要目的在于通过绿化文学、文化生态，培育人的生态情怀，塑造人的生态人格，让生态学化的文化引导人类走出环境危机的泥潭。

根据笔者的分析，第一波生态批评主要是白人男性批评家探讨白人男性作家的非小说环境作品的生态内涵，以揭示作品中所反映的人与荒野之间的关系，这里的"人"已经进行了均质化处理，并将他们从具体社会历史文化语境中剥离出去，视为同等之人，"荒野"是白人男性所圈定"渺无人烟的自然存在"，因而生态批评就是让文学研究走向荒野，由此可窥视出它的一些主要不足或局限，也即是文类偏见、性别偏见、种族偏见、非历史化和非政治化倾向、抽象化及泛化生态危机的实质等，这些不足为生态批评的第一波带来了严重危机，从而为生态批评的环境公正转型准备了条件。[19]

当然，在《生态批评读本》中也不是没有作者关注在环境议题上的种族和性别问题，只是这种少数者的声音太微弱，几乎被"生态中心主义的洪流"淹没了。戴维·梅泽尔（David Mazel）就算是这个由"一"构成的少数，他在《作为国内东方主义的美国文学环境主义》一文中称美国主流白人"文学环境主义"为"国内东方主义"[20]，旨在提醒生态批评学者关注环境的文化建构特性及环境研究的性别政治和种族政治等问题。[21]在梅泽尔看来，环境研究的重心"环境"实际上是文化建构的产物，其涉及性别政治和种族政治，但是，这些都没有引起第一波白人生态批评的关注，甚至被忽视了。梅泽尔认为，美

19 胡志红：《试论生态批评的学术转型及其意义》，《社会科学战线》2013年第6期，第144-152页。

20 David Mazel. "American Literary Environmentalism as Domestic Orientalism." In *The Ecocriticism Reader*. Ed. Cheryll Glotfelty and Harold Fromm. Athens: University of Georgia Press, 1996, pp.137-146.

21 David Mazel. "American Literary Environmentalism as Domestic Orientalism." In *The Ecocriticism Reader*. Ed. Cheryll Glotfelty and Harold Fromm. Athens: University of Georgia Press, 1996, p.141.

国环境主义不仅仅是一个运动，而且更是一个"相互交错的思想、文本、人群及体制的庞杂集合体——迄今依然是个不断拓展的集合体，在其间环境话语似乎获得真理性，借此并进一步确立知识、大众及法律的权威"。由此可见，美国文学环境主义是国内东方主义的一种形式或曰文学生态东方主义，它也是行使权力的许多潜在方式之一，一种了解、统治、重构及操纵遭环境所排斥的真正的领土和其上万物生灵的特有的政治、认识论的方式，与兴起与19世纪后期的美国环境主义之间不仅没有断裂，而且是一脉相承，并得到进一步强化，话语也更加精致。[22]为此，梅泽尔提出了"文学环境主义的后结构主义理论"的构想，这种理论近乎于具有赛义德后殖民理论倾向的生态批评理论，从一定程度上说，这为后来的美国少数族裔生态批评理论指明了方向。也就是说，在研究美国主流白人环境文学时，应该具有一种种族的视野，以揭示在环境议题上美国少数族裔与白人之间的种族关系。

可以这样说，美国环境主义与其文学环境主义之间在对待环境议题上可谓别无二致，都存在肤色歧视、性别歧视和阶级偏见，同样的逻辑，激进环境主义中的深层生态学催生的主流白人生态批评也继承了这些不足，甚至可以说，第一波主流白人生态批评中存着或隐或显的环境种族主义意识形态，因而遭到了环境公正人士、社会生态学家及生态女性主义学者等多方的严厉指责。[23]这种固守生态中心主义/人类中心主义的思维模式本质上是西方文化宏大叙事惯性思维的产物，其试图将复杂问题简单化，以证明其理论的普适性甚至普世性，其结果是放逐、压制其他文化、尤其是弱势文化的生态之声，这不仅引发对"他者"文化的暴力与压迫，而且还排斥了解决生态问题的多元化文化路径，实际上又回到了西方文化主导的一元化老路上，从而使得生态问题的解决更加困难，更加渺茫。[24]

印第安生态批评学者梅莉莎·纳尔逊（Melisa Nelson）在《做一位混血儿》（Becoming Métis）一文中就此与第一波生态批评开展对话，指出"人类中心主义/生态中心主义"这种非此即彼阐释模式的严重不足和当代深层生态学

22 David Mazel. "American Literary Environmentalism as Domestic Orientalism." In *The Ecocriticism Reader*. Ed. Cheryll Glotfelty and Harold Fromm. Athens: University of Georgia Press, 1996, pp.143-145.

23 胡志红:《试论生态批评的学术转型及其意义》,《社会科学战线》2013年第6期, 第146-148页。

24 胡志红:《试论生态批评的学术转型及其意义：从生态中心主义走向环境公正》,《社会科学战线》2013年第6期, 第144-47页。

运动存在的诸多问题。她倡导"思维的去殖民化"，摒弃二元论，超越非虚构自然书写，因为该文类范式实际上复制了人与自然二分的西方主流传统二元论思维模式，二元论是"人类中心主义／生态中心主义"这种非此即彼阐释模式的元叙事，屡遭多元文化生态批评学者诟病，但这种模式有着深刻的思想渊源。作为多元文化"产品"的欧洲裔和印第安裔的混血儿，纳尔逊指出，人们常常对人类中心世界观与生态中心主义世界观进行区分，这种区分支撑了"人与自然"二分的思维模式，而这种模式对土著民族并无多少意义。为此，我们必须超越人类中心／生态中心二分模式，接纳"我们真是天下一家亲的"模式，人必须认识到自己是"岩石人、植物人、鸟人及水人"等组成的大家庭中普通一员的谦卑位置。在深层生态学运动中，有些人相信隐含在主流环境主义中的种族主义和殖民主义预设，坚信古朴荒野的神话，认为印第安人反环境，因为这些土著人要"使用未染指的野地"。他们不知道，在欧美人踏上美洲大陆以前，这些原住居民将美洲风景管理得井井有条，然而，这些白人资源管理主义者依然认为"印第安人肮脏懒惰"，对环境有害无益，所以将他们排除在环境管理的圈子之外。实际上，深层生态学的基本信条无非就是对土著民族古老生存原则的重构，而这些古老原则却早已遭到了殖民势力破坏。要了解生活在这片土地上的我是谁，我们必须重拾这个古老的传统，实现一个"多元文化的自我"。事实上，我们都生活在一个多文化背景的现实中，硬要区分白人／有色族人的做法与"灵魂／肉体""文明／野蛮""理性／情感""科学／民间"的区分遵从同一逻辑，都是西方文化传统中根深蒂固的二元论思维所致。纳尔逊本人就具有混杂的身份，要进行非此即彼的区分，不仅浅薄无聊，而且荒唐可笑。有鉴于此，她提出了"心灵的去殖民化"的主张。祛除心灵的殖民化并非贬低理性或欧洲文化传统，而是超越自我中心、种族中心和西方霸权的掠夺性模式，质疑所谓的客观性和西方科学范式的普遍性特征。祛除心灵的殖民化还意味着允许其他多种多样的、神秘的了解世界的方式进入认知领域，换句话说，承认各种土著文化、少数族裔文化认识世界的合理性、有效性。这就是纳尔逊所说的"心灵的去殖民化"的真实内涵，她的这种思维实际上是一种文化相对主义的观点。[25]由此可见，纳尔逊通过对非虚构自然书写局限性的讨论，延伸到对深层生态学、环境主义的质疑，进而开展土著文化

---

25 Deming Alison H. and Savoy Lauret E., Eds. *The Colors of Nature: Culture, Identity, and the Natural World*. Minneapolis: Milkweed Editions, 2002, pp.146-149.

与欧美主流文化之间的对话,最终走向多元文化主义的观点。

二、对话传统非虚构自然书写:质疑、挑战与拓展

在《作为对话的引言》(Introduction as Conversation)一文,戴明(Deming Alison)和萨瓦(Savoy Lauret)分析指出,人类历史和自然历史之间存在千丝万缕的联系,应该通过文化差异的视角来看待我们的世界,透过多文化、多种族的声音来认识自然文学,因为"不同族群如何描绘、理解世界是不能与其文化价值赋予的意义、预设或前见分开的"。当代自然书写已经超越了孤独体验荒野的叙述,开始探索人和文化如何受制于大地的影响,反过来又如何影响大地的双向动态过程,证明人与自然伤痛的关系,探讨在重塑这份文化遗产过程中其可能具有的政治作用。自然书写热衷于探讨自然与文化之间的关系,渴望发挥政治作用,从这个方面看,自然书写应该反映美国学术界业已存在的多元文化文学的倾向,因为近五十年来美国少数族裔声音、土著声音及混血族群之声音一直极大地丰富了美国文学身份。然而,时至今日,非虚构自然书写基本上属于欧美特权阶层的领地,所以,戴明和萨瓦认为,"有色族人自然书写的缺位反映的是读者群主体与出版界视野的局限,而不是有色族作家对自然世界缺乏兴趣"。[26]事实上,由于有色族作家的历史文化背景迥异,生存现实也不尽相同,他们往往不离群索居或走进荒野,孤独地沉思所谓人与自然之间的关系,反而更倾向于将历史遗产、家园的丧失、背井离乡、回归故里及人之身份与地方的关系等议题联系在一起,探寻生命的意义,他们还时常跨越文化身份,无论这种身份是源于文化内部的,还是外在强加的,探讨人在大地中的位置、文化与非人类世界间的相互关系以及走出当今环境困境的出路。

亚当森在分析印第安文学后也明确指出了超越主流生态批评非虚构自然书写文类局限的必要性。在她看来,从这曾经被建构为"他者"的种族的文化与历史中可以创生出新的故事,为我们建构一种更为包容、更为多元文化的生态批评提供了宝贵的素材。透过种族视野,让印第安文学、文化与主流文化中的自然观及自然书写开展对话,凸显后者的不足。与牛顿——笛卡尔机械自然观不同的是,在印第安文化中,"土地蕴含着集体的记忆",因而他们的"义务就是倾听与传承"[27],土地是永恒的,完全不因人的阐释而存在,像面包与

---

26 Deming Alison H. and Savoy Lauret E., Eds. *The Colors of Nature: Culture, Identity, and the Natural World*. Minneapolis: Milkweed Editions, 2002, p.5-6.

27 Adamson Joni. *American Indian Literature, Environmental Justice, and Ecocriticism:*

水一样，是人的生存必不可少的东西，因而我们必须承认无形风景与物理风景之间的交融。亚当森还与第一波生态批评家格伦·A.洛夫、默菲等开展对话，指出了其不足。比如：多数生态批评学者专注于研究梭罗、爱德华·阿比等自然书写作家的非虚构自然书写作品，以发掘其万物生灵普遍关联的生态内涵，但却边缘化、甚至忽视了自然中包括人的或社会的领域，所以这些生态批评及作家的观点依然是基于人与自然二元对立的观点。在亚当森看来，这种两个对立世界的观点产生了盲点，忽视了荒野建构过程实际上是殖民压迫、剥削、甚至杀戮殖民地人类居民与非人类居民的过程。美国国家公园体系的建立是为了划定面积足够大的荒野之地以有效地保护濒危动植物及生物的多样性，防止更多的生物物种因人为因素干预而迅速灭绝，从而危及人类的生存。然而，在确立荒野之地时，主流环境主义回避、甚至忽视了物种灭绝等环境问题产生的根本原因正是近现代以来西方殖民者对美洲、非洲、亚洲等殖民地野生动物大肆杀戮造成的恶果，因为杀戮动物，尤其是杀戮大型稀有动物被看成是"帝国主义最重要的活动与象征"，在殖民者的眼中，"野生动物代表着阻止殖民领土加入进步议程的障碍，为此，这些殖民领土若要享受欧洲文明的福祉，野生动物必须首先要被除掉"[28]。当面临物种的迅速灭绝及其他一系列环境问题时，西方殖民者为了自己的生存，开始寻找环境拯救之路，其中设立荒野就是拯救策略之一，但是，"荒野"概念的出现及其建构过程也充满了殖民色彩，是在牺牲印第安土著人生存家园的基础上发展起来的，他们被赶出家园，流离失所，成了生态难民，或被关进印第安人保留地，这实际上是以保护的名义为印第安人铸造的囚笼，所以我们可以这样说，荒野是殖民主义的产物，荒野的建构过程也伴随着印第安社区边缘化、生存环境恶化及环境退化的过程。也就是说，生态批评既要研究生态问题现状，还要研究生态问题产生的历史文化根源；既要谈论生态理想，还必须首先要谈论少数族裔民族紧迫严峻的生存问题。为此，亚当森要求，拓展生态批评研究视野，以涵盖多元文化民族、多元文化文学的挑战、声音及创造性的理想。亚当森认为，"只有当生态批评学者愿意拓展研究范围，超越自然书写文类成规的限制，才能解释像奥菲利亚·塞佩达（Ofelia Zepeda）、舍曼·阿莱克希（Sherman Alexie）等多元文化作家在

The Middle Place. Tucson: The University of Arizona Press, 2001, p.10.

28 Nelson Melisa. "Becoming Métis." In *The Colors of Nature: Culture, Identity, and the Natural World*. Ed. Alison H.Deming and Lauret E.Savoy. Minneapolis: Milkweed Editions, 2002, p.123.

其非虚构作品、小说及诗歌中所提出的种种相互关联的社会与环境问题，也只有这样他们才能理解这些作品对主流环境社区、学术团体及生态批评研究所发起的挑战"[29]。

多元文化作家通过揭露某些主流意识形态对人类及非人类世界的剥削、压制所产生的社会、文化及生态恶果，明证了它们不能作为建构环境公正主义理论的基石，与此同时，他们也想象了建构和谐人与自然共同体的多种可能，以既确保人们能在自然中生活、工作及娱乐，也能确保人与非人类物种的持续生存，既反对将印第安民族建构成为"行将消失的高贵野人"的形象，也拒绝"回归自然"或哥伦布前的浪漫化的生态乌托邦时代。

在她看来，生态文学家爱德华·阿比的《孤独的沙漠》可谓当代非虚构自然书写的经典之作。亚当森站在环境公正的立场，透过印第安文化视野，结合印第安人的环境斗争，通过对《孤独的沙漠》的深度分析，与阿比开展环境对话，指出了主流荒野观建构的诸多不足及由此产生的环境运动的诸多盲点。这些盲点遮蔽了环境危机本质，忽视了印第安人的生存困境，妨碍了我们认真思考日常文化活动所产生的不良后果，这些后果最终流向了"自然"。同时，亚当森也分析指出，如果生态批评仅专注于探讨严格区分自然与文化关系的自然书写作品，那么对发动具体的社会和环境变革就没有出路。[30]根据亚当森的分析，荒野是殖民主义的产物，荒野上到处洒满了印第安民族的泪与血，因为"19世纪末兴起的设立国家公园和荒野地区的运动恰好是在印第安战争结束之后，曾经将这些地区看作家园的印第安居民成了俘虏，被赶出国家公园，囚禁在保留地，他们曾经使用土地的方法被重新界定为不妥当、甚至非法"，"游客似乎能悠闲地产生这样的幻觉，他们看到了国家原初古朴的模样"。[31]主流荒野观念让我们不再关心发生在"非自然"或"人口过度稠密"的地方——这常常是主流环境主义者的一个关键问题。在《孤独的沙漠》中，阿比跳过了欧洲殖民美洲印第安土地的历史、他们语言丧失的历史以及保留地设立的历史，而直接讨论印第安人的人口增长过快等"麻烦"，显然无视历史事实，有失社会公正。阿比代表的主流荒野是倒空了印

29 Adamson Joni. *American Indian Literature, Environmental Justice, and Ecocriticism: The Middle Place*. Tucson: The University of Arizona Press, 2001, p.26.

30 Adamson Joni. *American Indian Literature, Environmental Justice, and Ecocriticism: The Middle Place*. Tucson: The University of Arizona Press, 2001, pp.32-33.

31 Adamson Joni. *American Indian Literature, Environmental Justice, and Ecocriticism: The Middle Place*. Tucson: The University of Arizona Press, 2001, p.39.

第安土著人及其文化的所谓"纯自然"存在，任凭白人特权阶层陶醉在自然之中，"从欧美科学艺术的立场超验地重构、描绘或绘制自然世界及土著居民"[32]，而不再考虑从自然中索取任何物质好处。然而，对于土著印第安人而言，他们赖以生存的"家园"是自然与文化交汇的中间地带，水乳交融，不能分割。雪上加霜的是，贪婪的跨国公司长驱直入，涌入经济极度贫困的印第安保护地，这些居民在不知不觉中被转化成了"经济人质"，他们的环境也随之蜕变成了有害物质陈放地。

　　环境公正人士、小说家及诗人不得不在历史、文化的大背景下讨论保护家园的斗争，因此他们考虑环境问题的方式要比主流环境人士、自然书写作家全面深刻得多。他们将自然纳入文化历史中进行考虑，也涵盖对殖民压迫历史的伤痛回忆、种族边缘化所导致的日常环境恶果，但他们并不悲叹逝去的想象天堂，他们也承认先辈们对环境的操纵与利用，因为人类有权利靠山吃山，靠水吃水，但得以负责任的方式与土地打交道。他们要人们想象神圣宝地，但它不仅仅存在于荒野之地，而且也存在于我们生活的地方。对多元文学的研究，开辟了丰饶的学术土壤，从而"可培植一个更好的，文化上更加包容、政治上更加有力的环境主义，一个令多方更满意、理论上更具凝聚力的生态批评"[33]。

第三节　美国少数族裔生态批评的缘起与发展

一、主流白人生态批评的转向：走向环境公正

　　为摆脱生态危机之后的生态学术危机，1997 年，美国少数族裔生态批评学者 T.V.里德率先提出了"环境公正生态批评"[34]术语，2002 年，里德在其《走向环境公正生态批评》[35]一文中主要针对《生态批评读本》的内容与第一波生态批评开展对话，多角度指出了其所存在的诸多偏见与不足，其中最为严

---

32 Adamson Joni. *American Indian Literature, Environmental Justice, and Ecocriticism: The Middle Place*. Tucson: The University of Arizona Press, 2001, pp.46-47.

33 Adamson Joni. *American Indian Literature, Environmental Justice, and Ecocriticism: The Middle Place*. Tucson: The University of Arizona Press, 2001, p.50.

34 Joni Adamson, Mei Mei Evans and Rachel Stein, Eds. *The Environmental Justice Reader: Politics, Poetics and Pedagogy*. Tucson: The University of Arizona Press, 2002, p.160.

35 T.V.Reed. "Toward an Environmental Justice Ecocrtiticism." In *The Environmental Justice Reader: Politics, Poetics and Pedagogy*. Ed. Joni Adamson, Mei Mei Evans and Rachel Stein. Tucson: The University of Arizona Press, 2002, pp.145-162.

重的是种族偏见，并由此滋生了多种其他不足。在里德看来，尽管生态批评涉足许多方面，其研究范围似乎也颇为宽泛，但其"未严肃认真地对待种族和阶级问题，而这两个问题恰好必须成为探讨环境思想和环境行动的历史和未来的核心议题"[36]。换句话说，第一波白人生态批评在"深挖"环境退化的历史文化根源及探寻走出环境危机的文化与现实策略时缺乏环境公正立场，淡化或忽视了与种族有关的独特的环境视角、独特的种族环境经验，一直在主流环境主义的范围内兜圈子，无异于说白人生态批评学者在主流白人文学、文化的藩篱内自说自话，从而排斥了其他少数族裔人民探寻走出环境危机的多元文化路径的可能性，他们环境话语权被取消了，或者说，在环境议题上，他们被言说、被代表。

坦率地说，几十年来，最糟糕的环境退化实际上都发生在少数族裔人民和贫穷的白人社区及第三世界，西方发达国家对自然的无度掠夺、压迫与种族压迫和文化殖民是联系在一起的，当今全球生态危机产生的根本原因是西方强国对其他国家长期殖民统治、剥夺了他们的生态可持续性（ecological sustainablility）所酿成的恶果。今天，北方国家强行推行全球经济一体化，其目的在于将南方国家纳入全球经济的轨道，为北方国家经济的无限度扩张提供源源不断的人力和资源保障。生态批评学者指出："南方国家欠北方国家的钱，但北方国家欠南方国家的而生态可持续性。"[37]或者说，南方欠北方的金钱债，而北方欠南方的生态债，在生态批评学者看来，更大的债务是北方欠南方的，它是几个世纪以来北方以不公正、不可持续的方式掠夺南方的资源造成的。然而主流白人环境主义人士对这种环境歧视及环境不公现象要么听之任之，要么有意无意与环境事件的责任者沆瀣一气，因而导致企业公司和政府竭力掩盖真相，其旨在安抚中产阶级，但加剧了美国及世界其他地区弱势群体的痛苦。对美国少数族裔人民来说，这实际上是一种国内生态殖民主义或曰环境种族主义，而对第三世界人民来说，这是一种国际生态殖民主义行径。为此，里德力荐站在环境公正的立场，透过种族、性别及阶级的视角探讨环境问题，发掘引发环境退化的历史文化根源，探寻能照顾各方利益诉求与环境保护于一体的文化与现实策略，揭露因种族、性别及阶级的区别而引发的各种环境歧视或环境殖民主义行径。

---

36 Ibid, p.145.
37 Kay Milton. *Environmentalism and Cultural Theory*. London: Routledge, 1996, p.194.

实际上，里德在勾勒环境公正生态批评学术的"三个主要层次"[38]的时候，所提及的最为关键的范畴就是种族范畴，也就是说，少数族裔视野应该成为考察生态批评的核心理论视角，生态批评的一个新维度，正如种族范畴是环境公正运动的核心范畴一样。

二、美国少数族裔生态批评的兴起与发展

在环境公正议题的强力推动下，种族范畴成了第二阶段生态批评最为引人注目的亮点，多种族视野成了考察文学与环境关系的基本观察点，少数族裔生态批评也应运而生，致力于探究种族、土地、性别及阶级等范畴之间的复杂纠葛，并成了第二阶段生态批评最为活跃、最为丰硕的学术场域。在生态使命的感召下，少数族裔生态文学的创作进入繁盛时期，少数族裔文化也迎来了新一轮文艺复兴。

美国少数族裔生态批评倡导站在环境公正的立场，对话第一阶段主流白人生态批评，指出其诸多盲点，透过少数族裔文化视野探讨少数族裔文学、文化甚至艺术与环境之间的关系，以发掘与主流白人文化不同的替代性生态文化资源，其旨在凸显不同种族独特的环境经验及其生发的自然观，探究导致全球环境每况愈下的历史与现实根源，整理、发掘少数族裔文学、文化所蕴藏的生态内涵，揭露白人环境种族主义行径，重现少数族裔人民英勇抗拒主流白人文化生态殖民、文化殖民的艰难曲直的斗争历史，探寻环境公正议题与生态议题互动共融且能引导人类走出危机的可持续多元文化路径。

少数族裔生态批评的诞生是对第一波白人生态批评的革命性变革，推动了其范式转变，为其注入新的生机与活力，也为其开辟了别样的广阔学术空间。从某种意义上说，主流白人生态批评学者推动环境公正转型，引入种族范畴，既是对第一波生态批评的反思与纠偏，更是对西方种族中心主义思维惯性的批判与扬弃。从更深层次的意义上说，深陷生态泥潭中的西方学者极力倡导生态批评的环境公正转型，推崇少数族裔文学、文化，甚至赋予它们在生态上的优越性，并将之作为西方社会摆脱生态困境的一剂良药，其根本的心理动因一方面在于平息草根环境公正运动中以少数族裔为代表的弱势群体的愤怒，回应少数族裔人民对社会公正、生态公正的诉求，让生态批评回归现实世界；

---

38 T.V.Reed. "Toward an Environmental Justice Ecocrtiticism." In *The Environmental Justice Reader: Politics, Poetics and Pedagogy*. Ed. Joni Adamson, Mei Mei Evans and Rachel Stein. Tucson: The University of Arizona Press, 2002, pp.152-154.

另一方面还在于他们似乎又找到了一个"在结构上不同的社会和文化语境中的另一个自我指涉机制的形式"[39]，在他者文化中搜寻到了一种鲜活、真实的"生态自我"，一种被生态焦虑折磨得茫然困惑、甚至无所适从的现实自我的生态替代物。简言之，他们要将长期被边缘化、他者化、被妖魔化的所有"第三世界"弱势生态文学与生态文化作为批判第一世界的工具，借他山之石，攻自己的玉，这与启蒙时期西方知识分子借助异国情调来批判、改良自我民族与社会没有本质的区别。

迄今为止，美国黑人生态批评是少数族裔生态批评最大的亮点，其重在揭示黑人文学中所反映的种族主义压迫、黑人奴隶制与自然退化之间的内在关联及种族压迫对黑人看似悖谬的自然观的深刻影响，探寻走出黑人与土地之间爱恨情仇的情感泥潭的文化策略，建构黑人与环境之间和谐、健康关系的可能文化路径；其次是美国印第安生态批评，其重在发掘印第安文学、文化中的神圣整体自然观，构建新型印第安土地伦理，在对话、质疑、解构、甚至颠覆白人文学、文化的过程中，还原、凸显印第安文化素朴、本真的生态智慧；再次是奇卡诺生态批评，其主张联系美国殖民与帝国的历史，凸显奇卡诺文学、文化所蕴藏的比深层生态学"更深层的"环境诉求，揭示社会公正与环境议题之间的复杂纠葛，探寻走出环境危机和实现奇卡诺族群复兴的文化路径。关于亚裔生态批评，迄今为止，已有一部文集《亚裔美国文学与环境》（*Asian American Literature and the Environment*）于 2015 年出版，而其他少数族裔生态批评则不多见。在此，笔者将对以上三支少数族裔生态批评的发展历程分别做简要介绍，由于有的著作同时涉及其中的两支或三支甚至更多少数族裔生态批评，所以在介绍时可能有些交叉。

1. 美国黑人生态批评的发展简况

1987 年黑人批评家梅尔文·迪克森（Melvin Dixon）出版了专著《荒野求生：非裔美国文学中的地理与身份》（*Ride Out the Wilderness: Geography and Identity in Afro-American Literature*），该著可被看成是黑人生态批评的开山之作。迪克森透过美国黑人文化的视野，联系黑人被奴役、求解放的历史，阐明了黑人文学、个体身份、文化身份与自然环境之间的关系，从而揭示了实际的或象征的荒野、地下及山巅与文学人物思想意识及文化身份表演之间的紧密

---

39 詹明信：《晚期资本主义的文化逻辑》，张旭东编，北京：三联书店，1998 年，第544 页。

联系，以昭示黑人个体救赎或族群振兴的文化路径；1996 年，约翰·埃尔顿（John Elder）主编出版了第一部重要的生态批评参考书《美国自然书写作家》（*American Nature Writers*）文集（上、下卷），该著视野宽广，不仅囊括了从 19 世纪到当代的美国白人男性自然作家，而且还包括多位女性自然作家。其次，还对多位印第安自然作家及其作品给予了简介，反映了自然书写文类的拓展。与此同时，还对黑人文学、美国土著文学与自然之间的关系、加拿大英语自然书写、文学理论与自然书写之间的关系等都做了简介。

2002 年，生态批评家罗伯特·芬奇（Robert Finch）和约翰·埃尔顿（John Elder）对 1990 年出版的《诺顿自然书写之书》（*The Norton Book of Nature Writing*）一著进行重大修订、扩充并更名为《自然书写：英语传统》（*Nature Writing: The Tradition in English*）后出版。其《导言》（Introduction）中解释了从 1990 年以来自然书写文类内涵的演变。对文集目录的彻底修订就反映了这种演变。该著是第一部综合性自然书写文集，提供了较为完整的自然书写文体画卷，收录的作者包括多位美国土著作家、黑人作家、拉美裔作家、亚裔作家及其他少数族裔作家的自然书写作品。另外，该文集还增添了多位女性自然书写作家作品，也就是说，该著编者具有自觉的种族／族裔意识和性别意识。由此可见，该著对少数族裔生态批评学者具有重要的参考价值。1990 年版的文类范围狭窄，仅收录几篇美国土著作家英译的演说，其余都是白人自然书写作家的原创英文自然书写作品。

2003 年，德国学者西尔维娅·迈耶（Sylvia Mayer）主编出版了《重拾与自然的关联：非洲裔美国人环境想象文集》（*Restoring the Connection to the Natural World: Essays on the African American Environmental Imagination*）。该著收录了 9 篇论文，论文作者来自德国、美国及瑞士，他们从不同的视点阐释了非洲裔美国文学与环境之间的关系，所涉及的文本不仅包括奴隶叙事，还包括黑人文学经典及当代科幻小说等，通过对黑人文学文本的分析，论文作者成功重续了非裔美国人环境想象的珍贵脉络，有效地抗拒了主流白人关于自然／文化的文化种族主义预设。总的来看，该著与主流自然书写传统及生态批评开展了富有成效的对话，借此充分揭示了美国黑人文学对美国环境想象的重要贡献。

2006 年，戴安娜·D.格莱夫（Dianne D.Glave）和马克·斯托尔（Mark Stoll）共同主编出版了《热爱风雨：美国黑人与环境历史》（*To Love the Wind and the*

Rain: *African Americans and Environmental History*），该著生动形象地分析了美
国历史上黑人与环境之间的关系，重点探讨了三个主题：乡村环境、城市和郊
区环境及环境公正主题。论文探究深入，所涉题材广泛，包括黑奴的打猎、垂
钓、南方乡村妇女的花园以及宗教与环境行动主义之间的关系等。通过多角度
分析表明，尽管黑人长期遭受非人的奴役和种族暴力，但他们在抵抗种族暴力
的过程中也创生了对大地的尊重，并与土地建立起了深厚的情感，这份沉重的
生态遗产也成了他追求环境公正和社会公正的动力，他们的环境经验可作为
其他有色族群争取社会公正的一面镜子。

　　2007 年，黑人生态批评学者金伯利·K.史密斯（Kimberly K.Smith）的专
著《非裔美国人环境思想基础》（*African American Environmental Thought
Foundations*）的问世，在生态批界引起了不小的轰动。史密斯跨越学科界限，
通过对多位文学、环境研究、种族研究、人类学等学科领域经典作家或其著作
的深入考究，发掘了从废奴主义时期到哈勒姆文艺复兴时期一个丰饶的黑人
环境文化传统，敞亮了一个被误解或被歪曲的真相——美国黑人绝非对环境
问题漠不关心。她通过对黑人作家弗雷德里克·道格拉斯（Frederick Douglass,
1818-95）、黑人民权领袖、文化学者 W.E.B.杜波依斯（W.E.B.DuBois, 1868-
1963）及黑人文化学者、教育家阿兰·洛克（Alain Locke, 1885-1954）等黑人
经典人物著作的认真解读，充分揭示奴隶制和种族压迫深刻影响着黑人与环
境之间的关系。通过多角度分析，她还进一步指出，在人与自然的关系中"自
由"至关重要。对黑人自由的否定不仅扭曲了他们与自然的关系，而且还影响
他们对土地的责任并疏离他们与土地的关系。此外，在该著中，史密斯还多维
度考察了城市生态的内涵，颇具启发性。简言之，借助史密斯的这些洞见，我
们可更好地理解世界，重构和再想象黑人与自然之间的关系，赋予自然或环境
新的内涵，匡正黑人与自然之间的关系，从而为环境主义注入新的动力。由此
可见，该著奉献给生态批评界一份丰赡、新颖的思想资源。

　　2008 年，生态批评学者保罗·奥特卡（Paul Outka）出版了专著《从超验
主义到哈勒姆文艺复兴的种族与自然》（*Race and Nature from Transcendentalism
to the Harlem Renaissance*），该著荣获 2009 年"文学与环境研究会"最佳生态
批评著作奖。在该著中，奥特卡认真检视了在种族研究和生态批评领域中一个
被学界忽视却又是至关重要的问题：环境种族主义。他分析指出，从美国内战
前到 20 世纪前期，美国自然经验就一直被种族化并因此撕裂美国。他运用崇

高和创伤理论解析了美国环境主义史中一直存在的种族分野，时至今日，这种分野依然将环境运动大致拆分为白色荒野保护群体和少数族裔环境公正运动。该著能唤醒我们关注美国历史和意识形态中种族与自然之间存在的复杂纠葛，对此纠葛的深刻理解有助于变革生态批评学术、甚至美国环境思维。奥特卡还分析指出，白人与自然间的关系深深地扎根于浪漫主义崇高之中，与此同时，美国黑人与自然间的关系却深深地扎根于奴隶制及其遗产的种族创伤之中，学者和环境主义者只有深刻认识到黑、白与自然间的关系及其缘起之间存在深刻的分歧，方有可能接受美国风景蕴含的复杂内涵，以建构更具包容性并具环境公正取向的新型环境主义。

2009 年，黑人生态批评学者伊恩·弗雷德里克·芬塞思（Ian Frederick Finseth）出版了《绿之色彩：在美国奴隶制文学中的自然幻景》（*Shades of Green: Visions of Nature in the Literature of American Slavery, 1770-1860*），该著确立了不同种族自然观与种族政治及奴隶制度间的联系，充分表明美国文化核心处所存在的种族性与环境问题之间的纠葛。芬塞思通过对艾默生（Ralph Waldo Emerson,1803-82）、斯托（Harriet Beecher Stowe, 1811-96）及道格拉斯等作家的作品和一些有名的绘画作品的分析指出，在美国内战前的近百年间，"自然"成了界定种族身份和种族关系的重要文化力量，也成了促进或限制废奴主义哲学发展的意识形态力量，有鉴于此，我们在理解种族范畴时，必须考量自然，反之亦然。

2009 年，黑人女性学者卡米尔·T.邓吉（Camille T.Dungy）主编出版了第一部黑人自然诗歌集《黑色自然：四个世纪的黑人自然诗歌》（*Black Nature: Four Centuries of African American Nature Poetry*）一著，她精选了 93 位黑人诗人的 180 首自然诗。诗人们书写自然的语境涵盖奴隶制时期、重建时期、哈勒姆文艺复兴直到 21 世纪初，他们为理解美国社会和文学史提供了多种独特的视角，拓展我们理解自然诗和黑人诗学的视野，从而极大地突破了主流白人文学关于自然诗的概念，充分揭示黑色也是绿色的理念。

2010 年，黑人生态批评学者金伯利·N.拉芬（Kimberly N.Ruffin）出版了《大地上的黑人：非裔美国人生态文学传统》（*Black on Earth: African American Ecoliterary Traditions*）一著。作者根据美国黑人环境经验中"生态负担与生态美丽并存的悖论"理念梳理和构建了非裔美国人生态文学传统，这种生态负担与生态美丽并存的悖论是由他们在美洲大陆的种族主义歧视和奴隶制痛苦遭遇所铸就的，这种悖论也深刻影响他们对待环境的态度和与自然交往的方式。[40]

2011 年，美国女性生态批评学者阿妮莎·雅尼纳·沃迪（Anissa Janine Wardi）出版了专著《水与非裔美国人的记忆：生态批评视角》（*Water and African American Memory: An Ecocritical Perspective*）。在该著中，沃迪通过对 20 世纪非裔美国作家理查德·赖特（Richard Wright,1908-60）、托妮·莫里森（Toni Morrison, 1931-）等的小说、布鲁斯歌手马迪·沃特斯（Muddy Waters）和贝西·斯米特（Bessie Smit）的歌词及电影制片人卡西·莱蒙斯（Kasi Lemmons）的电影的深入分析，探讨了非裔美国文学中水意象、文化记忆及非裔美国人历史经验之间的交融，揭示了水意象与非裔美国人命运、身份之间的紧密关联，水对他们的生存或促进或毁灭，水记载了他们沧桑的历史。通过对非裔艺术家作品的分析，充分明证了水绝非仅仅是物理意义上的流动物质，水意象还承载着丰富的精神、生态文化内涵，从某种角度看，水或河流记载着非洲裔美国人的历史。

2014 年，非裔美国环境科学学者卡罗琳·芬尼（Carolyn Finney）出版了专著《黑面孔，白空间：对非裔美国人与环境之间关系的再想象》（*Black Faces, White Spaces: Reimagining the Relationship of African Americans to the Great Outdoors*）。在该著中，芬尼深入探究了非裔美国人在涉及自然之兴趣、户外休闲及环境主义等领域中再现不足的文化机制。芬尼超越环境公正话语之范围，跨越环境历史、种族研究、文化研究、文学、电影、通俗文化及地理学等学科界限，检视了白人和黑人理解、商品化及再现环境的机制，并得出结论：奴隶制遗产、吉姆·克劳法（Jim Crow）及种族暴力等已决定了文化理解环境的方式并决定了谁应该或能进入自然空间。由此看来，非裔在自然中的再现议题也是种族意识形态斗争的关键场域。

2. 印第安生态批评发展简况

1992 年，印第安学者艾伦（Paula Gunn Allen）再版了个人文集《神环：重拾美国印第安传统中的女性特征》（*The Sacred Hoop: Recovering the Feminine in American Indian Traditions*）[41]。该著中多篇文论文，像《神环：当代视野》

---

40 Kimberly N.Ruffin. *Black on Earth: African American Ecoliterary Traditions*. Athens: The University of Georgia Press, 2010, pp.2-3.

41 该著曾于 1986 出版，1992 年经修订和扩充后再版。

（"Sacred Hoop: A Contemporary Perspective"）《希尔科<仪式>中的女性风景》（"The Feminine Landscape of Leslie Marmon Silko's *Ceremony*"）及《西部占领的真相》（"How the West Was Really Won"）等联系近现代以来印第安民族的历史遭遇，透过印第安文化视野，探讨了印第安文学与环境之间的关系，凸显印第安文学所蕴含的带有神秘色彩的独特生态智慧，严厉谴责了西方殖民者针对印第安民族的环境殖民主义和文化殖民主义行径，以充分肯定部落价值观、部落思想、部落理解及部落神圣宇宙观在应对当代环境问题中的价值和意义，总体上看，该著可被看成是印第安生态批评的早期论著。

1993 年，罗伯特·M.纳尔逊（Robert M.Nelson）出版了专著《地方与境界：美国土著小说中风景的功能》（*Place and Vision: the Function of Landscape in Native American Fiction*），较为深入地探讨了印第安作家莱斯利·马蒙·西尔科（Leslie Marmon Silko）、N.斯科特·莫马戴（N.Scott Momaday）及詹姆斯·韦尔奇（James Welch）作品中风景地貌的生态文化内涵，阐明了印第安文化的生态整体主义思想，该著被看成是印第安生态批评的开山之作，然而，它的问世却颇受主流生态批评界的冷落。

1999 年，美国人类学教授谢泼德·克雷西三世（Shepard Krech III）出版了专著《生态印第安人：神话与历史》（*The Ecological Indian: Myth and History*）。在该著中，克雷西梳理了"生态印第安人"的缘起、内涵及演变，并对历史长河中印第安人的实际生存状况及他们与非人类自然之间的关系进行人类学意义上的还原后指出："生态印第安人"一说绝非完全符合历史事实，多半介于"神话与历史"之间的人为建构，其间掺杂大量虚构的成分，是欧美人之需求、欲望的投射与印第安人参与、合谋的结果。该著的问世在学界引发了广泛的反响与争论，这些争论的结果或成果汇集在《土著美国人与环境：多维视野下的生态印第安人》（*Native Americans and the Environment: Perspectives on the Ecological Indian*, 2007）[42]一著中。

2001 年，美国生态批评学者乔尼·亚当森（Joni Adamson）出版了专著《美国印第安文学、环境公正和生态批评：中间地带》（*American Indian Literature, Environmental Justice, and Ecocriticism: The Middle Place*），该著被学界认为是最具代表性的美国印第安生态批评著作。亚当森在该著中提出了建构多元文

---

42 Michael E.Harkin and David Rich Lewis, Eds. *Native Americans and the Environment: Perspectives on the Ecological Indian*. London: University of Nebraska Press, 2007.

化生态批评的构想，并站在环境公正的立场，透过印第安文化视野，与主流白人环境文学生态开展了广泛深入的对话，并指出其盲点，从而凸显了印第安文学、文化所蕴含的更深、更实的神圣生态智慧。

2002 年，唐奈·N.德里斯（Donelle N.Dreese）的专著《生态批评：在环境文学和美国印第安文学中的自我与地方的建构》（*Ecocriticism: Creating Self and Place in Environmental and American Indian Literatures*），该著通过对当代印第安小说家、散文家琳达·霍根（Linda Hogan,1947-）、印第安诗人乔伊·哈约（Joy Harjo, 1951-）、西蒙·奥尔蒂斯（Simon Ortiz, 1941-）及其他多位作家作品的分析，阐发了印第安文学与环境之间的关系，探讨了印第安文学中的地方意识内涵、神秘的再土地化等议题，重构了西方主流文化中的蛇、蝙蝠等动物形象，凸显印第安文化与西方主流文化之间本质差异，谴责主流社会针对印第安民族等少数族裔群的环境种族主义行经。

2008 年，美国生态学者林赛·克莱尔·史密斯（Lindsey Claire Smith）出版了专著《印第安人、环境及美国文学的边界身份：从福克纳、莫里森到沃克和西尔科》（*Indians, Environment, and Identity on the Borders of American Literature: From Faulkner and Morrison to Walker and Silko*），探讨了美国文学中身份的混杂性和跨文化互动。史密斯认为，假如我们不局限于黑／白、白人／印第安人及东方／西方等二元建构，认识到"黑、白及红之间的互动与交流"，我们就能"更生动、更全面地理解美国文学中的种族问题"。此外，我们应该将文学中的多种族接触置于自然及文化地理中加以阐释。史密斯坚称，通过对詹姆斯·费尼莫尔·库珀（James Fenimore Cooper）、威廉·福克纳（William Faulkner）、莫里森（Toni Morrison）、艾丽斯·沃克（Alice Walker）及莱斯利·马蒙·西尔科（Leslie Marmon Silko）五位作家小说的分析研究，"揭示了跨种族接触与环境之间的联系，回应了有关种族、文化、民族身份及生态的当代理论观点"，确立了种族研究与生态学理论之间的密切关系。该著中，史密斯特别凸显了印第安人在美国文学中的作用，他们"不仅是生态智慧的象征，更为重要的是，他们还是深刻影响美国身份中文化交流的参与者"。史密斯还重申，印第安人不是一般意义上的自然或正在消失的风景的替代物。[43]史密斯的以上观点强化了生态批评理论中种族性与环境之间关系的维度，深化、拓展了

43 Lindsey Claire Smith. *Indians, Environment, and Identity on the Borders of American Literature: From Faulkner and Morrison to Walker and Silko*. New York: Palgrave Macmillan, 2008, pp.1-2.

生态批评的领域。

同年, 李·施文尼格尔 (Lee Schweninger) 出版了《倾听土地: 美国土著文学对风景的回应》(*Listening to the Land: Native American Literary Responses to the Landscape*) 一著, 探讨了八位美国土著作家的作品中所表达的独特的美洲土著环境伦理, 质疑美国主流话语将美国土著刻画为自然生态学家或大地母亲崇拜者的浪漫做法。通过对这些作家所构建的环境伦理分析, 施文尼格尔还认为, 他们实现了两个相互关联的目标:(一)他们都深化或拆解了作为自然环境主义者的美国土著人的浪漫典型形象,(二)他们都坚持美国土著对自然环境的理解与欧美人, 或更广泛的意义上来说, 工业社会对自然的理解之间存在根本的区别。施文尼格尔的论点令人折服, 在不少地方纠正了生态批评学术中所存在的对美国土著人的一些错误刻画与偏见。

2015 年, 美国历史学教授菲尼斯·达纳韦 (Finis Dunaway) 出版了专著《看绿色: 美国环境形象的运用与滥用》(*Seeing Green: The Use and Abuse of American Environmental Images*), 并辟专章对主流社会中"哭泣的印第安人形象"的缘起、内涵、演变及其背后运作的意识形态力量给予了较为全面深入的批判与解构。达纳韦分析指出, 这种静态、伤感的模式化印第安人形象的构建一方面将印第安人锁定在遥远过去, 从而剥夺他们的发展权和生存权, 另一方面, 它淡化、甚至忽视环境问题的体制根源, 将其转嫁到个体层面, 从而将严重的环境问题琐碎化、庸俗化、简单化。为此, 作者疾呼还原现实生活中真实的印第安人形象, 正视广泛存在的针对印第安族群等有色族人民的环境种族主义行径, 因而该著不仅具有理论价值, 也颇具现实意义。

3. 奇卡诺生态批评

2006 年, 少数族裔生态批评学者普利西拉·索利斯·伊巴拉 (Priscilla Solis Ybarra) 的博士论文《阿兹特兰的瓦尔登湖: 1848 年以来的美国奇卡诺环境文学史》(*Walden Pond in Aztlán: A Literary History of Chicana/o Environmental Writing Since 1848*) 问世, 该著是首部西语裔生态批评的专著, 其旨在构建融合生态关切、社会公正及族裔身份于一体的奇卡诺环境文学史。

2013 年, 生态批评学者艾梅尔达·马丹·戎凯拉 (Imelda Martin-Junquera) 编辑出版了《奇卡诺文学中的风景书写》(*Landscapes of Writing in Chicano Literature*), 该著收录了 18 位来自欧洲、拉丁美洲及美国的学者研究墨西哥裔文学与环境之间关系的论文, 视野宽广, 内容丰富。论文多层面、多角度揭示了墨西哥裔美国文学、环境、身份之间的关联。该著所涉及的"环境"既指物理的、意识形态的环境，也指象征的，精神的环境，"环境"不仅包括新墨西哥州的乡村田园风光、得克萨斯州和亚利桑那洲干燥的沙漠，还包括西班牙语居民的城市贫民窟，所研究的文本既包括长篇小说、短篇小说，也包括戏剧、诗歌、电影及纪录片，该著搭建了奇卡诺研究与生态批评研究之间沟通的桥梁，探讨了奇卡诺人所遭受的歧视与对土地的压榨之间及女性尤其女同性恋与土地之间的复杂纠葛，揭示了奇卡诺文学的空间不是一个独立的存在，而是存在于"墨西哥文学与美国文学的空间之间，不是一个连接二者的地方，而是存在于它们夹缝之间地方，不仅存在于边界，还存在于孤独和生存斗争的地方"。由于论文作者们深刻意识到奇卡诺文学所处的特殊"位置"，所以他们都试图探寻奇卡诺人之身体和精神与土地共同解放的特殊文化路径。[44]

同年，墨西哥裔学者罗萨里奥·诺拉斯科·贝尔（Rosario Nolasco-Bell）出版了其博士论文《在安娜·卡斯蒂略的<上帝如此遥远>和埃尔马扎·阿宾娜黛的<鲁伊姆家的孩子们>中的自然与环境》（*Nature and the Environment in Ana Castillo's So Far From God and Elmaz Abinader's Children of the Roojme*），该著比较研究了当代奇卡诺女作家卡斯蒂略（Ana Castillo, 1953-）的小说《上帝如此遥远》与阿拉伯裔女作家阿宾娜黛（Elmaz Abinader, 1954-）的《鲁伊姆家的孩子们》，尽管两部作品文类有异，前者是小说，后者是回忆录，但贝尔探讨了该两部著作中所涉及的类似或相同的环境议题，揭示了它们所反映的人物精神与环境之间、动物再现和人物-动物之间、风景再现与风景-文化之间以及性别化对待环境与性别化习得的知识之间的联系等，尤其凸显了奇卡诺文学所蕴含的万物相互联系和众生平等的生态精神。[45]

2016 年，伊巴拉又出版了其专著《书写美好生活：墨西哥裔美国文学与环境》（*Writing the Good Life: Mexican American Literature and the Environment*）深度探究了从 1848 年墨西哥战争至今（2010 年）出版的墨西哥裔文学与环境之间的关系，梳理了文学书写美好生活的历史，可谓是墨西哥裔生态批评的又一部力作。

总体而言，美国少数族裔生态批评具有以下共同的特征：同时关注社会

44 Imelda Martín-Junquera. "Introduction." In *Landscapes of Writing in Chicano Literature*. Ed. Imelda Martín-Junquera. New York: Palgrave Macmillan, 2013, pp.4-7.
45 Rosario Nolasco-Bell. *Nature and the Environment in Ana Castillo's So Far From God and Elmaz Abinader's Children of the Roojme*. MI: ProQuest LLC, 2013, p.5, p.21.

公正、少数族裔人民的文化自决及生态保护等议题；重新界定"环境"范畴，将自然环境和包括城市在内的人工环境都纳入生态批评的视野；所研究的"文学"已远超第一波生态批评的文类范围，甚至不受文类限制；解构与重构环境文学经典，构建各族裔的环境文学史；在强调各族裔独特环境经验的前提下，就环境议题开展跨文化对话，揭露形形色色的环境种族主义行径；在聚焦"环境"范畴的前提下，批评手法更加综合多元，以深化对环境议题的认识，等等。

概而言之，美国少数族裔生态批评与第一波生态批评开展对话，突出种族视野，融合阶级和性别视野，接纳生态中心主义视野，以揭示环境经验的复杂多样性，探寻能兼容社会公正议题与生态议题的多元文化路径。

由于美国少数族裔生态批评是对主流白人文学生态批评的借鉴、批评、超越与拓展，是当今美国乃至国际生态批评界最具活力、最具潜力的学术场域，因而对它进行全面深入的研究，对国内学界具有重要的学术与现实意义。具体来说，这种研究的学术借鉴价值主要表现在以下几个方面：

（1）消解西方主流生态批评对生态议题的学术话语垄断；（2）深化国内学界对美国少数族裔文学进行生态阐释的内容；（3）对推动国内生态批评的理论建构与学术实践具有重要的学术借鉴价值；（4）为在我国开展少数民族文学的生态批评研究提供理论与方法论的指导；（5）美国少数族裔生态批评对环境公正议题的全面深入探讨，对我国生态文明的构建具有重要的启示意义。

第四节　印第安生态批评：内涵、批判及其价值

上文已对美国印第安生态批评的发展状况及学术成果进行了简要论述，在此，笔者将重点考察印第安生态批评，将其与主流文学、文化生态之间所开展的生态对话进行简要探讨，旨在揭示印第安生态批评独特的批评锋芒和生态文化构建潜力，以期对国内的美国少数族裔生态批评和生态文学的研究有所启迪。

《美国印第安文学、环境公正与生态批评：中间地带》是亚当森在向印第安学生教授印第安文学、文化课程的过程之中以及在与学生们就环境、学术等问题直接交流之后，对主流文化、环境问题及生态批评深刻反思后的学术结晶，是印第安生态批评发展史上第一部具有自觉的环境公正意识并透过印第

安文学视野与主流白人文学、文化开展生态对话的专著。在该著中作者强烈呼吁生态批立场的转变，从生态中心主义走向环境公正，从主流白人文化的视角转向从印第安文化的视角"看生态""评文学"，在对话、质疑、矫正主流生态批评的过程中，凸显印第安生态批评的批判锋芒和文化建构潜力。

　　亚当森在解读印第安裔作家西蒙·奥尔蒂斯（Simon Ortiz）的《还击：为了人民，为了土地》（*Fight Back: For the Sake of the People, and For the Sake of the Land*, 1980）时指出，我们必须重构自然、公正及地方等观念，以使得这些关键概念在文化上更加包容，实践上更加宽容，操作上更接地气，因为这些概念不仅深深地植根于人与自然世界的互动关系之中，也扎根于我们多样的文化历史之中，还深陷殖民压迫的多种纠葛及种族与阶级边缘化所造成的各种恶果之中。因此，她认为，希望为最艰难的社会及环境问题找到解决办法的作家、批评家及环境人士必须从荒野归来，认真审视自然文化交汇的中间地带，揭露剥削人、剥削非人类及其环境的广泛社会势力，从而形成抗拒环境退化的政治联盟，只有将种族、阶级、性别纳入生态批评的视野之中，才能建构具有变革能力的多元文化生态批评。在分析该著的过程之中，亚当森还与自然主义者、梭罗等自然作家开展对话，指出他们荒野观、自然观念的不足，推崇印第安民族与自然之间所存在的一种负责任的互动关系，倡导参与自然的"花园伦理"，这是《还击：为了人民，为了土地》一著中反复强调的主题。也就是说，"人要生存，就必须承认人与土地之间的互动关系，人必然改变生活的环境，建造居所，耕作花园，养殖牲畜，以及从土地中摄取维持生存的各种其他资源"[46]。用奥尔蒂斯的话说，只要我们找到方法"善待土地，不让它被荒废、被破坏"[47]，它也将会丰饶多产，善待人类。简言之，亚当森在分析了多部多元文化作品之后指出，它们展示了人与自然之间的关系绝非统治与剥削的关系，这种关系承认野性不仅存在于"外面"，而且就在我们周围——在涵盖自然与文化的中间地带。

　　另外，亚当森还进一步指出，要产生实质性的社会变革，仅将多元文化文学与多元文化观纳入大学教育课程还远远不够，还必须强化地方民族传统文化教育与学术的联合。具体来说，就是加强具体的地方传统教育实践，深化对

---

46 Joni Adamson. *American Indian Literature, Environmental Justice, and Ecocriticism: The Middle Place*. Tucson: The University of Arizona Press, 2001, p.64.

47 Joni Adamson. *American Indian Literature, Environmental Justice, and Ecocriticism: The Middle Place*. Tucson: The University of Arizona Press, 2001, p.64.

某一具体地方的人民、风土人情、文化历史、地形风貌的理解等。[48]在阅读路易斯·厄尔里奇（Louise Erdrich）的《路径》（*Tracks*, 1988）一著时，亚当森分析了多元文化作家运用小说作为文化批判工具的机制，以便更广泛地影响学术圈内外的广大读者群，探讨了如何将这种阅读运用到变革性的地方教育实践之中。因为对某一具体地方及其人民的深情厚谊往往是萌生责任意识的第一步，反过来这又会促使与其他探求解决这个紧迫问题的人形成统一的联盟，共同解决相同的环境难题，因此，地方教育是环境公正运动的重要议题，也是多元文化生态批评值得关注的重要议题。

亚当森还分析了印第安诗人乔伊·哈约（Joy Harjo）在其诗歌中创生的一种"基于土地的语言"的文学尝试，这种新的语言脱胎于英语和土著语言，更富表现力，能够传达一种世界意识——自然与文化以及时间与地方是不可分离的，这种基于土地的新语言"可拆解英语语言僵化二分的基础，吸纳土著观点与传统的道德力量，从而促使生活在较大的人类及生态共同体中个体成员的责任意识产生良性的转变"[49]。他还认为，对那些不再讲他们祖先的语言的民族来说，他们的当务之急是探寻一种能承载这样一种价值观的语言，他们在讲这种语言时，个体与社区能按照这种价值观组织他们的生活、规范他们的行为，并且同时还能在人与人之间以及人与其栖居地之间建立一种合乎伦理道德的关系。

最后，亚当森还涉及了当代印第安小说中的生态政治议题。她结合环境公正运动，分析了环境公正文学经典名篇西尔科（Leslie Marmon Silko）的小说《死者年鉴》（*The Almanac of the Dead*, 1991），以突出印第安文学的生态政治属性。亚当森将该著置入1994年初震惊世界的墨西哥南部恰帕斯印第安农民暴动及对1992年危地马拉诺贝尔和平奖得主、女政治家里戈韦塔·门楚·图姆（Rigoberta Menchú）的自传《我，里戈韦塔·门楚》（*I, Rigoberta Menchú*）的争论风波背景之中，旨在说明自我再现问题是新兴国际环境公正运动的关键议题。在集中讨论希尔科小说中四位坚强的女性人物时，亚当森充分阐明仅满足于探讨当前生态危机的哲学根源是不够的，还必须坚信任何保护土著民族或拯救自然的方案必须要以环境公正为基础，为此，环境公正文学中的人物

---

48 Joni Adamson. *American Indian Literature, Environmental Justice, and Ecocriticism: The Middle Place*. Tucson: The University of Arizona Press, 2001, p.93.

49 Joni Adamson. *American Indian Literature, Environmental Justice, and Ecocriticism: The Middle Place*. Tucson: The University of Arizona Press, 2001, p.117.

必须是善于行动之人，他们不仅要能够代表自己，还要随时准备为生存而斗争，与国际政治家、银行家、公司总裁、开发商以及环境主义者进行对话，以阐明"保护土著人"及"拯救自然"的真实内涵[50]。草根多元文化环境公正人士在进行变革性行动以追求精神、政治、经济及环境公正时，还应该挑战人们最为珍视的关于土著民族、有色人种及其他社区被塑造为"贴近自然"一类人的僵化观念。

亚当森还认为，希尔科的《死者年鉴》可以被阐释为是对欧美各种形式的"自然话语"的批判，或是对"我们所处时代广泛存在的死亡倾向"的深入反思，诸如那些现代主义、无限进步与无限发展的殖民哲学等，它们都依靠西方特有的客观真理科学观、控制自然的理念，同时也赞同牺牲某些民族及其生存环境，这也因此构成了当代环境种族主义的哲学基础。亚当森还将《死者年鉴》中广泛存在的暴力图景与全美猖獗的校园暴力联系起来，旨在说明北美土著印第安口头传统与文化可为我们提供公正处理人与人之间及人与环境之间关系的范例。

总之，印第安生态批评敦促生态批评要真正从人与自然一体的整体视角考察环境问题，社会不公与环境不公是密切关联的，社会问题与生态问题都出自西方哲学的基本预设，因此，要解决环境问题，必须同时考量社会不公问题。希尔科的小说清楚地传达了这样的信息，"为环境而工作"不仅意味为濒危物种工作，还必须意味着与相关他者一道为整个社会及生物物理共同体工作。因此，亚当森认为，"隔离西班牙语居民区、黑人区、印第安保留地不可能，也绝不会让白人中产阶级社区远离犯罪，将人作为污染物赶出荒野也未必使我们能更靠近可持续的未来，如果要留给我们下一代美好的未来，我们要做的就不仅仅是在社区筑高墙，在学校入口处安装金属探测器，以及为濒危动物设立荒野保护地"[51]。要建构美好的未来，我们必须"重阐自然、环境，将其重构为像印第安人的花园一样，社区成员从一个田野走到另一个田野，相互帮助，播撒种子"。那么，他们曾经的环境为何如此丰饶肥沃、充满希望呢？这是由于人与土地之间存在一种深切的情感，存在一种浓郁的社区意识、地方意识，这是人在生息繁衍、谋求生存时，与大地交往、与人共事的过程中形成的。

---

50 Joni Adamson. *American Indian Literature, Environmental Justice, and Ecocriticism: The Middle Place*. Tucson: The University of Arizona Press, 2001, pp.144-145.

51 Joni Adamson. *American Indian Literature, Environmental Justice, and Ecocriticism: The Middle Place*. Tucson: The University of Arizona Press, 2001, pp.176-177.

根据上文分析可见，印第安生态批评不顾主流自然书写或环境文学严格的文类成规，跨越多种边界，诸如学科间的边界、学术与社会间的边界、自然与文化间的边界、种族间的边界，政治组织与草根运动间的边界、形而上环境危机探讨与形而下环境公正教育间的边界等，从而有可能让作家、学者、学生、环境（公正）人士、各色人种社区成员等都能坐在一起，探讨种族、性别、阶级、生存、公正、环境、文化及历史等问题，能从官方风景到民间风景、从星球到地方、从学术研究到故事讲述以及从理论到实践自由地来回走动，着力表现环境问题的社会属性，凸显环境问题的种族视野，谴责环境种族主义，运用生态政治策略，参与谈判、接受妥协，达成共识，形成多种族环境联盟，争取最大限度地实现社会公正。从某种意义上说，基于环境公正的少数族裔生态批评就是这个充满和谐与冲突、压制与抗争、妥协与共存、自然与人文、失望与新生等矛盾且极富生态精神的自然文化中间地带，因为它理论上更加成熟、文化上更加包容，既有形而上的探寻，也有形而下的挖掘，既有崇高的乌托邦生态理想，也有现实的人文环境基础，因而具有团结其他各种社会运动及社区共同参与的潜力，以构建更适合人类与非人类生存的希望世界，因此，可以这样说，少数族裔生态批评是充满希望的文学文化批评。

第五节　印第安生态批评对托马斯·杰斐逊的多维拷问

站在环境公正的立场，重审主流白人文学、文化生态中的经典作家、经典文化人物及其经典著作，是美国少数族裔生态批评的重要议题之一。托马斯·杰斐逊（Thomas Jefferson, 1743-1826）因倡导人与自然和谐共生的农耕主义理想和提出"人生而平等"的自由民主政治原则而闻名于世，并因此成为对后世产生广泛、深远影响的美国经典文化人物。然而，他也是美国在位总统中最为强势的扩张主义者之一，对印第安部落的土地及其文化造成难以估量的破坏，从而充分暴露作为政治家的杰斐逊的两面性。为此，重审杰斐逊自然成了印第安生态批评的重要内容。

时至今日，托马斯·杰斐逊留给后人的印象依然是一位心地善良、学识渊博、温文尔雅的读书人、科学家、思想深邃的启蒙思想家和开明远见的政治家，他对科学、政治、历史及文学等学科不只是抱有浓厚的兴趣，而且还颇有造诣。

对于印第安人、部落政府及印第安土地权所持的观点似乎也开明、进步，对印第安文化也表现出极大的兴趣并做了不少有价值的研究。然而，他却是在位总统中最为强势的扩张主义者之一，尽管他深知美国的领土扩张必然以牺牲印第安民族的利益和土地为代价，但作为一个深谙、认同欧洲殖民者"发现论学说"（the Doctrine of Discovery）和"天定命运"（Manifest Destiny）说的总统来说，在美国奔向帝国的征程中，一旦印第安民族成了其前进路上的障碍，他定原形毕露，充分暴露了政治家马基雅维利式的虚伪狡诈与冷酷无情。从环境公正的立场上看，杰斐逊是生态殖民与种族殖民的典型，但在公众的眼中，他却是个主张人与自然和谐共生的农耕主义者和倡导"人生而平等"的自由民主政治的思想者，对后世产生了广泛深远的影响。

有鉴于此，我们有必要站在环境公正的立场，透过印第安文化的视野对他给予重审，以还原他的本来面目。在此，笔者将对西方殖民主义理论对杰斐逊的影响、杰斐逊针对美洲土地和印第安民族的政治行为和言论给予综合分析，以揭示杰斐逊不仅是个彻头彻尾的种族霸权主义者，而且还是个气势汹汹的生态霸权主义者，因而我们有必要对他的行为、他的思想进行全面认真的重审，对他或颠覆、或矫正或重构。

一、对印第安文化的浪漫想象与现实需求的矛盾统一

从个人层面来看，杰斐逊对印第安人及其政府持一个近乎理想化的、浪漫主义的观点，在他的一生中他花去大量时间研究印第安人、其文化、其生存方式，甚至打算退休后去研究印第安语言及印第安民族的来龙去脉。在他的眼中，印第安人与白人是平等的，他们的政府形式也是世界上最好的。他甚至还说，他要让这个种族融入美国社会和美国生活之中，让印第安血液与白人血液融合在一起。[52]由此可见，杰斐逊的观点不仅在他那个时代算得上非常开明，甚至在今天的美国也算得上进步，可是在今天的美国，主流白人社会与有色族之间的关系依旧紧张，种族冲突甚至暴力也屡见不鲜。

如果考察杰斐逊的行动与其参与制定针对印第安人的国策，他的表现却呈现完全不同的一面，难怪美国文化学者鲁伯特·J.米勒（Robert J.Miller）分析指出，在政治层面，杰斐逊是一个不折不扣的扩张主义者，在其整个政治生

52 Robert J.Miller. *Native America, Discovered and Conquered: Thomas Jefferson, Lewis & and Clark, and Manifest and Destiny*. West Port, Connecticut: Praeger Publishers, 2006, p.78.

涯中他的言行都充分暴露出其扩张美国边界的强烈欲望。在其推行扩张主义的过程中，充分暴露了其对待北美原住民即印第安民族的虚伪、冷酷与暴力的一面。[53]

从另一角度来看，如果将杰斐逊还原到其所处的历史文化背景中进行检视，我们自然会明白，作为西方政治名家的杰斐逊，他的所作所为是合乎历史逻辑的。他深受西方文化的浸染，其思想行为必然受到其文化核心观念的制约，自觉服从西方核心思想理念的主导，西方中心主义、种族中心主义、白人至上、上帝选民观念、使命感、救赎意识及人类中心主义等都会在其思想行为上打下深深的烙印。作为一位美国最具影响力的开国元勋和最伟大的总统之一，杰斐逊不仅深受"发现论学说"及其19世纪美国版"天定命运说"的影响，而且还是这两个殖民主义理论学说强劲的践行者，这两个"学说"的思想根基是种族霸权和生态霸权，两种"霸权"不仅是导致今天环境危机的思想根源，也是种族问题日益恶化的现实根源，是当今环境种族主义、环境殖民主义、环境帝国主义肆虐的思想基础，因而受到了以少数族裔族群为主体的环境公正运动及其所倡导了环境公正理论的严峻挑战。

二、杰斐逊："发现论学说"的忠实继承者

"发现论学说"是14世纪由欧洲殖民强国的政治家们所提出的一种殖民理论，而后逐渐完善，并作为国际法原则加以应用。该学说的最初目的主要用于支撑殖民者征服、占领非西方尤其美洲、统治印第安土著民族的合理性以及协调殖民强国之间的关系，这种法律原则的产生及其合法性有着深厚的宗教和种族中心主义思想根基，也即欧洲白人及其基督教文化优于其他文化、宗教和种族，欧洲对其他种族的殖民及其对其土地的开发利用是带给这些落后民族"文明之光"。

由此可见，成为国际法原则的"发现论学说"是欧洲殖民者的学说，也是他们制定国际法的准绳，显然是一种强盗逻辑，其根本目的涵盖两方面的内容：其一是打着"国际法原则"的正义旗号，瓜分非西方，尤其美洲等所谓的弱势民族的土地和资源，并加强对这些民族的殖民统治，其二是制定殖强国之间具有约束力的国际法规则，协调他们之间的关系，避免瓜分摩擦，更好地推

---

53 Robert J.Miller. *Native America, Discovered and Conquered: Thomas Jefferson, Lewis & and Clark, and Manifest and Destiny*. West Port, Connecticut: Praeger Publishers, 2006, p.77.

进殖民化进程，"发现论学说"的变体"天定命运说"在 19 世纪美国西部领土扩张和殖民土著民族的过程中得到进一步细化与实际运用，更具针对性和操作性，成了美国政治家推行殖民霸权的理论基础与托词。深受该理论的影响，美国的开国元勋及后来的政治家，诸如乔治·华盛顿（George Washington, 1732-99）、杰斐逊、詹姆斯·麦迪逊（James Madison, 1751-1836）及詹姆斯·门罗（James Monroe, 1758-1831）等，有意或无意从"发现论学说"中为美国的领土野心寻找理论支撑，为美国版的"天定命运说"寻找合理的逻辑和堂皇的说辞。具体而言，"发现论学说"涵盖 10 个方面的内容，即：（1）首次发现；（2）实际占领和拥有土地；（3）优先权和欧洲所有权；（4）印第安有限所有权；（5）有限土著主权和商贸权；（6）邻近土地权；（7）荒地；（8）基督教；（9）文明；（10）征服。[54]以上内容充分反映了欧洲殖民者欧洲中心主义、种族中心主义观念，也更为集中地暴露了欧洲殖民者瓜分非西方世界、殖民其土地，掠夺其他民族资源的野心。简而言之，欧洲殖民化进程充分揭示了欧洲人类中心主义（生态霸权）和种族中心主义（种族霸权）的高度融合以及两种"霸权"在逻辑上的一致性。所有在新世界探索、发现、殖民的欧洲国家都广泛接受和运用了作为国际法的"发现论学说"，并将其作为法律权威以殖民、定居美洲、统治土著居民。尽管这些殖民者对学说的精确内涵偶有分歧，甚至对某些申索权也产生激烈的争辩，但他们对待土著民族和印第安民族的态度始终能够一以贯之，心照不宣，沆瀣一气。具而言之，"一旦他们被欧洲人'发现'，就自然失去主权、商贸权及土地权"[55]。通过占领、剥夺土著民族商贸权和治理权而后获得了土地权和主权外，欧洲殖民者也允诺兑现"发现论学说"的其他内容，诸如"开化、照管"土著人民，他们都同意"保护土著部落，改善他们道德和物质福祉"[56]。至于如何"改善"，或许我们可从杰斐逊关于印第安人的相关论述和诸多行动策略中窥视其真实的用意，从而暴露西方人道殖民的虚伪谎言。

54 Robert J.Miller. *Native America, Discovered and Conquered: Thomas Jefferson, Lewis & and Clark, and Manifest and Destiny*. West Port, Connecticut: Praeger Publishers, 2006, pp.3-5.

55 Robert J.Miller. *Native America, Discovered and Conquered: Thomas Jefferson, Lewis & and Clark, and Manifest and Destiny*. West Port, Connecticut: Praeger Publishers, 2006, p.23.

56 Robert J.Miller. *Native America, Discovered and Conquered: Thomas Jefferson, Lewis & and Clark, and Manifest and Destiny*. West Port, Connecticut: Praeger Publishers, 2006, p.23

　　大约于 19 世界中叶，在崛起的美国兴起了一种被称为"天定命运说"的理论，该理论被看成是"发现论学说"在美国的变体，其精神实质与后者完全一致，是旧有理论在美国领土扩张、帝国野心膨胀时期的具体运用与细化，将新兴美国对印第安民族土地的觊觎硬说成是神谕与天命，从而将欲壑难填的美国政治家的殖民行为罩上宗教的外衣、神圣的光环，这大概也是西方基督教世界惯用的手法之一。

　　至于"天定命运说"的起源问题，可追溯到 1845 年，该术语由美国新闻记者奥沙利文（John L.O'Sullivan）首次提出[57]，并逐渐被美国政治家和公众广泛接受，用于证明信心十足的美国在美洲土地扩张的合理性。该年 7 月，他在一篇社论中谴责干扰美国扩张的欧洲国家，因为"它们妨碍美国完成天定命运，干扰它占领美洲大陆，这可是天神的允诺，以满足每年几百万人口增长的自然需求"[58]。他运用"天定命运说"和"发现理论说"来证明美国对俄勒冈土地占领的正当性。在他看来，天定命运要求我们扩张、占领整个天神赐予我们的大陆，以"实现上帝赋予我们的自由，开启联邦自治政府的伟大实践"，这是人类文明的要求，上帝赋予的使命，上帝的恩典，我们将坚决捍卫这种"无可争辩的权利""无所畏惧地完成他交给我们的崇高使命"。[59]由此可见，"天定命运说"和"发现理论说"二者在精神上是一致的，至于其具体内涵，一般来说包括以下三个方面：（1）美国人民及其体制的独特优势；（2）拯救世界和照美国形象重塑世界的美国使命；（3）照上帝指引完成超凡事业的神圣使命。[60]美国人心安理得地接受他们的优点、使命和神谕，大胆拓展美国边疆，因为这种思想有助于让痴迷于领土扩张和构建帝国的美国良心得到宽慰。作为新兴大国总统的杰斐逊，其"天定命运说"之理想与其预言并为之奋斗的天佑帝国之间存在惊人的对应关系。在 1801 年的第一次就职演说中，他就

57　Robert J.Miller. *Native America, Discovered and Conquered: Thomas Jefferson, Lewis & and Clark, and Manifest and Destiny*. West Port, Connecticut: Praeger Publishers, 2006, p.118.

58　Robert J.Miller. *Native America, Discovered and Conquered: Thomas Jefferson, Lewis & and Clark, and Manifest and Destiny*. West Port, Connecticut: Praeger Publishers, 2006, p.118.

59　Robert J.Miller. *Native America, Discovered and Conquered: Thomas Jefferson, Lewis & and Clark, and Manifest and Destiny*. West Port, Connecticut: Praeger Publishers, 2006, pp.118-9.

60　Robert J.Miller. *Native America, Discovered and Conquered: Thomas Jefferson, Lewis & and Clark, and Manifest and Destiny*. West Port, Connecticut: Praeger Publishers, 2006, p.120.

直言宣称："美国是个新兴大国，注定要大踏步地向外拓展边疆，超越人之肉眼所及范围""美国是上帝选定的大国，给我们的千百代后人留有足够的生存空间"，在此，杰斐逊已经明白无误地将天神引导的西部扩张和发展成为一个"帝国竞争者"看成是美国的命运。

当然，"天定命运说"还有一个重要内容——种族维度，那就是按照美国人的形象重塑其他民族，这反映了美国在领土扩张过程中如何处理与被征服的人民之间的关系问题。其具体的内容在杰斐逊的政治生涯中得到充分的落实，最为"完美"的展示。自我界定为央格鲁-撒克逊人后裔的美国人自封为上帝的选民，他们有责任教育、开化、征服美洲大陆，统治印第安民族及其他有色族。比如，在"天定命运"年代，许多美国白人将在印第安人身上用了几个世纪的语言也用在墨西哥人身上——"低劣、野蛮、未开化、无可救药，没前途"，因而墨西哥人将会遭受印第安人同样的命运，要么融入痴迷于"天定命运"的"央格鲁-撒克逊种族的滔滔洪流中，要么完全消亡"。[61]

三、杰斐逊：印第安民族土地与文化殖民的阴险策划者

杰斐逊不仅是"天定命运说"内涵最权威、最具影响力的诠释者，更是其实践上最强劲的推动者、咄咄逼人的执行者。他最关心的是构建大陆帝国，这也成了推动美国向太平洋方向拓展的动力。他是 1803 年的路易斯安那土地交易的构想者，1803-1806 的刘易斯和克拉克探险（Meriwether Lewis and William Clark Expedition）的设计者及美国在路易斯安那与俄勒冈经济活动的推动者。杰斐逊给刘易斯和克拉克探险设计的主要目标是将美国的边界拓展到太平洋西北地区，至少也应该将美国管理理想、文化散播到此地区。[62]

美国土地的扩张必然引发与印第安民族的接触、冲突甚至战争，因为印第安人"横挡"在美国扩张主义梦想的道路上。杰斐逊深知此事，对此他也毫不回避，坦然面对，其对付印第安人的手法也充分暴露政治家两面性。尽管因第七任美国总统安德鲁·杰克逊（Andrew Jackson, 1767-1845）的强烈推动，让国会通过《印第安人搬迁法令》（The Indians Removal Act, 1830）并作为联邦法

---

61 Robert J.Miller. *Native America, Discovered and Conquered: Thomas Jefferson, Lewis & and Clark, and Manifest and Destiny.* West Port, Connecticut: Praeger Publishers, 2006, p.120.

62 Robert J.Miller. *Native America, Discovered and Conquered: Thomas Jefferson, Lewis & and Clark, and Manifest and Destiny.* West Port, Connecticut: Praeger Publishers, 2006, p.122.

令得以实施而备受谴责。然而，早在 1802-1803 年，杰斐逊就在酝酿印第安人的迁移政策，让所有东部的印第安部落都搬迁到密西西比河以西，让印第安人"如野狼般消失"。以便为美国扩张和美国人民腾出空间，其结果是，恢弘的美国西进运动成了印第安民族的"血泪之路"（Trail of Tears），美国宏大的自由民主历史成了少数族裔人民背井离乡的伤痛史。

当然，作为博学多才的文人、启蒙思想家，杰斐逊对印第安人也怀有几分理想化的、甚至浪漫主义的想法。他曾这样写道："我认为，印第安人在身体上和心智上与白人平等"。在《弗吉尼亚散记》（Notes on the State of Virginia）一著中，他撰文反驳欧洲作家认为新世界的动物和土著人天生就比欧洲人低劣的观点，并表现出对印第安人的赞美与羡慕。印第安民族的生存环境造就了他们自由自在的社会，他们"绝不屈从于任何法规、任何强制性的力量及任何政府的管理，他们遵从的唯一约束是礼仪道德和是非观念，就像味觉和触觉一样，这已经成为每个人本性的一部分们。违反这些就会遭人瞧不起，甚至被驱逐出社会，假如一个人犯了严重的杀人罪，他将被相关人驱逐"[63]。尽管这种野人构成的社会无法律，但犯罪率非常少见，这种情况与文明欧洲大不一样，在文明社会里，没有政府的大社会不可能存在，而野人将社会化整为零，实际上二者没有高下之分，他也曾宣称印第安人拥有最好的政府形式，在此，杰斐逊透露出他对印第安部落社会的羡慕之情。

此外，他也期待美国印第安人应该融入美国社会，像白人公民一样，成为受教育的文明人。1803 年，他在写给南方工作的美国代表本杰明·霍金斯（Benjamin Hawkins）的信中这样说道，"最好的结果是我们的居住地与他们的居住地混杂在一起，相互交融，成为一个民族。与我们融合成为美国公民，当然，这是个自然演进的过程，我们最好促进这种过程而不要妨碍它。想必他们与我们心相通，依然留在他们的土地上，而不要作为一个独立的民族任凭各种天灾人祸的折磨，进而威胁他们生存"[64]。在 1807 年的一封信件中，他写道美国政府真心帮助印第安人改善贫穷的生活条件。他说："他们是我们的兄弟，我们的邻居；他们可成为我们珍贵的朋友，也可成为制造麻烦的敌人，义务和利益就这样交织在一起，我们应该给予他们文明生活的福祉，开启他们心智以

63　Jean M. Yarbrough, Ed. *The Essential Jefferson*. Cambridge: Hackett Publishing Company, Inc., 2006, p.94.

64　Jean M. Yarbrough, Ed. *The Essential Jefferson*. Cambridge: Hackett Publishing Company, Inc., 2006, pp.201-202.

成为美国大家庭的有用成员"[65]。他希望印第安人成为他喜欢的勤劳的"自耕农"，耕种一小块地养活家庭。在给霍金斯的信中他也谈到改善印第安人生存状况的事情。他这样说道："我认为，狩猎已不能让印第安人丰衣足食了，因此提倡农业和家庭对他们的生存至关重要，我愿意提供真诚的帮助和促成此事"[66]。将印第安人改造成为"自耕农"的想法不经意间透露了杰斐逊知识的"欠缺"，不管是其"假装不知"还是真的"无知"，北美东部及其他地区印第安人在欧洲殖民者踏上美洲大陆以前早已是"地道的自耕农"了，多数美洲印第安民族早已以务农为生，何须杰斐逊等传授他们欧洲或美国的所谓科学耕作方法？

杰斐逊期望同化美国印第安人，将他们融入美国社会，成为美国公民，最终导致红人的血液与白人的血液融合在一起，他的这种想法听起来非常动听。然而，从实践层面，人们不禁要问，他的想法真是发自内心的吗？就他所制定的对付印第安的政策来看，明显言行不一，甚至伪善冷酷。当然，他希望印第安人能生存下来，但印第安人的"历史必须终结"[67]，也就是说，他们要变成美国公民，必须放弃自己的部落文化、宗教、经济方式及生活方式，当然首要条件是向白人割让自己祖祖辈辈生存的家园。

四、杰斐逊："天定命运说"的强劲推动者

杰斐逊在与印第安人打交道的过程中，真正想要的是印第安人的土地，只不过有时他把话说得很艺术，讲得很中听而已。他认为，让印第安人当自耕农，精耕细作，可以腾出大量闲置土地，但他们也需要许多其他生活必需品。相反，不断增加的欧洲移民需要大量土地，同时拥有许多要出卖的必需品，由此可见，二者之间互有需求，利益整合对大家都有好处，因此都应该推动这种交往，尽管印第安人对割让土地给美国人的做法感到陌生，甚至惊讶，但这对他们有好处，这种两全其美的做法是"合乎道德的"。[68]西雅图酋长[69]就对白人的土

---

65 Robert J.Miller. *Native America, Discovered and Conquered: Thomas Jefferson, Lewis & and Clark, and Manifest and Destiny*. West Port, Connecticut: Praeger Publishers, 2006, p.86.

66 Jean M. Yarbrough, Ed. *The Essential Jefferson*. Cambridge: Hackett Publishing Company, Inc., 2006, p.200.

67 Jean M. Yarbrough, Ed. *The Essential Jefferson*. Cambridge: Hackett Publishing Company, Inc., 2006, p.202.

68 Jean M. Yarbrough, Ed. *The Essential Jefferson*. Cambridge: Hackett Publishing Company, Inc., 2006, pp.201-202.

69 西雅图酋长（Chief Seattle）是北美印第安人部落的一位著名酋长，于 1853 年获悉

地买卖、土地割让行为感到不可思议，因为在印第安文化中，自然万物生灵恰如兄弟姐妹，人与他们构成了一个有机的生命整体，编织成了一个不可分割的生命之网，自然可敬可亲、神圣不可侵犯，土地买卖实则是一种大逆不道的不敬行为，迟早要遭到神的惩罚。他曾经这样说道：

您怎能买卖穹苍与大地？多奇怪的想法啊！假如我们没有了空气的清新与水波的激滟，您如何买到？对我的民族而言，每一寸土地都是神圣的。每一枝灿烂的松针、每一处沙滨、每一片密林中的薄雾、每一只跳跃、嗡嗡作响的虫儿，在我民族的记忆与经验中都是神圣的……

……我们深知，大地不属于人类，而人类却属于大地，一切事物都相互联系，就好像血缘将一家人紧紧连在一起。并不是人编织了生命之网，人只不过是网中的一条线罢了，他对生命之网所做的一切最终都会反馈到其身上。

我们也懂得，我们的上帝也是您的上帝，大地对他是珍贵的，所以伤害大地是对创世者的蔑视。[70]

可在杰斐逊的眼中，土地无非就是一种可争夺、可利用的资源，一种可供买卖、可供消费的商品。关于他对印第安土地的贪婪，多数情况下，他在行动上和语言上一点也不含糊。他将获得土地看成"联邦印第安政策的要务"，他为此要尽各种花招使印第安人"心甘情愿出卖"部落土地。根据"发现论学说"和杰斐逊的理解，要获得印第安人的土地，就必须征得部落的同意后购买印第安人的占有权和使用权，接下来他要做的工作就是挖空心思获得"同意"。他软硬兼施迫使部落领袖卖土地，他甚至主张贿赂印第安政治人物，为此，他唆使政府部门职员使印第安部落领袖负债，为了还债，他们不得不卖土地，只要有可能，他就从印第安人部落中攫取土地，什么手段都不在乎！为了通过"合法"手段获取土地，他主要施展了以下三种伎俩，我们真难以相信这些伎俩与美国《独立宣言》出自同一个人，但是，这确是事实。

第一种常见的伎俩就是赠送给部落领导"精心准备的礼物"或贿赂，让

美国总统富兰克林·皮尔斯要购买其部落的领土时，他发表了其著名的演说予以回应，阐明了印第安人与大地、万物密不可分的血肉联系，其言辞铿锵有力，极富感染力，本演说现今被公认是环境保护上极重要的一份声明。

70 W.C.Vanderwerth, Ed. *Indian Oratory: Famous Speeches by Noted Indian Chieftains*. Norman: University of Oklahoma Press: 1971, pp.120-25.

他们高兴地卖土地；第二种是"以债务换土地策略"（debt-for-land strategy），这是一种很阴险毒辣策略，具体来说，就是沿着与印第安人的边疆地带开办工厂和商店，生产和销售他们所要的必需品或奢侈品，通过赊账让印第安领导人债台高筑，这样他们往往愿意出卖部落土地。杰斐逊清楚地表明了这种政策的目的和获得"部落同意"出卖土地的邪恶策略。他曾这样写道："在部落中开办工厂，以提供他们生活必需品和他们想要的奢侈品，鼓励他们，尤其他们的领导人买这些商品，让他们因超过自己的支付能力而负债，无论何时，只要他们负债，他们总是愿意割让土地以偿还债务"[71]。1803年，他开始启动这种策略，并告知相关官员："我们将推动在印第安边疆的贸易，乐见有头有面的印第安人负债，因为我们认为，当这些人资不抵债时，就愿意割让土地还债"[72]。杰斐逊获得土地的第三个策略是动用"发现论学说"的"优先权"和"有限主权"条例抢先占领因疾病死亡而人数骤减的部落土地，他是一个十足的机会主义者和善搞交易的人，热衷于获得印第安土地。

尽管杰克逊总统是印第安人西迁的强势推动者和具体执行者，然而，联邦印第安人事务移居政策的始作俑者却是杰斐逊，支持这种政策是因为搬迁可腾出大量土地卖给美国政府，进而可满足不断增长的美国公民对土地和定居的欲望。对于搬迁和那些拒不和平搬迁的印第安人或部落来说，杰斐逊谈了他的真实、终极想法，对付这些"落后的"部落，美国"将不得不驱赶他们，犹如将森林野兽赶入乱石荒山之中一样。"[73]对此，他与乔治·华盛顿有同样的想法。对付印第安人，要实行"野狼政策"，也就是，由于美国的必然扩张和人口增长，印第安民族要么消失，要么被赶走。

无论担任州长还是美国总统期间，对于印第安部落，他一直奉行种族灭绝的政策。他曾经这样说道："如果我们曾经不得已举起短柄斧头砸向部落，我们将绝不放下，除非他们被消灭，或驱赶到密西西比河以西…我们将彻底摧毁他们"。他曾说：只要有部落反击，"他们的残暴证明消灭他们是对的"，美

71 Robert J.Miller. *Native America, Discovered and Conquered: Thomas Jefferson, Lewis & and Clark, and Manifest and Destiny*. West Port, Connecticut: Praeger Publishers, 2006, p.87.
72 Robert J.Miller. *Native America, Discovered and Conquered: Thomas Jefferson, Lewis & and Clark, and Manifest and Destiny*. West Port, Connecticut: Praeger Publishers, 2006, p.87.
73 Robert J.Miller. *Native America, Discovered and Conquered: Thomas Jefferson, Lewis & and Clark, and Manifest and Destiny*. West Port, Connecticut: Praeger Publishers, 2006, p.91.

国必须"穷追不舍，直到他们消灭"。杰斐逊甚至欢迎印第安人武装抵抗，
"这奠定了他们毁灭的基础"，给我们消灭或驱赶他们的正当理由，对于抗拒
同化或失地的印第安人，"无论消灭或放逐，都罪有应得"。[74]总之，杰斐逊
针对印第安部落所制定的超侵略性政策——消灭或迁移，甚至那些似乎带有
一点点温情的策略——"分而治之，帮助和平友善者，消灭愚顽不化者"，其
实都是为了服务于他的总目标：得到印第安人的土地。

　　尽管杰斐逊曾经理想化印第安民族，也设想了对付印第安人的文化策略，
诸如"同化""教化""开化"这些带有仁义内涵的词语，旨在将印第安人
融入美国社会。然而，在现实中，对此，他从来都无所作为，他所说的与其所
做的可谓南辕北辙。在实践上，他挖空心思，巧妙制定了攫取印第安人土地和
驱赶印第安人的各种策略，从而为他塑造了一个马基雅维利式的双面人形象，
由此看来，他完全可被看成一个马基雅维利的政治骗子或人格分裂者。他的
"同化、教化、开化"印第安人实际上蜕变成了从精神层面、甚至物理层面
"化掉"印第安人。他试图强加的"同化"本质上就是改变印第安人的生活
方式，将他们改造为欧洲文化意义上的"自耕农""终结他们的历史"，让他
们出卖土地，屈从于美国的土地欲望。在实践上，他从未真正要"同化"他们
或让他们成为美国公民，而是"巧用"腐败、胁迫、武力将印第安人赶到密西
西比河以西的地区，甚至从肉体上消灭那些"愚顽不化者"，这样一旦获得土
地，就可高枕无忧，从而暴露杰斐逊的伪善与冷酷。

　　对于杰斐逊的言不由衷、两面三刀，甚至阴险毒辣，著名杰斐逊传记作家
彼得森（Merrill Peterson）从心理学角度进行了分析，认为杰斐逊有关印第安
人的现实政策与他关于印第安人与美国白人融合及同化的种种声明之间的反
差，让人感到他是虚伪狡诈之徒；另一位杰斐逊研究专家奥努夫（Peter Onuf）
认为他真是个十足的伪君子，因为他宣称，他似乎留给了印第安民族一个选
择："或者……接受文明的礼物，成为美国民族的成员，或者必须面临迁徙和
灭绝"，然而，杰斐逊从未期望印第安人同化或幸存，他甚至期望他们在白人
文明的推进过程中因而抗拒二消亡。可他却假惺惺地说他一直在为印第安人
的同化和公民身份而呐喊、操劳，杰斐逊在"对印第安人旷日持久的毁灭性打
击过程中所扮演的角色……提出了令人痛心的有关'文明''进步'的尴尬

---

74 Robert J.Miller. *Native America, Discovered and Conquered: Thomas Jefferson, Lewis & and Clark, and Manifest and Destiny*. West Port, Connecticut: Praeger Publishers, 2006, p.93.

问题"。在这些白人政治家的内心深处，"文明、进步"或许只是冠冕堂皇的话语，抚慰不安良心的托词。对印第安人而言，他的言行不一不仅仅意味着虚伪，而意味着血泪、暴力、杀戮。还有学者认为，杰斐逊具有自欺欺人和自我否定的惊人能力，他能跨越巨大的矛盾，以至于相信自己的谎言，忽视他灵魂深处真实的野心，"最为精彩的展示这种杰斐逊综合征……就发生在他阴险对待美国土著人的过程中"[75]。也就是说，杰斐逊为了新兴美帝国建功立业，不惜为霸占印第安人的土地可谓挖空心思，无所不用其极，然而，另一方面，面对印第安人甚至世人或后人，他又要绞尽脑汁掩饰他的贪得无厌和真实意图，以留仁慈明君的美名。

笔者认为，杰斐逊的所言所写、所作所为尽管前后不一，自相矛盾，甚至截然对立，但作为西方文化之子，杰斐逊的悖论也是美利坚民族的悖论，事实上，这种看似悖谬的背后是合乎逻辑的。杰斐逊及其他开国元勋们、甚至他时代的多数美国人都清醒知道，什么"教化开化同化"只不过是合理化强占印第安土地、财产的新兴国家战略目标的借口而已，对此他们心照不宣，竟然将责任推给虚幻的上帝，所谓的"天定命运说"就是如此。1956 年美国上诉法院恰适地总结了这种悖论："就从建国之初起，联邦印第安政策纠结的主要问题从来都不是如何同化被我们攫取了土地的印第安民族，而是如何最好地将印第安的土地和资源转变成非印第安人的……在国会法令、政府官员们的声明、法院的意见中存在的大量虚情假意的表述，无非都是些民族虚伪的集中展示罢了"[76]。简言之，杰斐逊是美国扩张主义和"天定命运说"的狂热倡导者，在他的美国愿景中，印第安人和印第安民族只有一个角色扮演——不要挡白人的道，绝不要成为美国天启命运的障碍，否则就是自取灭亡。

五、遭遇环境公正的杰斐逊

少数族裔生态批评学者杰弗里·迈尔斯（Jeffrey Myers）在分析杰斐逊出版的唯一一部著作《弗吉尼亚纪事》（*Notes on the State of Virginia*, 1784）时精辟地分析指出，该著集中体现了早期美国白人的生态霸权与种族霸权思想，并

---

75 Robert J.Miller. *Native America, Discovered and Conquered: Thomas Jefferson, Lewis & and Clark, and Manifest and Destiny*. West Port, Connecticut: Praeger Publishers, 2006, pp.94-95.

76 Robert J.Miller. *Native America, Discovered and Conquered: Thomas Jefferson, Lewis & and Clark, and Manifest and Destiny*. West Port, Connecticut: Praeger Publishers, 2006, p.97.

深刻地反映在杰斐逊的两个内在的悖论之中，即政治悖论和生态悖论，甚至杰斐逊在试图提出民主蓝图与托管环境伦理的时候也是如此。[77]尽管杰斐逊的政治思想和生态思想具有重要的进步倾向，并对欧美的政治思想及自然书写产生了深刻的影响，但其民主思想、生态理念的不彻底性也是显而易见的，充分暴露了其思想的局限性。比如，他是人权与政治平等最著名的倡导者，但他将社会平等的理想限定在白人的范围之内，因而他蓄有奴隶，公开宣称白人的优越。他一方面宣称崇拜印第安人，对印第安民族历史、文化、生活习性等同样表现出浓厚的兴趣，但他的"爱"绝非开明公道的文化学者对印第安文化真诚的喜爱。在该著中，杰斐逊就没有将印第安人看成与白人一样平等的人来看待，他们被刻画为消极被动之人形存在，被看成是"自然的"，因而是"森林之子"，只能算是构成环境的一部分。杰斐逊有时候也将印第安人称之为"高贵的野人"，表面上看，他对他们似乎表现出几分敬意，实际上也心怀叵测，甚至别有用心。这顶"高贵的"帽子实际上否定了印第安农事活动，取消了他们"大地上劳动者"的合格身份，从而剥夺了他们拥有土地的权利，他们当然不能成为具有财产权的合格公民。[78]在此，杰斐逊实际上将印第安民族与自然进行一体化建构，以便捷地进行歧视性处理，为其制定更有效、更有力的殖民征服、殖民统治印第安民族的政策、策略提供支撑，坚定主张将他们驱赶至落基山脉。由此可见，他的"爱"的背后必然是"刀与剑，血与火，仇与恨"。

　　他是力主维护人与自然永续和谐的农耕理想的代言人，小农经济的支持者，一个自然风光的热衷者，但他也让美国成了毁灭自然的国际商业主义的参与者。他用了大量诗意和抒情的语言描写美国大地如画之美，表达他对这片土地的深深的爱恋，还花去了大量的精力研究新大陆的自然存在物，但很难说他的研究是"纯科学"意义上的研究，他对自然美的追逐，同样也难以界定为纯自然美的欣赏，他的所作所为无非是为了更好地了解、掌握自然物种、自然存在物的特性，以便更好地利用、掌控自然，他对自然采取一种功利主义的态度，他是个自然歧视主义者，彻底的人类中心主义者。他对美洲的描写也遮蔽了他对美洲大陆的真实意图。往好处说，反映了他的功利主义观点，往坏处说，传达了他的帝国主义野心，这种观点将印第安人看成美国进步的障碍，将美洲看

77　Jeffrey Myers. *Converging Stories: Race, Ecology, and Environmental Justice in American Literature*. Athens: University of Georgia Press, 2005, p.19.

78　Jeffrey Myers. *Converging Stories: Race, Ecology, and Environmental Justice in American Literature*. Athens: University of Georgia Press, 2005, pp.41-43.

成可利用的资源、可构建美帝国的物理场域。[79]他在美洲进行的巨大的、看似合法的土地交易都可在该著中找到出处。以后对印第安人土地的攫取，尤其从部落、甚至个人中"合法"购买的土地，也可从中得到启发[80]。在分析该著有关自然描写的重要篇章后迈尔斯指出，在杰斐逊的自然之恨世界观中可看出他试图让自我压制自然的欲望及同时他者化自然世界和有色族的企图。在他眼里，独特的自然景色、壮丽的自然奇观不仅具有重要的商业价值和殖民扩张之必要，而且还具有重要的文化价值。也就是说，美国的独特自然现象是一种独特的文化资本，堪与颓废欧洲的文化产品媲美。杰斐逊运用"崇高"和"秀美"语言作为粉饰，以美化"天定命运"的商业和帝国主义现实。然而，在他的理想化社会模式中没有给有色族人留下应有的生存空间。

迈尔斯还进一步指出，在杰斐逊关于美国土著人话语中存在着奇怪的双重性，进而预示了对待他们的两面性。一方面他似乎敬佩北美印第安人的美德，譬如他们的勇敢、智慧和柔情。面对强敌，他们绝不示弱，视死如归；对孩子充满柔情；具有与欧美人一样敏捷的思维等。另一方面他又谴责他们野蛮、甚至兽性，从而剥夺了他们作为完全成熟的人的地位。更为重要的是他对印第安人生存方式的描写是不全面的，甚至是"选择性的盲视"，被他忽视的一面更能反映对待印第安人的真实态度，其旨在全面否定、抹去印第安文化及其价值。他将印第安人描写为狩猎者，他们靠采摘森林果实为生，这样就抹去印第安人土地使用实践的真实内涵，因为这些实践使得他们成为了合格的"生产者"而不是"自然的产品"，根据洛克理论，他们也有足够的资格宣称拥有土地权，因为他们付出了劳动。因为对土地和奴隶的拥有建构杰斐逊白人男性主体、主人的身份，因此，他要剥夺印第安人的土地权和拥有自己的权利。[81]杰斐逊对印第安文化的否定既是对殖民历史的否定，也是对其生态霸权的否定，因为印第安文化一方面生动记载了他们英勇抗拒欧美白人侵略的历史，另一方面也记载了白人在美洲进行的种族屠杀和生态屠杀罪行。

最后，迈尔斯一针见血指出了两个悖论内在逻辑的一致性。也即是，两个悖论可归结为一个："杰斐逊将有色人种和土地一股脑儿地斥之为他者，白人

---

79 Jeffrey Myers. *Converging Stories: Race, Ecology, and Environmental Justice in American Literature*. Athens: University of Georgia Press, 2005, p.29.

80 Jeffrey Myers. *Converging Stories: Race, Ecology, and Environmental Justice in American Literature*. Athens: University of Georgia Press, 2005, p.27.

81 Jeffrey Myers. *Converging Stories: Race, Ecology, and Environmental Justice in American Literature*. Athens: University of Georgia Press, 2005, pp.36-37.

主体以此建构自己的身份，最终进行统治，无论这种统治是显得多么仁慈，但终究还是统治[82]"，这足以暴露白人对待有色人种和土地居高临下的姿态，彰显白人优越感。基于此，迈尔斯称《弗吉尼亚纪事》是"一部天赋使命（Manifest Destiny）的指南"[83]，杰斐逊将生态仁慈的自耕农服务于他所构想的庞大、矛盾的社会工程，展示了生态霸权与种族霸权的广袤美洲大陆视野，一切自然要素，包括山川河流、花鸟虫鱼、飞禽走兽，甚至土著人，都在一个不断扩张的、日益工业化的英裔美帝国的操纵之下。为此，在阅读《弗吉尼亚纪事》时，就不能盲目地接受杰斐逊的农耕理想，天真地接受其环境伦理，尽管其农耕社会理想具有两条关键信念——社会民主和托管原则，这两个原则似乎构建了可友善栖居美洲大陆的生态社会农耕模式。如果整体考量他的生态维度和社会维度，就会发现其农耕理想社会的内在悖论及其生态和社会破坏性，因而应该予以深刻剖析与重构。

难怪迈尔斯在对比分析生态文学家梭罗与杰斐逊后指出，梭罗是一个彻底的生态中心主义者，既反种族霸权，也反物种霸权，因而梭罗可作为环境公正生态批评的典范，而托马斯·杰斐逊是个温和的种族霸权与自然歧视的代表，因此不能作为生态主义者效仿的榜样。[84]由于迈尔斯主要根据对《弗吉尼亚纪事》的分析而对杰斐逊的种族霸权思想作出评判，没有考虑作为政治家的杰斐逊针对印第安民族等有色族的言行，尤其未考虑他参与或主导制定的针对印第安人的相关政策，所以他的评判也就显得较为温和。

简而言之，通过巧妙歪曲、选择性盲视甚至否定印第安文化，照西方文化来格式化非西方物理世界和精神世界，根本目的是为了找到"合理、正当的"借口，以抢占他族的土地，统治他族人民，他者化有色族人民及其土地，在与他者的对立中建构自己身份，他者化的策略既反映了殖民者的贪婪，也反映了他们内心深处的焦虑。若要破解杰斐逊生态困局，就必须重审杰斐逊式的农耕世界，尊重农耕作物多样性和可持续生存的人类文化，顺应生态过程，关怀动物福祉和保护土地。为此，我们需要一种具有环境公正维度的文化多样性，这种多样性尊重非人类世界价值，其中，种族、社会及经济平等是生态视野的有

---

82 Jeffrey Myers. *Converging Stories: Race, Ecology, and Environmental Justice in American Literature*. Athens: University of Georgia Press, 2005, p.24.

83 Jeffrey Myers. *Converging Stories: Race, Ecology, and Environmental Justice in American Literature*. Athens: University of Georgia Press, 2005, p.25.

84 Jeffrey Myers. *Converging Stories: Race, Ecology, and Environmental Justice in American Literature*. Athens: University of Georgia Press, 2005, pp.19-21.

机内容。

根据以上分析可知，杰斐逊是个种族中心主义者，西方中心主义者，基督教至上者，人类中心主义者，等等，这样看来，不论评论家给他冠以何种称为，诸如伪君子、政治骗子、机会主义者，都不为过，各种称呼在他身上都有所表现，只是在不同时期表现形式和程度有异罢了！当然，作为政治家、思想家的杰斐逊在针对美国少数族裔的许多做法与言论都应给予严厉的批判和拒斥，他政治思想中的负面遗产在美国政治文化中的影响至今还未完全清理。作为一位有思想深度的作家，他的《弗吉尼亚纪事》基本上是一个大杂烩，时而描绘了一个排他性的生物区域主义式的民主社会理想，时而又为种族主义和商业财产权辩护，其环境伦理实际上重在抽象地构想人，尤其白人与非人类世界间的关系，而其他有色族人民，像印第安人与非洲裔人则被排除在他的社会理想之外，或者说被纳入非人类自然世界的领域，而自然却是他要超越的领域，因为他要在超越自然过程中构建白人男性的主体身份，因此我们可以说，杰斐逊的环境伦理是基于种族霸权和生态霸权之上的，或者说，杰斐逊的环境主义本身就隐含种族主义和自然歧视。

当然，作为产生广泛、深远影响的杰斐逊自由民主思想和农耕社会理想也不因此就简单地被抛弃，而应根据环境公正理论给予重构，以构建既能立足人与非人类世界和谐共生，又能兼容普遍社会公正的新型环境主义伦理。

第六节　崇高、自然、种族：崇高美学范畴的生态困局、重构及其意义

崇高是西方美学中有着广泛、深远影响的美学范畴，它既与人之心灵紧密相关，又与非人类自然世界发生勾连。如果透过少数族裔生态批评的视野，尤其黑人生态批评的视野对它进行检视，我们还会发现，通过自然，"崇高"还与种族范畴产生错综复杂的纠葛，进而与"黑／白"主体性发生关联。在美国历史上，它客观上还作为一种潜在的意识形态力量，与种族主义沆瀣一气，支撑种族主义暴力，助推种族主义意识形态的现实转化，从而给黑人族群造成了无尽的种族创伤。尽管如此，我们也不应该就此简单地将"崇高"一弃了之，因为其内涵中的自然元素随着时代风尚的变迁而演变，并得以凸显、甚至走到了前台。具而言之，崇高在生态作家的笔下不断进行生态改造和生态重构，已

成功实现了生态转型，早已远离自然歧视的暴力和种族主义的毒瘤，已升华为基于普遍环境公正意识的"生态崇高"美学范畴，并成为保护非人类自然世界的重要文化力量。

在此，笔者将简要介绍崇高与自然和种族之间纠葛的缘起，并透过黑人生态批评的视野着重对哲学家康德（Immanuel Kant, 1724-1804）的崇高论、19世纪著名超验主义生态文学家爱默生（Waldo Ralph Emerson, 1803-82）和梭罗及当代生态文学家爱德华·阿比作品中的自然崇高给予生态检视，以揭示康德崇高论中所蕴含的双重歧视的严重危害、爱默生超验主义崇高中生态悖论的无奈、梭罗崇高中环境公正诉求的执着及阿比沙漠崇高中生态中心主义行动的纯粹，进而在比较和对比中，明证生态拯救和重构崇高范畴的社会与生态价值。

一、崇高与自然和种族的纠葛：必要的回顾

西方传统美学是灵魂唱主角的话语场，一部冗长的美学史基本上是一部灵魂独白的历史，也是作为其对立面的非人类物质世界被打压和不断抗争的历史。灵魂总是以不同的面目出现并轮番登场，诸如灵魂／身体、人／自然、男人／女人、脑力／体力、理性／情感及文明／野蛮等二元对立模式。当种族范畴被强行纳入这种模式中时，又出现了白人／有色族这种二元对立模式。由于西方文化中根深蒂固的人类中心主义思想的运作，这些二元对立模式中的二元关系被扭曲成了统治关系，并分别直接与自然、种族、性别及阶级等压迫形式相对应，随即堂而皇之地穿行于西方文化中，渗入其文化的方方面面。当然，其他形式的二元对立模式也或隐或显地与此相关联。事实上，作为影响深远的美学范畴，"崇高"从其诞生之日起就未脱离二元对立思维模式和人类中心主义的影响。甚至可以这样说，"崇高"最初就是基于灵魂／自然二元对立模式而建构起来的。在其后来的发展过程中，当它与种族范畴发生联系时，又成了种族中心主义的建构。然而，由于自然书写作家的强势介入、干预和重构，崇高最终荡除了自然歧视和种族歧视的沉渣，升华为"生态崇高"，以期实现真正能与"伟大心灵"可匹配的"崇高"。

公元3世纪，希腊哲学家朗加纳斯（Longinus）在其《论崇高》（*On the Sublime*）一著中提出了"崇高"这一范畴，并将其引入文艺批评领域，但该著却遭到了空前冷遇。直到1674年，新古典主义批评家布瓦洛（Nicolas Despreax

Boileau, 1636-1711）将它译成法文后才引起学界的广泛关注，并对 18 世纪及其以后的西方哲学和浪漫主义文学产生了深远影响。

在《论崇高》一著中，朗加纳斯并未给崇高下定义，但却指出了崇高的结果是"狂喜"，其来源是"伟大的心灵"。当然，在该著中朗加纳斯并未忽视崇高的客观现实基础，并以海洋、尼罗河、多瑙河、莱茵河为例给予说明，但他更强调作家先天拥有的伟大心灵和澎湃的激情对崇高风格的形成所具有的决定性作。在朗加纳斯那里，崇高与自然的关系还算比较简单，自然主要起"媒介"作用，伟大的思想借助自然意象得以显现。换言之，一个自然事物之所以"崇高"或显得"崇高"，主要是由于人之伟大心灵的投射。朗加纳斯还进一步谈到了崇高与物质之间关系。他说道，"在恰当时刻闪现的崇高就像雷电一样所向披靡，击碎一切障碍物"。[85]也就是，在崇高面前一切自然存在物都不堪一击。由此可见，在朗加纳斯的崇高里，心灵／自然之间不仅存在一种二元对立模式中的主次关系，而且在伟大的心灵面前自然客体明显苍白无力。

18 世纪的哲学家伯克（Edmund Burke,1729-97）、康德及席勒（Johann Christoph Friedrich von Schiller, 1759-1805）等人都从不同的角度对崇高做了进一步的阐发，从而极大地丰富了其内容、拓展了其外延，并对哲学、文艺批评及西方浪漫主义文学产生了持续广泛的影响。伯克在其论著中探讨了"崇高"之起源，并将"痛感、快感、安全距离"引入崇高发生的过程，尤其将崇高之源归于"所有令人可怕的事物"。也就说，一切"能激起痛苦和危险之想法的事物"。如果观察者处于免遭危险的安全位置，这样就能将其他情况下令人感到"痛苦的恐惧"化为"令人愉悦的恐惧"或曰"崇高恐惧"。当然，在伯克那里，尽管崇高之源从源于作家心灵的语言建构转移到外在自然客体，但在崇高发生的过程中人与自然依然处于分离状态，他强调最多的还是自然客体对主体心灵的影响，而客体被忘却了。[86]

康德在其著述中也极为详细地分析了崇高，并增添了崇高的种族维度，但崇高又发生了自然歧视和种族歧视"蜕变"。席勒深受康德崇高论的影响，也对崇高进行了阐发，继承的多，原创的少，关键区别在于"他将康德崇高论中

85 Dionysius Cassius Longinus. "Introduction." In *Critical Theory Since Plato*. 3rd edition. Ed. Hazard Adams and Leroy Searle. London: Thomson Learning, 2006, pp.94-95, pp.97-98.
86 Edward Burke. "Of the Sublime." In *Critical Theory Since Plato*. 3rd edition. Ed. Hazard Adams and Leroy Searle. London: Thomson Learning, 2006, pp.340-341.

作为人的对立面的自然转化为人类社会"，强调人之自由意志对物理环境的超越。[87]直到爱默生、梭罗及阿比等生态文学家的强势介入，崇高中自然的内在价值才得以确立，崇高也因此成功实现了生态转型，进而升华为拥抱和保护非人类世界的重要文化力量。

二、康德崇高：自然歧视与种族歧视的产物

美国黑人文学生态批评学者保罗·奥特卡（Paul Outka）在生态检视崇高论时指出，它是基于自然歧视和种族歧视双重压迫的文化建构，其底色是白色，并遮蔽了美国崇高风景背后的严重种族创伤。[88]面对自然世界物理学意义上的浩瀚无边和磅礴之力，或曰"数学的崇高"和"力学的崇高"[89]，康德认识到了人之生物性的局限和不足以及对突如其来的崇高遭遇所造成的人之心灵瞬间的惊愕无措。与此同时，当然也是最为重要一点，他在心灵中发现了独立评判和超越自然的潜力，"自然被称之为崇高，仅仅是因为它能提升人之想象力以掌控那些被显现的物理现象，进而灵魂能让人感觉到与自然可比照的、与它（灵魂）相匹的应有的崇高性"。他还更直白地说："崇高不存在于任何自然客体之中，而仅存在于作为评判主体的灵魂之中，以至于我们能意识到我们优于内在自然，因此也优于外在自然"[90]。也就是，我们从崇高的经验中获得快乐，甚至我们在认识到我们的恐惧时也是如此，因为在经验中我们终于明白了我们的灵魂具有超越一切感性的能力。由此看见，我们真正体验到的崇高源于我们自己的崇高或不可量度的灵魂。可感知的客体只有指涉超感性的存在时，它才具有存在的价值。否则，它就没有任何存在的意义。换句话说，自然本身不具备任何崇高特质。由此可见，对康德而言，自然至多就是通达崇高灵魂的桥梁，在崇高的内涵中显然没有自然的位置，他自始至终都坚持这种认识，他对待自然的态度，恰如得鱼忘筌。简言之，康德的崇高范畴的内涵完全是基于人类中心主义的文化建构，是对自然内在价值的否定。

有鉴于此，奥特卡倡导重构康德的崇高范畴，要做到这一点，就必须颠倒

87 陈榕：《崇高》，《外国文学》2016 年第 6 期，第 101-02 页。
88 Paul Outka. *Race and Nature from Transcendentalism to the Harlem Renaissance*. New York: Palgrave Macmillan, 2008, pp.14-20.
89 "Sublime." In *A Glossary of Literary Terms*. 9th. edition. Ed. M.H.Abrams and Geoffrey Galt Harpham. Boston: Wadsworth Cengage Learning, 2009, p.356.
90 Immanuel Kant. "Introduction." In *Critical Theory Since Plato*. 3rd edition. Ed. Hazard Adams and Leroy Searle. London: Thomson Learning, 2006, p.438.

康德崇高的发生过程与其结局之间的关系。康德的崇高是这样发生的：先是短暂、痛苦的阻滞，然后是急速愉快的释放，很快恢复常态，从而实现了心灵的崇高。奥特卡认为，康德这样描写崇高真可谓本末倒置。生态重构崇高就应该重视崇高的迸发阶段，淡化其结局，以突出自然客体的先在性和不可理解的神秘性，凸显人在自然面前的局限与无能。同时，奥特卡还指出了自然固有意义的独立性和不可建构性，从而拒斥了自然是人的语言建构和人之欲望投射的堂皇说辞。[91]

另外，奥特卡还透过少数族裔的文化视野分析指出，康德的崇高还是一种种族主义的文化建构，其中隐含对黑人族群的种族主义歧视。在康德的崇高之巅，霸气十足的主体坚称自己与风景之间存在质的区别，以捍卫未被污染的自我之自由与尊严，进而确立优于自然的主体性。在康德这里，尽管体验崇高的自由是作为主体的人大获全胜的标志，但奥特卡分析指出，康德早期的论述明确表明，这种自由绝非人人生而有之的天赋权利，缺乏此自由是主体受奴役和功能蜕化的标志。在他看来，非洲黑人就缺乏体验和表演崇高之禀赋，因为"他们天生就缺少超越那些鸡毛蒜皮之琐事的情怀"。他们的这种"先天不足"与社会上广泛流行的种族主义传闻——"不论在艺术还是在科学抑或其他任何令人称赞的领域，黑人从来都无所作为"——遥相呼应，似乎再一次阐明了黑人不能产生崇高情感的根本原因就在于其种族的劣根性，这种缺失是显示他们种族低劣性的又一标志。更有甚者，早年的康德还试图运用生物学理论分析黑人与崇高无缘的客观原因。由此可见，康德的崇高论带有明显的种族标志，只不过在《判断力批判》（*Critique of Judgment*, 1790）中这种标志被"自然崇高的超验表述"遮蔽或抹去，而在其早期的著述中崇高与文化、民族及性别的差异紧密相关。无论如何，崇高依然是一个客观公正、可有效检测人性的标准。有鉴于此，奥特卡认为，"如果将康德的检测标准应用于美国奴隶制时期及其以后的各种形式的白人种族主义压迫中黑人与自然世界并置的情况，那么这种结论早就注定："崇高是建构白色身份基本场域的论点和崇高的白色主体与其对立面——'强壮、淫荡、柔顺、懒散、懦弱、拖沓的'黑色／自然——之间存在绝对区别的论点'就自然而然地'溢出"。[92]

---

91 胡志红：《身体、自然、种族：生态批评与身体美学中的主体性问题》，《文化研究》2018 年第 35 辑，第 277-278 页。

92 Paul Outka. *Race and Nature from Transcendentalism to the Harlem Renaissance*. New York: Palgrave Macmillan, 2008, pp.19-20.

此外，奥特卡还进一步分析指出，康德崇高论似乎成了支撑美国南方种族主义暴力的潜在意识形态工具，并表现在白色主体与主体遭到否定的黑色族群之间现实冲突过程中，从而让其崇高转化为黑人族群的种族创伤。

崇高与创伤形似而质异，绝不能混为一谈。创伤事件引发"一系列悖论"：像"过去不可复得，过去不是过去""过去是未来的资源，未来可救赎过去""茫然无措必须被标记，但它不可被再现""茫然无措打破了再现本身，但它抛出了自己的表达模式"，等等。由此可见，黑人"创伤经验中见证创伤事件的失败和理解力的坍塌"与崇高界定的极度含混体验之间存在诸多相似之处，像朗加纳斯的"忘乎所以的欢乐"、伯克的"让人不知所措的恐怖"、康德的"想象的坍塌"等。像崇高一样，创伤指出了文本的断裂或主体理解其世界的能力之不足，这种断裂突然发生，重塑了主体及其世界。然而，崇高与创伤绝不是"不可想象的同一个超文本的两种不同表现形式"。[93]因为崇高发生的全过程是精心调控的，不足以永远破坏主体观察事件的能力，也就是说，主体"处于相对安全的位置"。然而，黑人创伤主体是事件的当事人，是"内在的、感受的、亲历的自我，他／她与外在世界的界限完全坍塌。[94]一句话，崇高终究界定了动荡的极限，而创伤却无力驾驭这种摧折自我的过度震荡。

简言之，康德崇高一方面推动建构白色身份和白色主体的优越性，另一方面又强推建构黑人身份及其臣属性的低劣性。他的崇高论在矮化黑人时，也矮化了自然，并强行将二者融为一体，然后进行压制和盘剥。由此可见，黑人在南方种植园的伤痛在康德的崇高论中早已预设。

三、爱默生超验崇高的生态悖论

作为 19 世纪美国新英格兰超验主义文学运动的领袖和生态文学的先驱，爱默生不仅深受康德超验主义哲学的影响，而且他的崇高理念也未彻底摆脱康德崇高论的负面影响。奥特卡在生态分析爱默生著述时指出："超验崇高让令人可怕之事转化为令人愉悦之事，让早期殖民者肆意破坏生态的蛮劲化为对伊甸园的重构""超验崇高给白色主体提供了一种远离日益被奴隶制玷污

93　Paul Outka. *Race and Nature from Transcendentalism to the Harlem Renaissance*. New York: Palgrave Macmillan, 2008, p.22.

94　Paul Outka. *Race and Nature from Transcendentalism to the Harlem Renaissance*. New York: Palgrave Macmillan, 2008, pp.23-24.

的田园认同的框架，选择一种不断退却、永远存在的荒野"。[95]换句话说，在废奴主义运动发展如火如荼的时代，爱默生建构崇高，要么是为了回避种族冲突，要么是为了遮蔽奴隶制针对黑奴的白色暴力以及给他们造成的无法抹去的伤痛，让自然成为服务其伟大文化工程——建构独立的美国文学、文化——的工具。他在解析爱默生《论自然》(*Nature*, 1836)第一章《自然》中一段描写体验美国超验主义精神的精彩片段时指出，爱默生能将普通的田园之阴柔/驯化之秀美升华为崇高之劲美或野性之壮美，他的灵魂也与超验的秩序发生了关联。他从"那一望无垠、自由奔放、万古不变之美"中看到了自己的原生之美，他也变成了"一个透明的眼球"，立刻体验到"全能的上帝之流在我体内流淌，我是上帝的一个颗粒，是上帝的一部分"。最重要的是，陶醉在如此"崇高"的景色之中，他已将尘世间的纷纷扰扰通通抛诸脑后，当然也包括惨无人道的奴隶制，因为无论是"兄弟、熟人，还是主仆"，都是些"琐事，烦心事"。如果联系《论自然》写作的社会背景，那么这里的"主仆"显然指奴隶主和奴隶。在荒野中，他"能找到比在街道或乡村所能找到的更可爱、更可亲的东西"。奥特卡指出，很难找到一个比这更为美好的"认同转变"的例证了。在极小的时空范围内，"认同"发生突变、甚至蝶变，"从田园转到荒野，从殖民者变成浪漫的超验主义者""从空旷的公地"到"可爱、可亲的荒野"，甚至是"崇高的客体"，而不是普通的高山或大瀑布，他也从"普通的爱默生升华为预言家式的爱默生"。[96]然而，由于体制化奴隶制的确立，白色暴力的大规模入侵，早期殖民者认同的田园风景的"本质"已经发生蜕变，这种"白色种族认同"的内涵及"基于自然建构的白色身份的稳定性和恒久性"也必然随之蜕变并遭到质疑。[97]换句话说，基于田园建构的白色身份遭遇合法性危机，因而作为白人的爱默生，不得已只好去探寻"未玷污"的荒野，或曰将温顺的田园"升华"为荒野，借此重拾原初的"白色身份"，由此可窥视爱默生超验主义自然观隐含的内在矛盾。

事实上，爱默生的崇高无非就是"重构白色世界的过程"，就是让白色隐

---

95 Paul Outka. *Race and Nature from Transcendentalism to the Harlem Renaissance*. New York: Palgrave Macmillan, 2008, p.37.

96 Ralph Waldo Emerson. "Nature." In *The Norton Anthology of American Literature*. Ed. Nina Baym et all. 6nd edition. Vol.1 New York: W.W.Norton & Company, Inc. 2003, p.448.

97 Paul Outka. *Race and Nature from Transcendentalism to the Harlem Renaissance*. New York: Palgrave Macmillan, 2008, p.37.

退在生产奴隶制或文化创伤之外的自然景色之中。在爱默生的经验中，白色没有人间伤痕、没有世俗尘埃。崇高时刻，"一切狭隘的自我消失得无影无踪"。荒野之"野"为爱默生提供了一个短暂摆脱种族冲突的场域，一个被赋权的白色主体性被自然化的地方，"一个由白色生产却又被它否认是它生产的世界"。换言之，他试图抹去被他重构的白色世界的种族标志。如此将爱默生的狂喜与奴隶的痛苦两相对照，就可看清楚了肤色界限的产生不纯粹是相互建构的白色／黑色二元关系，而且还存在于自然体验中并借助这种体验而具体化，这种对照既产生了不可消弭的奴隶的种族标记，还产生了不可改变的爱默生的种族之纯粹，借助所谓的"非人为构建的野地"，白色既能产生、也能逃脱这种关联。也即是，白色在借助自然崇高给自己赋权时，能消除一切人为的痕迹，让一切都自然而然地流出。[98]

　　尽管在《论自然》中爱默生谈得最多的似乎是"自然"，但他的着眼点却是"文化"，他绝非要突出自然的第一性。坦率地讲，爱默生对待自然的态度依然人类中心主义式的占有。用他的话说，"自然完全是一种媒介，它存在的意义即是为人类服务……自然王国就是人类的原料，他将其加工成有价值的东西……人类思想不断胜利，其影响将延及所有事物，直至世界最终变成了一个实现的意志——人类的自我复制品"[99]。由此可见，在爱默生的自然观中，人与自然间无论在思想上还是实践上依然处于二元对立状态。当然，与西方文化传统中的强势人类中心主义自然观相比，爱默生的自然观已有很大的进步，因为他在谈论自然为人类提供生存物质基础的同时，还从其他多个层面，像精神层面、象征层面和审美层面等深入论述了自然的其他"高尚的"用途。作为美国超验主义的"宣言书"，《论自然》对自然多重价值的论述和强调深刻影响了亨利·戴维·梭罗、沃尔特·惠特曼（Walt Whitman, 1819-1892）及其以后的许多自然作家。它将彷徨中的青年作家们的眼光引向自然，鼓动他们走进自然，融入自然，感悟自然，书写自然，从自然中寻启迪，找良方。借此，小，可以之修身养性；大，可以之治国安邦，进而为美国自然书写文学的发展与成熟起了重要的推动作用。

---

98 Paul Outka. *Race and Nature from Transcendentalism to the Harlem Renaissance*. New York: Palgrave Macmillan, 2008, p.43.

99 Ralph Waldo Emerson. "Nature." In *The Norton Anthology of American Literature*. Ed. Nina Baym et all. 6nd edition. Vol.1 New York: W.W.Norton & Company, Inc. 2003, p.449.

由此可见，在废奴主义的大背景下，作为超验主义领袖的爱默生在书写自然崇高时，却难以摆脱种族主义的羁绊；在疾呼重建文化与自然的原初关系时，却又不能彻底告别人类中心主义的影响。甚至可以这样说，爱默生是建构独立的民族文学诉求、种族主义势力的干扰、自然崇高的召唤及人类中心主义惯性等多重力量的拉扯或较量中负重前行，所幸的是他最终成了自然主义文学的先行者，废奴主义运动的坚定参与者。

四、梭罗崇高的本质：彻底的生态中心主义取向

在生态阐释美国超验主义文学中的自然、种族及种族身份之间的复杂纠葛时，奥特卡指出："奴隶制创伤加速了白色与田园之间的分离，同时又加速白色与超历史、超政治的荒野产生新的认同"[100]。如果这样，那么如何评价梭罗这位坚定的废奴主义者和被封为"生态圣人"[101]的文学家呢？在奥特卡看来，在梭罗的著述及其生活实践中，生态诉求、社会正义、种族平等都达成和谐一致，并都熔铸于其生态崇高美景之中。有鉴于此，我们在绿色解读作为超验主义哲学家和生态文学家的梭罗时，就必须从社会-自然整体合一的立场考量他的诸多主张，像简朴生活、自力更生、个人主义和他对许多社会痼疾的诊断，并不将他进入绿色世界的举措理解为对现实政治问题的逃避。

作为爱默生的追随者，梭罗不仅在自然观上与他存在巨大差异，而且在"自然"的路上比他行得更远。就19世纪内战前的美国而言，"超验主义对荒野和自由之爱总是被置于对被自然化的奴隶制创伤的恐怖语境之中"。换句话说，不管是有意无意，超验主义不仅与奴隶制之间存在或明或暗、或强或弱的勾连，而且还与非人类自然世界深深地纠缠在一起，因为奴隶制滋生的创伤被自然化了，被看成是自然过程的一部分，因而也就被合理化了，这当然令人恐怖。由此可见，在阐释美国超验主义运动、其思想及其代表人物和他们的作品时，就不能简单地从社会层面或自然生态层面单向度进行，必须从自然-社会整体的立场加以考量，才可能深刻认清他们的社会诉求与自然诉求之间的关系。正如奥特卡所言，"尽管不能一概认为爱默生超个人主义的狂喜或梭罗在瓦尔登湖畔重塑自我的执着一定蕴含有意识的废奴主义的内

---

100 Paul Outka. *Race and Nature from Transcendentalism to the Harlem Renaissance*. New York: Palgrave Macmillan, 2008, p.43.

101 Lawrence Buell. *The Environmental Imagination: Thoreau, Nature Writing, and the Formation of American Culture*. Cambridge: Harvard University Press, 1995, p.394.

容，但却常常存在无意识的、被压抑的废奴主义语境"。实际上，超验主义强调人类观察者在建构自然中的作用已足以警示我们，奴隶制有强势入侵自然的危险，这样必然破坏爱默生和梭罗建构"崇高的白色世界"的文化工程。奥特卡这样写道："在超验主义自然书写中，奴隶制行使形而上毒素的功能，随时都威胁要污染所谓的原始荒野和所谓的透明白色身份，后者既生产荒野，也被荒野生产。奴隶制渗透到爱默生的超验主义之中，我们将会明白，它也渗入到梭罗的隐退过程中"。[102]因为如此，尽管他们未必明确意识到这一点，但他们，尤其梭罗，不仅在思想上而且更在行动上成了最为坚定的废奴主义者，从而让他的"废奴主义的执着"与"自然崇高之爱"就达成高度一致。由此可见，非人类自然世界，像森林或荒野，绝非是所谓的纯自然空间，其实也是政治空间。

在梭罗的眼中，自然是人之品格和社会发展模仿的对象，不可企及的范本，因而奴隶制对自然之健康是个极大的威胁。1850 年《逃亡奴隶法案》[103]在国会的通过让他义愤填膺。在《马萨诸塞州的奴隶制》（Slavery in Massachusetts）一文中梭罗愤怒地写道："我终于想到我失去的是一个国家""被称为马萨诸塞州的这个政治组织所在的地方对我而言到处布满了道德的火山岩烬和各种沉渣，无异于弥尔顿（John Milton,1608-74）所描写的地狱"。[104]这个罪恶的"法案"让梭罗再也坐不住了，再也不能保持平静了，甚至失去了退隐森林的能力。用奥特卡的话说："自然不再仅仅作为超验主义者逃避文化与历史的场域。在梭罗看来，奴隶制重写了新英格兰风景及新英格兰白色主体"[105]。

尽管如此，他依然坚信，自然之美永不凋谢，自然之美反衬人之品格和社会状况的退化与堕落。在《瓦尔登湖》中，梭罗将自然的永恒之美全然寄寓给瓦尔登湖。尽管瓦尔登湖岸的树已被砍光，铁路已侵入它的附近，但梭罗发现

---

102 Paul Outka. *Race and Nature from Transcendentalism to the Harlem Renaissance*. New York: Palgrave Macmillan, 2008, pp.44-45.

103 1850 年，美国国会为了缓和蓄奴制在南方引起的地区性矛盾，通过了《逃亡奴隶法案》（Fugitive Slave Law Act），允许南方奴隶主到北方自由州追捕逃亡的奴隶，结果引起了北方进步人士的强烈愤慨。

104 Henry David Thoreau. "Slavery in Massachusetts." In *The Norton Anthology of American Literature*. Ed. Nina Baym, Francis Murphy, et al. New York: W.W.Norton & Company, 1985, pp.1800-1801.

105 Paul Outka. *Race and Nature from Transcendentalism to the Harlem Renaissance*. New York: Palgrave Macmillan, 2008, p.47.

它"最好地保持它的纯洁""依然未变""依然是我青春年少时看到的湖水，我反倒变了……它永远年轻"。瓦尔登湖代表他超验的自我，他承认现实的自我与它相去甚远，他说："我是它的石头湖岸"。他的人生就是比照瓦尔登湖，向它看齐，向它靠拢。[106]

在《瓦尔登湖》的《春天》（Spring）篇章中，梭罗通过描写铁路旁的沙堤冰雪消融的情景，栩栩如生地再现了色彩斑斓的泥浆千变万化的形状，让他联想到"珊瑚、豹掌、鸟爪、人脑、脏腑以及任何的分泌物"。他还发出了这样的感叹："人是什么，只不过是一堆融化的泥土？"。[107]他肆意挥洒自然的象征内涵，旨在说明人的躯体与自然万物之间绝无本质的区别。借此，他也将人之主体交予自然，进而完全弥合了西方哲学传统中自我与自然二元的裂痕。

重要的是，在《瓦尔登湖》的《春天》篇章中他将普通的自然现象提升到崇高的境界，充分体验了自然崇高引发的狂喜。春之来临，万物复苏，他情不自禁地发出感叹："世上没有无机的物质……地球不是一段死去的历史……不是一个化石的地球，而是一个活生生的地球；与它相比较，一切动植物的生命都不过是寄生在这个伟大的中心生命上……还不仅于此，任何制度，都好像放在一个陶器工人手上的粘土，是可塑的啊"。在观看沙堤消融产生的生机勃勃的壮丽景色后，他无比激动并说道："如此看来，这个小斜坡已生动阐明了大自然一切活动的原则，可地球的创造者只偏爱一片叶子"，这真是一叶知春。"一小时的创造，我被深深地触动，从某种特别的意义上说，我仿佛站在这个创造了世界和我自己的大艺术家上帝的实验室中……难怪大地外借植物之叶来表现自己，内在这个意念之下劳作"。[108]深处万物争春的景象中，梭罗不仅彻底被激活了，而且变得如痴如醉，感叹不已。尽管每个季节各有其妙，但对他而言，"春之来临，宛如混沌初开，宇宙创始，黄金时代的再现"。"人诞生了。究竟是万物的造物主／为创始更好的世界，以神的种子造人／还是为了大地，新近才从高高的天堂／坠落，保留了一些天上的同类种族"。[109]在

---

106 Henry David Thoreau. "Walden." In *Walden and Other Writings*. Ed. Joseph Wood Krutch. New York: Bantam Bell, 2004, pp.260-261.

107 Henry David Thoreau. "Walden." In *Walden and Other Writings*. Ed. Joseph Wood Krutch. New York: Bantam Bell, 2004, pp.344-346.

108 Henry David Thoreau. "Walden." In *Walden and Other Writings*. Ed. Joseph Wood Krutch. New York: Bantam Bell, 2004, pp.345-347.

109 Henry David Thoreau. "Walden." In *Walden and Other Writings*. Ed. Joseph Wood Krutch. New York: Bantam Bell, 2004, p.351.

此，梭罗已将沙堤消融的普通情景提升到上帝创世的崇高境界，并寓指在自然中蕴含着美国社会，也许整个人类文明新的开端，一个能实现人与人、人与非人类存在之间和谐共生的全新未来。

尚需指出的是，在梭罗的自然崇高中，他强调更多的是产生崇高的自然因素，其旨在进一步明证人类文明对崇高荒野世界的依赖性。"如果没有未经探险的森林和草坪围绕村庄，我们的乡村生活将是何等死气沉沉。我们需要旷野来营养……我们必须从精力无限、一望无垠、气势磅礴的巨神形象中，从海岸和海上的破舟碎片中，从它那充满生意盎然的树木或残枝败叶的荒野中，从雷霆万钧的黑云中，从持续数日而导致洪灾的暴雨中重获生机"[110]。

在梭罗的自然崇高中，他不仅消弭了人与非人类自然世界之间的裂痕，而且也不给种族主义留下任何生存的空间，因此我们可以这样说，梭罗的崇高是一种彻底的生态中心主义意义上的"崇高"或曰"生态崇高"。他的"崇高"既反种族霸权，也反生态霸权，因而可作为早期环境公正伦理的典范。[111]但他在谈论崇高时，依然还将其与上帝、天堂、巨神等关联在一起，所以他的崇高还带有几分神秘色彩。

五、阿比的沙漠崇高：彻底的物质性生态崇高

在阿比看来，从古至今大海和高山都曾受到许多伟大的作家、哲人、科学家及冒险家们的探索和赞美。[112]然而，唯独沙漠却备遭冷落，其主要原因在于它的贫瘠、干枯、荒凉、少绿、单调甚至无聊。为此，他要亲自走进沙漠，用血肉之躯去体验沙漠，用心灵感悟沙漠，并全身心去遭遇沙漠崇高。他的《孤独的沙漠》可谓是一部精彩记录他全身心沙漠历险并在沙漠中构建生态乌托邦的杰作。

《孤独的沙漠》的问世不仅奠定了阿比作为一流自然书写作家的地位，而且其生态理念还对 20 世纪 70 年代环境主义运动的发展产生了直接的影响。[113]该著出人意料之处在于它的场景不是溪流潺潺、风光旖旎、鸟语花香、四季

110 Henry David Thoreau. "Walden." In *Walden and Other Writings*. Ed. Joseph Wood Krutch. New York: Bantam Bell, 2004, p.354.

111 Jeffrey Myers. *Converging Stories: Race, Ecology, and Environmental Justice in American Literature*. Athens: University of Georgia Press, 2005, p.10.

112 Edward Abbey. *Desert Solitaire: A Season in the Wilderness*. New York: Ballantine Books, 1968, p.269.

113 Daniel J.Philippon. *Conserving Words: How American Nature Writers Shaped the Environmental Movement*. Athens, Georgia: University of Georgia Press, 2004, p.233.

牧歌的阿卡迪亚，而是荒无人烟、桀骜不驯的浩瀚沙漠。然而，在阿比的眼中，沙漠绝非蛮荒之地，而是由"岩石、树木和云朵"所构成的多姿、宁静的风景，因而是构建生态乌托邦的最佳场域。

当然，《孤独的沙漠》与其他传统乌托邦著作之间的最大区别是其核心思想——彻底的生态中心主义。直而言之，它关注的重点是土地及其非人类居民而不是人类居民，沙漠乌托邦中唱主角的不是人类居民而是非人类居民，但人类居民须创造性地参与沙漠生态社会。[114]在该著的《伊甸园中的蛇》篇章中，他向读者生动展示了如何创造性地运用生态学的方法去实现人与万物生灵，哪怕是一条冷酷无情、可怕致命的响尾蛇，和平共处的愿望，从而真正兑现深层生态学意义上的"生态中心的平等"。在该篇章结尾处他情不自禁地宣布："地球上所有生物都情同手足"。[115]借此，他也将自己的"小我"完全融入沙漠风景"大我"之中，从而完成了深层生态学的"自我实现"。

其次，我们再来看看阿比是如何确立其生态中心主义的物质性特质的。沙漠咄咄逼人的物质性奠定了其沙漠崇高的客观基础。在《孤独的沙漠》中，阿比呈现给读者的和他竭力想传达的不是语言描述或语言建构的沙漠而是作为"物质沙漠的沙漠"，沙漠的这种物质性存在和它物质性的"真实"令他震撼。在《悬崖玫瑰与刺刀》篇章中，他在观赏指环拱时这样写道："大自然经常会有一些美丽、神奇的事物，像指环拱，它也会像岩石、阳光、风和荒野一样，有能力提醒我们，在某个地方还有另外一个世界，一个比我们生活的世界更古老、更博大、更幽深的世界，它像海洋和天空一样环绕、支撑着人类的小世界，会让人感受到一种物质的'真实'的强烈冲击"[116]。

最后，阿比将物质性的沙漠确定为沙漠"崇高"之源。在沙漠公园中，阿比的身体随处都体验到这种物质实在性的"侵袭"，这让任何人之意义上的力量的影响都显得相形见绌。阿比写道："人们来来往往，城市起起落落，文明时兴时亡，而大地依旧，少有变化。大地依旧，其美依旧荡人心魄，可惜只是无心可荡。我将反向理解柏拉图和黑格尔，我有时情愿相信，毫无疑问，人

---

114 Daniel J.Philippon. *Conserving Words: How American Nature Writers Shaped the Environmental Movement*. Athens and Georgia: University of Georgia Press, 2004, p.234.

115 Edward Abbey. *Desert Solitaire: A Season in the Wilderness.* New York: Ballantine Books, 1968, pp.17-24.

116 Edward Abbey. *Desert Solitaire: A Season in the Wilderness.* New York: Ballantine Books, 1968, pp.41-42.

就是一场梦，思想就是一场幻觉。只有岩石是真实的。岩石和太阳。在沙漠烈日阳光下，在朗朗乾坤中，一切神学传说和经典哲学神话都灰飞烟灭。这里空气干净，岩石无情地划入肉中，打碎一块石头，火石的味道就会窜进你的鼻孔，苦味十足，旋风舞过石板，升起一股烟尘，夜晚的刺灌丛爆裂地闪光。这是什么意思？什么意思也没有。它就是它，不需要有什么意思。沙漠的位置很低，可它却翱翔在任何可能的人类限制范围之外，所以它崇高"[117]。以上描写充分说明了沙漠的实在性，它那不可用人之范畴加以限定的狂傲与霸气，当然也成就了沙漠无可辩驳地拥有了传统美学赋予给大海和高山的崇高，一种人之肉身可感觉到的"生态崇高"。更为重要的是，在阿比沙漠崇高面前，一切神学传说和经典哲学神话都不仅变得软弱无力，而且消失得无影无踪，从而凸显了其"真实"的强大力量。它来自大地，起点似乎很"低"，但任何人之意义上的范畴都不能界定、更不能限定其内涵，因而彰显了其"高"。

　　根据上文对崇高美学内涵的生态演变可知，从朗加纳斯到伯克、康德、甚至到爱默生，崇高所走的是一条人类中心主义的路线。在康德那里，还出现人类中心主义与种族中心主义之间的合谋。这样，他就可借助似乎中立、无色的自然，在他者化非人类世界和黑人族群的过程中建构白色身份，让崇高成为遮蔽殖民自然和其他族群的意识形态幌子，并潜在助推了这种孪生统治在美国南方的种植园经济体制及其后来的黑／白对立种族关系中得以充分体现，从而给黑人族群造成难以疗愈的种族创伤，这种创伤与康德的崇高之间表象相似，可本质却天壤之别。至于爱默生，尽管其崇高未彻底摆脱自然歧视和种族歧视的羁绊，但他终究成了一个坚定的反种族主义者和自然多重价值的倡导者。直到梭罗，崇高才彻底荡除了人类中心和种族中心的沉渣，并将自然崇高奠定在坚实的大地之上。然而，梭罗的崇高依然带有几分神学的色彩。

　　直到阿比的出现，崇高才彻底告别了自然伤痛和种族伤痛的阴影。他的沙漠崇高，无论从其源头、发生过程还是结局来看，既无任何超自然的色彩，也无任何一点种族主义的沉渣，并完全弥合人与非人类世界之间的裂痕。由此可见，就崇高的内涵来看，阿比不仅将朗加纳斯、伯克、康德、甚至爱默生远远抛在后面，而且还与梭罗拉开了距离。他将崇高从灵魂带进了沙漠，从虚无缥缈的存在转变为物质性沙漠的特质，从不可量度的灵魂崇高转变为沙漠的物

---

117 Edward Abbey. *Desert Solitaire: A Season in the Wilderness*. New York: Ballantine Books, 1968, p.219.

质性崇高,将崇高与人的感觉器官、甚至整个身体直接对接起来,让人感受到了沙漠的实在、真切、单纯、典雅,远离了社会的虚假、飘忽、繁杂、矫情。作为沙漠观赏者,他能看、能听、能触、能闻甚至能吸产生崇高的物质,所以他的狂喜完全源自物质沙漠的崇高。正因为他的沙漠崇高纯粹、"土气"、甚至被拉到"人的高度",因而特别具有穿透力,更能激发人内心崇高无私的情感。甚至可以这样说,他的沙漠崇高因纯粹而无私,因无私而激愤,因激愤而震撼,让人总能保持高强度的环保激情,总能奋不顾身地参与环境保护,这就是《孤独的沙漠》所蕴含的生态思想成了当今环境保护主义运动中不可多得的重要思想资源并成了激进环境保护组织之一"地球第一!"的思想基础。

第七节 简析美国黑人文学中水意象的生态文化内涵及其价值

水与非裔美国人之间的纠葛可谓"剪不断,理还乱",水与他们命运、水意象与黑人文化记忆之间的关系是非裔美国文学不断再现的重要主题,因为水承载着非裔美国人民无尽的伤痛,潺潺的溪流一直在诉说他们不堪回首的往昔,滔滔的河流一直在传达黑人族群对种族主义的愤怒。与此同时,水也带给他们难得短暂的快乐,承诺疗伤的期许,赋予珍贵的自由,甚至搭建挣脱种族主义枷锁的桥梁。为此,新兴的美国黑人文学生态批评倡导站在环境公正的立场,透过黑人文化视野,探讨黑人文学、文化中的水叙事与黑人生存境遇之间的关联,发掘水意象所蕴含的丰富独特的文化内涵,彰显黑人独特的水环境经验,勾勒非裔黑人沧桑的散居历史,揭露形形色色的环境种族主义,探寻黑人族群振兴的生态文化路径。

在此,笔者将从黑人文学生态批评视野,对黑人诗人兰斯顿·休斯(Langston Hughes,1902-1967)的诗歌《黑人诉说河流》(The Negro Speaks of Rivers)、黑人剧作家奥古斯特·威尔逊(August Wilson,1945-2005)的戏剧《海洋之宝》(Gem of the Ocean)及著名黑人作家理查德·赖特(Richard Wright,1908-1960)的短篇小说《顺河边而下》(Down by the Riverside)作简要分析,从多角度展示黑人文学中水意象与黑人深沉的文化、悲壮的历史、英勇的抵抗及凄苦的命运之间的复杂纠葛,揭示水意象背后凝聚的各种文化力量,以期对美国黑人文学的生态阐释有所启迪。

一、水：黑人散居历史之大隐喻

美国著名黑人诗人修斯的诗歌《黑人诉说河流》一直广受各国读者的欢迎，其深沉的内涵和真挚的情感不知打动了多少读者的心，也提振了黑人族群的文化自信。随着黑人文学生态批评的兴起，该诗又被尊为一首经典生态诗[118]，一首浸透了水的文学精品，因为它深情诉说了非裔美国人与水之间古老、幽深，也许是美好的关系。诗歌这样写道：

我了解河流：
我了解像世界一样古老的河流；
比人类血管中流动的血液更古老的河流。
我的灵魂已变得像河流一般深邃。

晨曦中我在幼发拉底河沐浴。
在刚果河畔我盖了一间茅舍，
河水潺潺催我入眠。
我瞭望尼罗河，在河畔建造了金字塔。
当林肯去新奥尔良时，
我听到密西西比河在歌唱，
我瞧见它那浑浊的胸膛
在夕阳下闪耀金光。

我了解河流：
古老、黝黑的河流。
我的灵魂已变得像河流一般深邃。

黑人是具有悠久历史的种族，在现存的几类人种中，黑人是最早在地球上留下自己的足迹的。但在近代史上，黑人生存的土地受到殖民者的暴力入侵，许多黑人沦为奴隶，并被贩卖到美洲从事非人的劳动，他们和他们孩子们的肉体和精神都饱受凌辱。南北战争结束后，美国废除了奴隶制度，黑人似乎获得自由，但种族主义依然阴魂不散，并以不同的面目出现，在环境危机肆虐、自然灾害频发的当今社会，它又渗入环境，以环境种族主义或环境殖民主义的面目出现，瞒天过海，继续摧残着黑人族群的肉体和灵魂。

这首诗"将非裔美国文化中的水体象征为历史场域，并探讨了水路之间

118 Ann Fisher-Wirth and Laura-Gray Street, Eds. *The Ecopoetry Anthology*. San Antonio, Texas: Trinity University Press, 2013, p.72.

纵横交错的关系"。"河流"是一个高度凝练的意象，是自然生态和社会生态的高度融合，既反映了自然演进的历史，也反映了非裔散居的历史，因而我们也可以把它理解为人类历史的象征，对美国非裔族群而言更是如此。诗歌以"我了解河流"开始，作为非洲人和非裔美国人的诗人，满怀深情，低声吟唱，诉说着自己与各种各样的河道之间的亲密关系，穿越古今，搭建跨越亚洲、非洲及美洲的桥梁。像抒情的灵歌一样，诗人勾画了一幅种族化的地图，借让人联想到黑色的意象——泥土和黄昏，将非洲人的身体比拟成水体，将河流比喻成血流，顺理成章。追溯河流就是追溯历史。[119]尽管该诗基调乐观，呈现的河道景色宜人，但在黑人生态批评学者沃迪（Anissa Janine Wardi）看来，诗中的河道也是"暴力、斗争和抵抗的场域"[120]，也就说，诗人并未回避伴随着河流的死亡，只是他不愿意让自然奇观被破坏而已。

"我了解河流：/我了解像世界一样古老的河流，/比人类血管中流动的血液更古老的河流。"诗中的"我"不是某个具体的黑人，而是代表整个黑人的种族。在这一节诗中，诗人反复地强调黑人对河流（历史）的见证，并形象化地指出，这条河流"像世界一样古老"，比人类体内的河流——"血液"更古老。

"我的灵魂已变得像河流一般深邃。"第二节只这一行，它的作用是承上启下。上一节对河流的认识仅限于了解，到了这一节，"我"已经深入地用灵魂去感受、体悟深邃的河流。换句话说，黑人的灵魂因见证河流（历史）而深邃，这句诗揭示了自然生态与人之心灵之间的对应关系。下面一节，则是由此开始的历史回顾，沿着非裔族群的沧桑历史寻根探源。

"晨曦中我在幼发拉底河沐浴。"幼发拉底河是古代文明的发源地之一，这里曾诞生过灿烂的古代文明。

"在刚果河畔我盖了一间茅舍，/河水潺潺催我入眠。/我眺望尼罗河，在河畔建造了金字塔。"刚果河是非洲流域面积最大的河流，尼罗河是世界最长的河流。尼罗河流域也诞生过灿烂的古代文明。

"当林肯去新奥尔良时，/我听到密西西比河的歌声，/我瞥见它那浑浊的胸膛/在夕阳下闪耀金光。"密西西比河是北美洲最大的河流。林肯在担任

---

119 Anissa Janine Wardi. *Water and African American Memory: An Ecocritical Perspective.* Gainesville: University Press of Florida, 2011, pp.21-22.

120 Anissa Janine Wardi. *Water and African American Memory: An Ecocritical Perspective.* Gainesville: University Press of Florida, 2011, p.23.

美国总统时，废除了奴隶制，使美国的黑奴获得解放。但奴隶制时期，旧密西西比河也是奴隶被卖到南方的通道，因此，它也流淌着黑奴的血泪。而今，它"浑浊的胸膛在夕阳下闪耀金光"，激发诗人"悖论式思考死亡与新生、奴役与生存"。密西西比河将荡涤非裔奴隶的伤痛与血泪，夕阳将"浑浊"浸染为"金色"，进而将忧伤的意象幻化为乐观的意象，意谓黑人族群也必将告别骨肉分离、流离失所的境况，踏上复兴之路，再续昔日的辉煌。由此，诗人灵魂因水而升华。[121]

第四节"我了解河流：／古老的黝黑的河流"在句式上与第一节相仿，但是句子更短，表意更简明。"黝黑的河流"可认为喻指黑人的历史。

最后一节，"我的灵魂变得像河流一般深邃"，是第二节的重复，意在强化、突出主题。黑人种族见证了人类的发展历史，黑人的灵魂里容纳着人类的文明、历史的积淀，因而显得"深邃"。

从黑人生态批评的视角来审视这首诗，如果再联系2005年8月卡特里娜飓风狂袭以黑人居民为主体的新奥尔良市之后广大贫穷黑人所遭受的环境种族主义压制，我们将会更为清晰地认识到黑人与河流之间的关系。我们也会发现，河流将非洲裔黑人在美洲大陆的苦难遭遇与非洲古老文明联系在一起，这种联系的纽带就是自然中最为常见的流动物质——水。在此，河流就是高度凝练的自然意象，也可以被理解为历史的象征。黑人对河流的追溯，就是自身历史的追溯，就是对寻根忆祖。诗人以夸张的手法回顾历史。"我"的身影掠过亚、非、美三大洲，从古代到现代，在每一个地方都有令"我"难忘的河流，这些河流既代表黑人族群悠久的历史，也孕育了黑人灿烂的文明，同时也饱含黑人族群迄今为止依然难以抹去的屈辱与伤痛，勾勒出非裔黑人沧桑的散居历史。"河流"就是黑人历史文化的客观对应物，也是其创伤的客观对应物。黑人族群在古代亚洲、非洲故土的灿烂与自豪与在近现代美洲大陆的苦难与伤痛都凝聚在河流这个幽深的自然意象之中，也明证了文化对自然的依赖。黑人种族的历史见证了人类的发展历史，黑人的灵魂里凝练着人类的文明、历史的积淀，因而显得"深邃"。这首诗既表达了"我"对黑人种族历史文化的自豪，也强烈驳斥了种族主义者认为黑人是未完全进化的人的谬论。但是诗人并不绝望，而是对未来充满希望，因而听到了"密西西比河在歌唱"，看见"夕

121 Anissa Janine Wardi. *Water and African American Memory: An Ecocritical Perspective*. Gainesville: University Press of Florida, 2011, p.22.

阳下一片金光闪耀"。在诗人生活的时代，甚至今天，种族歧视的毒瘤在美国不仅远未根除，而且总是以新的面目出现，环境种族主义、环境殖民主义就是在环境危机时代种族主义的新表现形式。在这样的时代背景下再看诗人代表自己的族群写下的诗篇，它无疑具有很强的感染力。从生态批评的角度看，该诗所传达信息敦促生态学者要透过各种族／族裔的文化视野，联系他们的历史，看待一切环境议题。另外，从这首诗中我们还能感受到诗人淡淡的忧伤，这种忧伤源于诗人对黑人在非洲和亚洲时的古老而灿烂辉煌的历史和在美洲遭受种族压迫深重苦难的沉思。

通过对河流的追溯，诗歌将黑人在美洲的辛酸与故土的灿烂辉煌历史联系在一起，其中河流意象的呈现，既成功表达了诗人对黑人族裔创造的辉煌文明的深深自豪眷恋，也委婉地倾诉了河流给黑人族群带来的深重苦难，尤其是美洲大陆遭受的黑暗野蛮的奴隶制压迫，更表达了对未来的憧憬与希冀，充分揭示了自然历史和人类历史之间水乳交融的关系，传达了一种近乎整体主义的生态观。

二、水：黑人奴役历史记忆的场域

如果说《黑人诉说河流》主要是从象征层面探讨河道之间的相互关联及黑人历史与河流之间的关系，那么20世纪美国著名黑人剧作家威尔逊的剧作《海洋之宝》则不止于此，还指出了另一个主要原则，即"人，更准确地说，人之遗骸与水体之间的关系"。威尔逊将在水中长期浸泡而不分解的人之骨头看成是以物质形态呈现的对祖先的记忆。甚至有学者认为，对于非洲离散史来说，"海洋就是历史"，也就说，"海洋不是历史的场域，海洋自身就是历史"，水体是相互联系的历史实体，由此其形象不断变换。在该著中威尔逊强调指出，16世纪欧洲殖民者开启的"黑三角贸易"即奴隶贸易的中央航路上存在的黑奴遗骨实实在在地存在，凸显出水是死亡之地，因而也是回忆祖先的主要场域。与此同时，威尔逊还指出了水的二重特性。一方面，水犹如奴隶的血液、奴隶伤痛的泪水，因而水蕴含他们昔日创伤的记忆。另一方面，水还是通向自由的媒介。《海洋之宝》是威尔逊为展现20世纪美国黑人波澜壮阔的生活画卷而撰写的由10部剧作构成的历史系列剧中的第9部，但根据剧本设定的背景时间判断，当为第1部，描写的是美国黑人20世纪第一个十年的生活，重点涉及获得解放的黑人从南向北艰难悲壮的迁徙之旅。

该剧主角西特森（Citizen Barlow）受到工厂不公正处理，被克扣了应得的工资，为此他便偷了一桶钉子以示报复，结果他的工友加勒特·布朗（Garret Brown）却被怀疑偷了钉子。布朗坚称自己清白，宁愿跳河淹死也不愿意认罪受罚。西特森沉默地在河边目睹了这场惨剧，为布朗之死深感自责。为此，他去向昂特·艾斯特尔（Aunt Ester）求助。艾斯特尔是个口头历史学家、灵魂的洗涤者，她曾经是个奴隶，声称已有 285 岁的高龄。内心痛苦的西特森在艾斯特尔的指引下进行一系列洗涤灵魂的仪式，追溯了作为奴隶的非裔族群被贩卖、被奴役和争取自由的沧桑史。西特森的灵魂要得到洗涤，就必须回到黑三角贸易的中央航路——非裔集体创伤的场域，但同时也是创伤疗愈的场域。由此看来，西特森的伤痛要通过集体的伤痛来理解，他的苦闷也反映在"所有因伤痛而淹死的人身上"，比如，中央航路上死亡的奴隶。横跨大西洋的航行既是地理的位移，也标志着从法律上的自由人到奴隶身份的转变，重演这段航程就标志着西特森的转变。

西特森洗涤灵魂的重要仪式就是乘坐"海洋之宝"号纸船，在《去往白骨城之城》的歌声中开启了海底"白骨城"之行。"海洋之宝"是运载被贩奴隶的船，因而西特森的旅行就被赋予了寓言般的内涵。去游览"白骨城"实际上是进入非裔族群集体的过去，他观察到了水路沿途纵横交错的先人遗骨，由此被"带回了非洲"。虽然水是《海洋之宝》的中心，但威尔逊也让我们关注水中的遗骨，说明他关注掩埋在水中的历史，这是他回到遗骨并将白骨城建在世界的中心的主因。威尔逊声称，这个复活古人的简短场景代表他艺术成就之巅峰。白骨城是用奴隶的遗骨建的，不管何种原因，这些奴隶们最终都葬身海洋。尽管死亡场景令人恐怖，但"它确成了救赎的空间"。"方圆半英里的整座城市都是由遗骨建的，各种各样的骨头，手臂骨、腿骨、颅骨等搭建的一座美丽城市"。尽管西特森不愿意看这种令人悲痛的场景，但他最后听见了来自海底城的声音并告知艾斯特尔："他们说，记住我。"西特森"惊叹城市之美"，感觉"街道看起来就像白银"。在沃迪看来，"他提到昂贵金属，是为了强调祖先们身体的珍贵，暗指奴隶买卖的生意，那里非洲人沦为商品"。这实际上是对殖民者的强烈谴责。然而，到了 20 世纪，黑人的"自由"却并不是真正意义上的自由，而是又成了"工资奴隶"。他们的身体成了工业机器的零部件，从另一个方向再次沦为了"商品"。在环境公正人士看来，对于极度贫穷的黑人来说，这无异于，甚至就是"环境工作胁迫"（environmental job blackmail），因为为了生存，他们不得不接受超低工资、有毒、危险或致命的工作。[122]

　　尽管"白骨城"之行危险，但西特森也圆满完成了作为城中公民的任务，接受了集体记忆的洗礼，见到了中央航路的恐怖，也被奇异之美震慑，甚至短暂生活在彼岸世界的人之中。亲身遭遇、领悟过海底的海洋生态以后，他获得了新生，打破了囚禁身心的锁链，获得坦白偷盗行为和活下去的力量与勇气，并迅速成为反抗压迫、追求真理的勇士。从这个角度看，水也意味着自由。

　　整部剧以自由为主轴，这与新获得自由的黑人生存状况密切相关，因为他们正在琢磨自由的复杂内涵，就该剧作而言，水与黑人所要的自由相连。历史上，渡水是伤痛的；今天，水是自由的助推器。为证明自己的清白，布朗跳水淹死，这实际上与葬身大西洋的祖先没有本质区别。水中凝聚了事实真相和死亡，河流见证了布朗的清白，西特森经过水的洗礼发现了广阔的社会与历史现实。从象征层面看，布朗在水中的身体类似于西特森后来的海上航行——"白骨城"中祖先的遗骨见证了贩卖奴隶的历史，中央航路的海底生态实际上反映了人类社会生态。

　　简言之，《海洋之宝》不断提醒我们：在非裔美国文化史中，水本身就是矛盾的，一方面是暴力与死亡的见证，另一方面又给予人身体和心理的疗愈。《海洋之宝》剧作中的人物携带着大西洋，将海洋之水变成了河水、泪水、血液，最终将地球上的水变成黑人祖先的身体，海洋生态也由此变成了社会生态。"水反映历史""尽管形态万千，依然是水，总能记住它流过的身体，不管它是海洋的还是祖先的身体，非洲人的还是美国人的身体，'它是流动的生命线'，从一个海岸流到另一个海岸"。[123]

三、洪灾：恶劣自然生态与种族主义的社会生态的交汇地带

　　如果说威尔逊的《海洋之宝》主要呈现水与非裔黑人被奴役的悲惨历史之间的关联，那么赖特的短篇小说《顺河边而下》书写的就是洪灾与现实种族主义之间的合谋，或者说，洪灾是种族主义表演的舞台，黑人再次成为"隐身的"根深蒂固的种族主义的牺牲品。

122 Elizabeth Ammons and Modhumita Roy, Eds. *Sharing the Earth: An International Environmental Justice Reader*. Athens, George: The University of George Press, 2015, pp.27-31.

123 Anissa Janine Wardi. *Water and African American Memory: An Ecocritical Perspective*. Gainesville: University Press of Florida, 2011, p.29.

洪水是南方非裔美国人生活中经常见到的自然现象或灾害，给他们带去无尽的痛苦，与此同时，洪水也成了展示种族间不平等环境关系的重要途径，种族主义、黑人奴隶制在环境议题上重现，洪水也因此成了非裔美国文学中反复出现的主题。用生态批评学者沃迪的话说："洪水勾画了人类世界与非人类世界之间的间隙，代表了水与政治交汇的生态系统，虽然洪水代表非人类系统的一个外在行为，可它却生动凸显了社会不平等、种族等级制、资源分配及政府政策。当然，伴随与洪水有关的各种恐怖，诸如财产损失、人之死亡及无家可归等，是洪水之后肥沃的土壤。"[124]也就是说，洪水虽是自然灾害，但洪灾可暴露社会生态的问题，反映基于环境的种族关系、阶级关系、性别关系及其他关系。简言之，南方抗击洪灾的过程可集中暴露传统种族主义、黑人奴隶制的新型表现形式——环境种族主义。由此看来，环境公正理论是考察洪水议题的有效理论话语、立场。

《顺河边而下》（Down by the Riverside）[125]以 1927 年密西西比河发生的、也是 20 世纪最为严重的洪灾为故事背景，以黑人曼（Mann）一家的抗洪经历为主线，揭示了无情的滔滔洪水与比洪水还无情，还难抵挡的环境种族主义给黑人带来的无尽伤痛，这是一场天灾，更是一场人祸，让人不得不得出这样结论：种族主义猛于水也。当年 4 月 21 日密西西比河河堤崩溃，导致许多日夜奋战、防守堤坝的黑人丧生，然而官方对死亡人数却没有记录，媒体对此也轻描淡写，但有一点是清楚的，国家自卫队无人死亡。[126]官方、媒体对待死亡黑人的态度反映了主流社会根深蒂固的种族偏见，在他们看来，黑人的生命无足轻重，甚至没有价值，不必小题大做。尽管赖特于 1938 年出版的中篇小说集《汤姆叔叔的孩子们》（Uncle Tom's Children）未明确提到 1927 年的这场洪灾，然而，水意象，诸如倾盆大雨、池塘、河流、饮用水、井、洪流、云雨、眼泪等，却弥漫整个小说集，因此我们能有把握地说，作为在密西西比河流域出生、长大的人，他一定是将这场洪灾作为了小说的创作素材。站在环境公正的立场，透过黑人的视野来看，这场洪灾简直就是人祸，是根深蒂固的种族主义毒瘤在灾难面前的总爆发。密西西比河是该小说的主角。故事开始时，许多居民

---

124 Anissa Janine Wardi. *Water and African American Memory: An Ecocritical Perspective*. Gainesville: University Press of Florida, 2011, p.118.

125 Richard Wright. "Down by the Riverside." In *Uncle Tom's Children*. New York: Harper Perennial, 1993, pp.62-124.

126 Richard Wright. "Down by the Riverside." In *Uncle Tom's Children*. New York: Harper Perennial,1993, p.118.

已下落不明，黑人曼大哥，他那不能动弹的临近生产的太太、岳母及儿子，千方百计从愤怒的密西西比河逃生。密西西比河洪水肆虐，泛滥成灾，淹没了附近的所有地方，包括农田和村庄，从故事的开始到结束，一切都浸透了水。故事开始就告诉我们，曼的房屋的基础因湿透而松软。在故事结尾，曼的尸体被冲到河边，一只手还留在黄色的洪流中。甚至可以说，"整个故事浸透了水，可被解读为对洪水的虚构描写"。该小说旨在强调被剥夺了经济、政治权利的非裔美国人的生存困境：他们竭力抗击天灾——暴雨和洪水，但因更强大的人之风暴，遭遇了更为悲惨的命运。赖特要强调的就是人为恶势力对自然灾害的叠加效应。难怪有黑人说："白人在洪水中捣蛋"这句话道出了对白人种族主义的愤怒。[127]

在常人眼中，体制化的种族主义似乎早已不在，然而，种族主义意识根深蒂固，等待在特殊事件中爆发。比如，在该小说所描写的整个抗洪过程中，种族主义就不再是暗流涌动，而简直就是明火执仗。尽管曼想尽一切办法抗击洪灾，拯救家人和自己，但最终还是未逃脱死的厄运。他因接受朋友从白人那里偷来的一只船而招来横祸，尽管他最初对是否接受这只船犹豫不决，但为了抢救即将分娩的妻子和未出生的孩子，他最终一咬牙收下了船。他不顾狂风巨浪，使出浑身解数，向医院奔去，途中还杀死了要杀他的白人船主。虽然小船成功到达医院，但妻子和尚未出生的孩子却已经死亡。与此同时，也许更可怕的是，在白人枪口的威逼下，他不得不上河堤抗洪。然而，他抗洪的超凡表现完全无助于帮他赢得与白人的斗争，"我到处都看见白人的枪"[128]。这些在大堤上抗洪，干着超强度苦力工作的黑人都在白人士兵枪口的下干活。由此可见黑人生存在自然的威胁和种族主义的双重危机下，因此洪水中死去的总是黑人。

另外，对于这些灾民或环境难民来说，白人与黑人的待遇也可谓天壤之别，这些都完全符合历史事实。据记载，各种抗灾援助物资，包括食物、饮用水、帐篷等，都分发给白人，而在河堤上抗洪抢险的黑人却什么物资都没有。洪水退去后，强迫劳动仍未停止。黑人难民的待遇与白人难民的待遇依然相去天渊。黑人被安置在狭小、恶劣的环境中，如库房、油库、商店及河堤的帐篷

---

127 Richard Wright. "Down by the Riverside." In *Uncle Tom's Children*. New York: Harper Perennial, 1993, p.119.

128 Richard Wright. "Down by the Riverside." In *Uncle Tom's Children*. New York: Harper Perennial,1993, p.120.

里，缺乏基本的设施，他们睡在潮湿的地上，连基本的物资如餐具、食物等都极其匮乏，洗澡设施几乎没有。他们生活区附近有几千头牲畜，粪便恶臭无比。黑人不愿意住帐篷，但又不准回家，成了在押的囚犯，国家自卫队持刀枪在他们居住地巡逻。更为荒谬的是，政府竟然颁布这样的命令："身强力壮的黑人必须带上标签，否则不给饭吃。"[129]尽管赖特的这篇小说未写洪水之后的详情，但写明了洪水期间及其后强迫劳动一直普遍存在。可顺便一提的是，曼虽然出于自卫杀死了白人船主，但他也救了白人船主家人，可当曼将白人船主家人送到安全地带后，他就在河堤上被枪杀了。

故事中的死亡都与水有关。被曼杀死的白人船主哈特菲尔德死后滑落在水中；曼的妻子及未出生的孩子死在奔往医院途中的船上；停放曼妻的医院最终也浸泡在洪水中。整个抗洪期间一直不辞辛劳、拼命救人的曼最终也难逃死在水中的厄运。但密西西比河最终呈现出象征自由与救赎的水景象，预示宗教般的净化。曼在死前的一刻还想到在河水中最后浸泡一次，这基于认为河水是神圣之水的信仰。在批评家沃迪看来，这篇小说的标题将河道作为救赎之地、圣地，因为河水可洗涤人之罪恶。该小说的标题源于一首灵歌："我将要放下我的剑和盾／顺着河边而下。"然而，无论自然世界给予的支持还是体制化宗教的期许都没能阻止南方白人社会的暴力。黑人曼一家无论多么虔诚，也没能逃脱黑人的宿命，葬身密西西比河。灵歌宣扬的放弃战争无非是欺世无用的谎言，白色恐怖在河边被放大，因而对黑人族群而言，"唯一正确的选择就是自卫还击"。[130]在此，赖特实际上表达他对基督教所持的批评态度，他大量借用基督教的象征、主题及寓言故事，将1927年的洪灾置于宗教的框架之中，时而将水描写成令人生畏的恶势力，时而将水描写助人疗伤的向善之力。牧师将暴雨说成是上帝对人罪恶的惩罚。即使没有牧师的布道，这些虔诚善良的信徒们依然会想到《圣经》中诺亚方舟的故事、世界末日和最后的审判。在沃迪看来，曼这个勤劳善良的普通的人，这个上帝的虔诚信徒，总想努力过上规规矩矩、诚实守信的生活，实际上，他就是现实版的诺亚式人物，可他却远远没有诺亚那么幸运。在《圣经·创世记》中，诺亚承担着延续人类的大任；在这篇小说中，曼的妻子有身孕，也是正要传宗接代。

---

129 Richard Wright. "Down by the Riverside." In *Uncle Tom's Children*. New York: Harper Perennial,1993, p.121.

130 Richard Wright. "Down by the Riverside." In *Uncle Tom's Children*. New York: Harper Perennial,1993, p.122.

诺亚因勤劳、正直、善良、虔诚而独享上帝之恩典,在上帝对人类进行最后审判的洪灾中,诺亚全家得救,而曼一家却与洪灾抗争,在饥寒交迫中丧生,延续生命的火种熄灭。这些都充分证明赖特的基本论点:在密西西比河三角洲的非洲裔黑人不仅被上帝遗弃了,而且还被法律遗弃了。这实际上是对美国体制化、宗教化的种族主义的强烈谴责。

根据上文对三位美国黑人作家有关水叙事中水意象的简要分析可知,水不仅与非裔黑人之身体紧密关联,而且还与他们的历史、文化及生存境遇存在千丝万缕的联系。甚至可以这样说,水是自然生态与社会生态交汇的地带,黑人作家借助水创造了独特的黑人水文学和内涵丰富的水意象,高度凝练了他们独特的水环境经验,记录了他们灿烂的历史,描绘了他们背井离乡的无奈,刻画了他们被奴役、被贩卖的刻骨铭心的伤痛,栩栩如生地重现了种族主义与天灾的合谋给他们带来的无尽苦难,也歌颂了他们英勇的抗争。简言之,水既是暴力与死亡的见证,又是洗涤人之灵魂和医治心灵创伤的神圣之物。由此可见,从某种角度看,对黑人文学中水叙事的研究就是对几百年来非裔黑人被贩卖、被奴役、被殖民的悲惨历史的研究。

黑人文学生态批评的诞生不仅为重释黑人文学中的水叙事提供了新的视角,而且还为解决包括黑人在内的其他饱受种族歧视与种族压迫的少数族裔人民所面临的现实生存环境退化问题提供了新的思路,因为他们的环境问题不能简单地还原为科学或经济问题,而是还涉及复杂的历史和文化因素。也就说,无论在乡村还是在城市,在寻求黑人环境问题的解决时,必须考量他们独特的历史和文化所造就的特殊的环境经验,还必须有他们的积极参与和配合,否则,无论多么"美好的"环境工程,都无异于环境种族主义或环境殖民主义的变体。